生为兄弟

时代出版传媒股份有限公司
安徽文艺出版社

吕翼 ◎著

吕翼,彝族,昭通日报社总编辑。中国作家协会会员,鲁迅文学院第十五届高研班学员,首届中国少数民族文学之星,中共云南省委联系专家,云南省德艺双馨青年作家。

在《人民文学》《民族文学》《中国作家》《大家》《雨花》《边疆文学》《青年作家》等发表小说多篇(部),有作品入选《小说选刊》《小说月报》《作品与争鸣》《2018年中国中篇小说精选》《2019年中国中篇小说精选》《2020年中国中篇小说精选》《中国当代文学经典必读·2019年卷》等。出版有《寒门》《割不断的苦藤》《马嘶》《比天空更远》等近二十部作品。

获第十二届全国少数民族文学创作"骏马奖"、首届青稞文学奖、梁斌文学奖、冰心儿童文学新作奖、云南省文艺精品工程奖等。

中坚代
ZHONG JIAN DAI

生为兄弟

SHENG WEI XIONGDI

吕 翼 ◎ 著

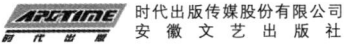

时代出版传媒股份有限公司
安徽文艺出版社

图书在版编目（CIP）数据

生为兄弟/吕翼著.—合肥：安徽文艺出版社，2021.3
（中坚代书系）
ISBN 978-7-5396-7132-1

Ⅰ.①生… Ⅱ.①吕… Ⅲ.①中篇小说－小说集－中国－当代②短篇小说－小说集－中国－当代 Ⅳ.①I247.7

中国版本图书馆 CIP 数据核字（2021）第 001562 号

出 版 人：段晓静		丛书策划：朱寒冬	
责任编辑：张妍妍　姚　衍		装帧设计：张诚鑫　许含章	

出版发行：时代出版传媒股份有限公司　www.press-mart.com
　　　　　安徽文艺出版社　　www.awpub.com
地　　址：合肥市翡翠路 1118 号　　邮政编码：230071
营 销 部：(0551)63533889
印　　制：安徽新华印刷股份有限公司　　(0551)65859551

开本：880×1230　1/32　印张：8.5　字数：250 千字
版次：2021 年 3 月第 1 版
印次：2021 年 3 月第 1 次印刷
定价：45.00 元（精装）

（如发现印装质量问题，影响阅读，请与出版社联系调换）

版权所有，侵权必究

目　录

马腹村的事 / 001

竹笋出林 / 064

生为兄弟 / 119

来自安第斯山脉的欲望 / 165

带幺哥一起上路 / 204

主动失踪 / 229

马腹村的事

一

泽林的脑壳开始疼。有时是一个点,像野蜂叮蜇;有时是一片,如某人一巴掌扇来。有时在皮层,有时又像是在神经里。这疼没有规律:有时是一片云,不知不觉飘来,又不知不觉飘去;有时却像是乌云暴雨,瞬间扑来,疼痛难忍。那疼,很狡猾,和他打游击呢:抠前边,却跑到了后边;抠上边,却钻到了下边;抠外边,却突然又窜进里面。泽林把手掌揸开,将头发捋住,掌心里就握了一簇,往上提,再往上提,疼痛就减轻了。可像这样,头发容易掉,捋一次,掌心里就是一小把。本来头发就不多,估计要不了多久,他就会秃成光头强了。他有点儿心疼。

泽林刚驻村时,眼睛花,是因为在单位看图多,查资料多,写文件多。大自然养眼得很,过不了几天,他的眼睛居然就正常了。看山,山明;看水,水秀;看人,一个个憨态十足。也不是憨态,是诚恳。金沙江边嘛,山高坡陡,交通不便,与外面交往少些。交往少,人就不容易学坏。泽林说话,村民望着他笑;泽林吃饭,村民双手给他递碗添饭;泽林进村,总有人给他带路打狗。马腹村村民,不是那种搅家精,不是某些人说的刁民,不是那种当面一套背后一套的人。泽林觉得自己是来对了。他原以为几十年的光阴,就那样丢了,不想居然还有这样一个机会,过过新生活。他来没有多久,村里的问题出来了。有问题是好事,解决了问题,工作就往前推动了一步。泽林心里很阳光,要是基层没有问题,领导还派自己来干吗?泽林把这里的问题,理解成庄稼林里的杂草,出一苗,就拔一苗,出一蔸,就挖掉一蔸。

泽林的头疼,在下乡来之前就有了。事情处理得不顺畅,头就开始疼。反复疼,换着地点疼,疼多了,头发就掉。泽林不服老,自己怎么就老了?奔波几十年,他很少有时间静下来思考人生,很少想到自己的年龄。突然有一天,他看到镜子里繁乱的头发里,居然有那么几根,白白地夹杂在黑发里,很刺眼,像是规规矩矩的人群里,挤进来几个坏人,不舒服,拔掉。过三四天,又冒出来。于是再拔,于是再长。如此反复,他一留心,才觉得自己年龄还真不小了。再过两年,就要过五十的坎,他便伤感青春不再。头疼的次数,明显增多。早上洗完脸,泽林抓起梳子梳头,嘿,梳齿往头皮上一过,舒服,头疼居然减轻。再梳,头不疼了。这是把牛角梳,也记不得是哪一年,泽林在西双版纳的佤族山寨买回的。他送妻子季老师,季老师梳了两次,嫌笨,不大用。泽林就揣在衣兜里,只要没事,就掏出来梳几下。还行,要不了几下,那头痛就被梳理得服服帖帖,不在了。

驻村扶贫前,泽林向季老师申请:"你用过的,我带在身边,天天梳,就感觉到你在脑壳边晃荡了。"

"就当我在给你挠痒痒。"季老师说话做事都很实在,"男人寿命大多比女人短,就是因为梳头少。天天梳啊!"

泽林来马腹村当扶贫队队长,转眼就一年多了。这马腹村,挂在高高的山腰上,远远看去,零星的房舍,细小得像长袍上的纽扣。从位置上看,要是打起仗来,这里绝对是兵家必争之地,易守难攻。但在这和平年代,行路难,饮水难,做产业难,世世代代住这里的老百姓,日子就过得煎熬。泽林原本考虑的是整体搬迁,但刚一提起,几个本地村干部就将头摇得像拨浪鼓。理由是这里气候好,物产好,种植和养殖都很好办,只要公路一通,要脱贫就像扔一件破袄。后来,泽林才知道,还有一个更深层的原因:马腹村人认为,他们每家都有灵筒,灵筒里住有祖先的灵魂,只能供好,不能搬走。村子搬空了,以后自己的灵魂回来,找不到归宿。泽林问村主任木惹是不是有这回事。木惹没有正面回答,只说老人有老人的想法,年轻人有年轻人的梦想,各人的理解不一样。不搬就做不搬的打算,通过泽林多方争取,投资近千万的出山公路,眼下总算完成。这当然得力于泽林所在的单位——省住建局。这不,一大早,太阳刚从山垭口冒出来,拉百货的车、拉客人的车、图个新鲜来试路的车,就从县城开来了。男男女女、老老小小全都挤到村口,整个马腹村像锅涨油,热辣辣的,比讨亲嫁女还热闹呢。木惹激动地自己掏钱,抬了两箱鞭炮来放。放就放嘛,路通了不是件小事,庆祝一下没啥不可以的,只要不大操大办,不铺张浪费。泽林不是那种骄傲的人,也不是爱面子的人。工作这些年,他操办过的活,比这大的,多了。眼下呢,要干的事,也还不少。嘿,让他们高兴吧!泽林笑一下,长长地舒了口气,回屋。

　　头隐隐有些不舒服,估计是昨夜睡得晚的原因。泽林拿过梳子,开始梳头。手重了些,生疼。泽林咧咧嘴,摁了摁头皮,倒在床上,靠着叠起的被子,四肢有了放处,舒服了些。绕开疼处,继续梳头,这种感觉还算惬意。他眯上眼,眼前若有若无地飘来一些面孔:老婆、儿子、滇池里的海鸥……接着又有领导讲话的声音、文件上的白纸黑字、自己的表态发言……

院子里突然闹嚷起来。山里人说话,口粗,像岩上滚石,咯噔咯噔,一堆扑过来,咯噔咯噔,又一堆扑过来。这也可以理解,山里人吃的是洋芋、荞麦,喝的是苞谷酒,烤的是柴疙瘩火,不可能有江南的吴侬软语。泽林听惯了。泽林脑壳里太迷糊,不知是不是在梦里,只要不是打架,他现在就不想起床。但是,说话声越来越大,他脑壳里的疼也变大。他在枕头边找到梳子,从额头起,从前往后刮。一、二、三……他用的力很重,外面的疼强烈起来,里面的疼就弱了下去。

头皮的真疼,让他知道外面的闹,是真的了。泽林住在三楼,他立马蹿起,凑到窗边。好多人呢,男人披着披毡,女人穿得花花绿绿,牵成一线,有条不紊地朝村委会走来。其中有一簇人,挤去挤来,抬着个啥,好像有些沉。

麻烦。闹事了!听说在这以前,马腹村聚众闹事的不少,为一条溪水的改向要闹,为羊啃了几株庄稼要闹,为一片树影遮了阳光要闹。最近修路,占了一些村民的土地,移了部分村民的果树,在一定程度上侵占了他们的利益。可补偿什么、如何补偿,都一一兑现了的,清清楚楚的啊!泽林揉了揉眼睛,还看不清。他回头找到眼镜,呵口气,擦擦,戴上。越来越多的人,挤满了院子。

"木惹!木惹!"泽林喊着,迅速冲下楼。

这些人,泽林都熟悉,全是马腹村的。他们脸上洋溢着不可抑制的激情,叫,闹。见到泽林,有人吼道:"来了!泽林队长来了!"

砰!几个壮汉抬着什么,沉重地砸在地上。其中有两个汉子,将披毡往地上一扔,手里银光一晃,就蹿了过来。

是刀!吓人了!这些人,是要打冤家咯!

泽林脑壳又疼。他来不及梳头了。他举起双手,试图止住他们:
"整啥?!你们要整啥?!"
"羊……"有人说。
"羊怎么了?狼咬死了?落崖了?还是被盗了?你们就来胡闹!"
"嘿嘿,不是不是!我们是要吃羊,要吼歌,要跳舞!"
"要吃羊?回家去吃!弄到村公所来,影响不好!"
有人说:"队长,您误会了!是路通了,烤只全羊感谢您!"
刀子一晃,有人就要下手。
逢年过节,讨亲嫁女,杀上一头牛、两只羊,抬几坛酒,款待亲友,这是金沙江边的风俗,正常。但为感谢他,就要杀羊,泽林并不买账:
"住手!"
被这一吼,众人蒙了。举刀的手没有放下,撸袖摁羊的还在用力。笑着的脸,喜色一时无法退去,硬硬地僵住了。众人不解:这泽林队长,平日都好好的,眼下咋了?吃火药了?
"队长,祖祖辈辈都没有干成的事,给您这一弄,就成了。杀只羊,喝碗酒,咋了?"
"买个针头线脑,不用到镇上了;卖一头猪、两筐鸡蛋,不用人背马驮了;讨亲嫁女,坐个车儿,嘟的一声就到了。高兴一下,咋了?"
"四乡八里出去讨生活的人,都要回来过十月年。以往鞋子都要走烂几双,现在坐车回家,灰都不沾,庆贺一下,咋了?"
还有些婆娘,盼着打工的男人,从车上一步跳下,从肩上卸下大捆的行李,吃的、穿的、脸上搽的、娃儿玩的、人情往来的,全有,多好。之前走路回来,不带东西的理由,谁都认为很充分,现在可不行的。这些天,电话里早就叮嘱过了,被叮嘱的人,也连说对。

是的,这路要修,几十年前就说过。不止一次测量过。不止一次,男女老少齐上阵,人山人海,锄头挖坏几大堆,骡马压倒一大群。不止一次,推土机在山那边拱来拱去,炸药也炸了几大堆,就是没成。岩石太硬、资金短缺、项目转移……原因多了。现在弄成了,好事。

"不是犯法。但又唱,又跳,还杀羊,还吃酒,不是形式主义是啥?

"这羊,肥着呢!每只至少也值千把块钱,随便就烤掉吃,不是奢靡之风,才怪!

"脱贫工作才开始,苦荞粑才动边,就头脑糊涂,沾沾自喜,行吗?

"要感谢吗?可以。就再干两年,把穷皮褂真甩了,到北京去感谢!"

木惹只好从人群后挤过来:"队长,让大伙乐乐。不用公款,也不给村民摊派,他们自筹,自己搞搞文化活动,行不?"

"不行!要找乐,也不能吃羊!"泽林说,"生个火堆,围着跳两圈,就够了。"

很艰辛的脱贫工作,刚开个头,就自以为是,这不是泽林的做派,更不是上级允许的。他丧着脸,噘着嘴,像是谁借了他的白米,还的是粗糠。这一吆喝,人们像皮球给泄了气,像火上给浇了水,激情之火,突然熄灭。那只待毙的羊,在地上咩咩哀求。白光一闪,又有人挥刀而下。泽林脸都白了,伸手制止,晚了。但那羊没死,它挣扎着蹿起来,趔趄着,走到院子的角落里啃草。原来刀没有落在羊的喉咙上,而是砍断了捆绑的绳索。

泽林悬着的心落下,木惹的心也落下。木惹一挥手,村民的脚软耷耷的,不情愿地要走。

"别走。"泽林说。

别走？村民一个个满脸惊讶。这个省里来的干部,看上去文绉绉的,眼镜后面的目光,总是热乎乎的。眼下的反复无常,让人琢磨不透。

"都回来!"木惹招手,"刚才有些急,说话重了些,向大家道歉。"

道歉？这也值得道歉？村民才不在乎这个,又转身要走。

"别走。"木惹说。

村民才又聚拢过来,眼睛发热:"发救济粮不是？"

"不是。"

又没闹春荒,也不是过年无米,泽林当然不会给大伙发救济粮。他是和大伙说建房的事,上面要求,年内必须建好,搬进去过年。整个村子都是土墙房,木杆串斗,茅草苫顶,而且大多是几十年的老房子。有点儿小钱的,节衣缩食,无非就是把草顶换成瓦顶,把土墙抹上石灰。风雨大点儿,房子就有倒塌的危险。遇上地震,哪怕三级,大部分房子都得散掉。这住房,原始落后,没有保障,不安全,功能性差,远远达不到眼下脱贫的要求。住房安全是重中之重,这个大伙都清楚,泽林刚一驻村,就宣传这个,耳朵都听起老茧了,谁不晓得？眼下路通了,砖头、水泥、钢筋、木材,要拉进来,还不就是一句话？人背马驮,用不着了。可修房是大事,大得不得了,花钱费米,劳心费神,谁不晓得？马腹村的人,一辈子能修一次房,就竖大拇指了。买米量家底,吃饭量肚皮,有多大的能力,做多大的事。剩余的时光,吃吃酒,晒晒太阳,那才安逸呢!泽林把要求再说了一遍,大伙都摇头,黑色的头颅,不安地晃动起来,像是调皮的孩子在耍拨浪鼓。可摇头解决不了问题。房子不是摇摇头就可以不修的,也不是摇摇头就可以修好的。

泽林不管大伙摇不摇头:"勇敢的人穿虎皮,懒惰的人蹲火塘。从现在开始,动手了。年前搬新家,不准打退堂鼓!"

再交代。能细的地方，都说得很细了。比如地址的选用、基脚的深厚、墙体的规格、材料的标准，都得按要求办，不能偷工减料，不得自行扩建……山寨的人，没见过世面，得一一教，一一说，让他们懂。金沙江边的建筑，民族特色很鲜明。泽林对民居非常感兴趣，木惹曾领他看过很多地方：从原始的洞穴，后来的地窝、崖棚、树巢，再到各种形状的闪片房、土掌房、杈杈房。那些岁月长河里留下来的东西，构成了山民的生活史。就是眼下的土墙房，功能也非常单一，还不安全。嘴巴拌干了，话说尽了，人群四散。泽林又让木惹通知村委会成员，还有自己手下的几个扶贫队队员，围着火塘烤火喝茶。

柴火熊熊，热气上升，大家商量出了个子丑寅卯。任务明确，工作就开始。一家一家，精准施策。跑了几天，他们摸到的情况是，村民都想住新房，大都愿意。往山外的路修成功了，村民看到了曙光，对泽林这一帮扶贫队队员有了好感，对村委会也有了信任。有这样那样的困难、顾虑的，做了工作，说了利害，说了政策的温暖，都愿意。当然问题也不少，其中核心的问题是要投入大量的钱。这一点，政府早考虑到了，有补助，一户好几万。不够的，还协调农村信用社，帮助贷款。木惹出来担保，各村民小组组长出来担保，依规依纪，很快，钱就打在了每家每户的卡上。

工作顺溜，心情舒畅，泽林就会在空闲时，沿着村外的路往山上走。高处，高高的乌蒙山，山连山，雾遮雾，神秘得很。低处，金沙江一江金色，河水怒吼，不停不止。往村里走，可以看看这不一样的村庄。泽林偶尔掏出手机，照个相，留用。

二

  最难的问题,还是冒出来了。问题和房子有关。这间房子,高高地矗在村头。从垭口拐进来,一进村口,就能看到它。房子土木结构,瓦顶,基脚均为石础,偶有雕刻,但相对粗糙。两层高,有些飞檐,有些翘角,有些巍峨。一看就是早年衰落的大户人家留下的。但年代久远,朽蚀严重,摇摇欲坠。瓦顶塌掉一半,剩下的一半,上面覆着枯朽多年的衰草,疯长着自由散漫的藤蔓。泽林刚下来的第二天,就来看过,知道是中华人民共和国成立前一位头人留下的。掐指一算,八十年以上了。

  "和房主商量一下,拆了吧!"木惹建议说,"搞个村民活动场所,让大伙有个玩处。"

  "拆不得。"这房真要拆了,就是暴殄天物,泽林想。

  "咋?"

  "是文物呢!"

  "啥文物?这样破旧,看着心烦。"

  泽林说:"找找主人,聊聊嘛!"

  说各种话的都有:

  "劣马逮着耳朵驯,犟牛勒着鼻子教。这房主人,难整。"

  "哪里找主人呀?也许发了财,根本就看不起这破房。"

  "也许死了。"还有人说,"从他去打工以后,我就没有见到过。"

  说起这事儿,木惹觉得难。木惹当了多年的村主任,大事小事经历无数,办法多,一般很少有事能难住他。可这个房的事,就难住他了。可见这事情,没有想象的那样简单。

刚下到马腹村时,泽林就到处摸底,对每家每户的情况,能倒背如流。他知道,这房主人叫尔坡。他的祖上,是马腹村的头人,在金沙江一带,可不是等闲之辈。他们祖祖辈辈打冤家,从江那边打过来,再从江这边打过去。打来打去,人死财空,偌大的家业,全都付诸东流。中华人民共和国成立的头一年,他们家族再次裹搅进去,最后败了。全家人为扑救被点着的老房子,除了尔坡的爷爷,全部罹难。那时,尔坡爷爷才几岁,被扔到江里。是解放军及时赶到,把他捞出来的。尔坡爷爷长大后,还记得恩情,感谢解放军,一直任劳任怨,默默干活,平平安安活到了七十多岁,在这屋里去世。有一年,山洪暴发,眼看这祖上留下来的房就要毁于一旦,尔坡的父亲和母亲冲到房后排洪。洪水泄去,人却无影无踪。而这个尔坡,高中毕业后就外出打工,要结婚了,匆匆忙忙来过一回,婚礼没办成,就走了,好像就再也没有回来过。这也正常,一般外出打工的人,只要能活下去,谁还愿回这走一回脚就要肿一回的大山旮旯?谁还会死守这穷得屙屎都不生蛆的蛮荒之地?三年前,村委会对贫困户进行界定,木惹费了很多力,才找到他的电话号码。通过电话了解,尔坡上无片瓦,下无妻儿,最近还因扎钢筋从高处摔下,差点儿丢了命。村委会一班子人反复讨论,最后将他确定并上报为建档立卡户。可尔坡还不配合呢! 左说右说,他才寄回身份证、照片和其他相关信息。现在,他每月都领着政府的补助。

可居然有人说尔坡死了,那些寄回的资料,别人是可以代劳的。

"死啥死啥?! 马腹村的人,命大得很。"木惹不承认,"没见过你的多啦,难道你也死了不成?!"

给死人发救济,发低保费,是违法的。他当村主任,要是干了这事,不管有意无意,是要被处分的。

也有人说尔坡没死。说某年某月,某个黄昏,曾远远地看到一只黑熊,在尔坡的草屋前蠕动。细看,还有烟火,还走来走去,看左看右。知道是人了,就抓住枝柯,踩着石砾,爬到房前,抹掉蛛网,想去看个究竟,却看不到任何人影。以为是鬼,吓得脊背发冷。回头却见地上丢有烟头,正冒烟。估计是尔坡,当然只能是估计。

既然是建档立卡贫困户,房子是必须要修的。但这房,是重新加固好,还是重新修建好?这房是保留,还是拆掉重建?泽林需要再琢磨。木惹在前,泽林在后,踩着梭脚石,爬到尔坡的房前。门上挂着一把锁,锈迹斑斑。木惹将锁一扭,居然就开了。木门生涩,嘎吱作响。两人低头进屋,屋里空旷,黑得怕人。木惹打开手机上的照明灯,顺着看了一遍。屋角有火塘,火塘里有半坑冷灰,还有破烂的木柜、木床。不多的锅碗,覆满了灰尘。

木惹的手机灯光在堂屋正面的墙上停留了一下,上面挂着几只竹筒,竹筒上盖了红布,很神圣。

"啥?"泽林问。

"尔坡祖先的灵筒。"

"那他为啥不带走?"

"不能。只能守在老屋。魂不守舍,祖先回不来。"

村里人都认为,仙逝的人有三个灵魂:一魂归赴祖界,一魂留守葬地,一魂入灵筒。驻守在灵筒的,须供在老家的正堂屋,和家人在一起,不能带走。泽林算是明白了。可尔坡祖先的大灵筒旁边,居然还挂了个小灵筒,位置略微矮些,泽林便有些奇怪:

"小的那个是啥意思?"

"尔坡的。"

"尔坡的？他还没有死呀！"

"活着的成年男人也有灵魂，外出就得挂。几年前，尔坡这灵筒是挂在外面的，现在挂进来了。"

"哦？"

"没有子嗣挂外面，有子嗣了就移进来。"木惹补充说，"干了坏事，祸害百姓，罪恶累累的灵魂，是不能进来的。如果品行高尚，贡献多多，那可略挂高些。"

泽林点点头。

金沙江边的风俗，很是特别。泽林走过不少地方，听到很多掌故。但如此注重灵魂的归宿，倒是少见。有信仰，只要是正道，都好。泽林也有他的信仰，他向善、诚恳、认真。不拿不该拿的，不吃不该吃的，不去不该去的，是他的准则。参加工作以来，同事都认为泽林是好人，说泽林在哪个单位，就是哪个单位的福。虽然不见得是褒义，但泽林觉得这就够了。如果非要说泽林有啥问题，那就是太直。树直有用，人直无用。有啥说啥，说完就走，不会转弯，不会藏，有时还真够呛。也不是不会，泽林觉得没有必要，自己觉得是问题的，如果还掖着捂着，心会塞，会疼，时间长了，心会黑，会烂，那不成了狼心狗肺？当然，泽林也清楚，在单位里，当小兵说真话可以，当领导的规矩多，顾虑多，更得忍，忍得越好，越成熟，办事才稳妥。

搞了多年建筑的泽林清楚，眼下这房，是乌蒙山区就地取材、最原始的建筑，也是保存相对完好的土木建筑。要说有多大的史料价值和艺术价值，倒不见得。但要申请列入县级文物保护，是没有问题的。马腹村要是有这样一个文物保护点，发展旅游产业，肯定是锦上添花。泽林暗地里为这个念头兴奋。

眼下,泽林帮村民们修房,而家里也正为房子的事揪心。家里要买房,不是泽林的主意,是季老师的主意。季老师是省城一个小学的老师。一说她的姓,泽林脑海里跳出的字眼就是:急。儿子大学毕业后,一直在入职考试的路上。这不,都二十七八的人了,一次又一次名落孙山,一次又一次与那些诱人的岗位擦肩而过。年龄大了,没有一分钱的收入,以后的日子,还真不知道咋过。泽林十八岁参加工作,二十岁就结婚生子,算是成家立业了。眼下这些孩子,唉!作为父亲,泽林对儿子要粗枝大叶一些,更多的是心灵上的关心。在买房这样的事情上,泽林是被动的。泽林有泽林的事,那些婆婆妈妈的活儿,他不大管,都是季老师在操心。最近一两年,季老师利用空余时间,跑了不下百家楼盘,比较位置,比较楼层,比较价格,比较服务,同时还要评估:这个位置好不好?这家房地产,可信度到底有多高?会不会是空中楼阁?会不会是烂尾楼?这些年来,关于楼市,啥稀奇古怪的事情都发生过。比较来比较去,掂量去掂量来,眼花了,心乱了,更是定不下来。其实泽林也清楚,定不下来的主要原因,还是包里没有钱。

季老师的钱,被骗子骗干了。这话说起来,既让人心酸,又让人难以启齿。

这不,正想着,季老师打电话来,前几天和他说的那个楼盘,要开盘了,她已经认筹了一套,要交出三十万的首付。

"我只有两万,其他……其他你想办法。"季老师那个急,仿佛火烧眉毛,仿佛尿急豆浆涨、娃娃滚下床。

季老师一提这事,泽林就想梳头。

"不买,行不?"泽林掰了一根树枝,将门上的蛛网挑掉,几只蜘蛛吓得四下奔逃。

"不行,我已经认筹了。据说转手就能赚十万。"

"那你先赚十万。"

"赚你个头!只顾眼前的蝇头小利!几十年工龄的老职工,给儿子交个首付,居然交不起。你不害臊我都害臊了!"

季老师的同事和学生家长多,各种层次、各种职业的人都有,有钱人也不少。哪个楼盘房价如何,开发商是谁,哪个学校有老师在偷偷补课,收费多少,甚至市里谁提拔了,谁又被调查了,她比记者知道得还快、还多。

泽林打开视频聊天,围着这快要倒塌的老屋转了一圈,让老婆看眼前的房:"他们的生活,比我们难多了。"

马腹村风光不错,季老师几次说要下来看望泽林,都没有成行。现在泽林让她看视频,看如此贫穷落后的地方,她不耐烦了。她也不是不耐烦,是泽林不识数,不支持她的工作。一个女人,为了儿子到处筹钱,丈夫却无动于衷,不是缺乏责任心是啥?

"晒给你单位领导看,我才没有心情!"季老师说话像蹦豆,"贫困户房子破了,有人管。我的破了,谁来管?儿子找不到工作,谁来管?"

季老师发完脾气,和往常一样,自个儿就挂了电话。

挂了电话就没事了,泽林知道妻子的脾气。他回过头来,尔坡这住房,外观有些历史的痕迹,但没有住的价值。旁边有一块平地,很宽阔,这在马腹村很是少有。泽林想,村民活动场所建在这里,倒是不错。

"联系一下尔坡。"泽林对木惹说。

木惹有他的电话号码。木惹打了,但那边不接。一般都是这样,每次木惹打去电话,那边都不在第一时间回话。过了一天半晌,尔坡才回过来,不是说他在高空作业,要静音,就是说他正在搬水泥钢筋,哪敢接。

天知道。

尔坡不接电话,木惹也不急。木惹又不是啥大领导,不可能一呼百应,不可能有人前呼后拥。机关每天上八小时的班,可村干部不止,眼睛一睁开,就开始办事。晚上回家,水没有喝上一口,又有人找上门来。夜里躺下了,门还有人敲,院子里的狗还在叫。木惹早年初中毕业回家,恰好村级组织换届,木惹没有事干,便卷入了自己家族与其他家族之间的争锋。争来争去,他当上了村文书,后来是副主任。主任调任另一个村,他就当上了主任。没当上正职时,做梦都想当。自己说了算嘛!当上了,才发觉是个大包袱,沉重地压在他的身上,让他喘不过气来。他成了一个村的磨心,好事没影子,烦心事都围绕着他转。先前村里的干部,在家里就能办公,还可以种地,可以养牲口,可以做生意,吆五喝六、划拳吃酒也不是没有过。现在不行了,现在村委会才是家,天天有任务,时时要迎接检查。木惹甚至觉得,好多政策规矩,像是为他制定的。要不是有泽林下来,他木惹纵有三头六臂,也无法蹚打开来,现在恐怕早就趴掉了。待遇呢,少得可怜,一个月一千多块钱,不够抽烟,喝酒就更不用说了。家里地种荒了,牲口少了,有点儿土特产也没有时间送出山去卖,经济日渐萧条。他干脆把烟戒了。木惹的媳妇当年嫁他,住的也是上辈留下的老房子。媳妇看中的,是木惹为人正派,还有这份体面的工作。结婚后,媳妇勤扒苦挣,养畜,种地,修房,生娃。日复一日的辛苦,大姑娘熬成了黄脸婆。媳妇难以承受,支撑不了家里的活,怨气不少。木惹一回家,迎面来的是一块冷脸巴。一个男人,在外再苦累,都是小事;回家没有温暖,那才是大事。木惹受不了,要辞职。乡上的领导刚下村回来,跺着一双脏鞋,反手捶打着背脊说:"天底下所有有责任心的干部，都累。谁不累？上级来调研过几次了，说不准很快就会有村干部提拔的政策。建议你考虑考虑。"

木惹希望的火光再次点燃。但两年过去了，提拔的风声悄无声息。他和媳妇商量来商量去，又想辞职，准备到城里帮人修房子。木惹骑着摩托，刚到村口，族里最年长的老人站在路中间，银白的胡须不停地抖动。老人一手拄着拐杖，一手指着他的鼻子：

"想当年，我马腹村的汉子，如果战死在疆场，是要检查伤口的！"

这话说得很重，当地人一听就懂。从中华人民共和国成立初往上推的数千年里，这里械斗不断，死人是常事。但这里有个规矩，在战场上牺牲，不能就说你有多了不起，还得验伤口。刀枪穿过的孔，要是在正面，没说的，你是迎敌而上，家族都为你自豪，以你为英雄，隆重祭奠。伤口要是在身后，哪怕就是在脑勺子上，说明你是逃兵，死得没有价值。对不起，尸陈荒野，任狼撕狗啃，还要被吐口水诅咒。最严重的是，灵筒要被抛弃，不能和祖先的在一起。

既然这样说了，哪怕下刀子，咬着牙巴骨也要上。这也是木惹的脾气。

尔坡不大配合，估计是多年前心里郁积的气，至今没有消除。这和木惹有关，木惹也歉意颇多。木惹想，随着时间的推移，总有一天，会得到消解的。即使是块石头，从金沙江的上游，磨砺到下游，经历过惊涛骇浪，也绝对是块奇石。两人没有世代冤仇，没有夺妻之恨，也没有借债不还，这是前提。

看木惹打去的电话，尔坡没有接。泽林觉得不能老等，泽林就用自己的电话打，尔坡还是没有接。他干脆发去短信：

"尔坡兄弟，你好，我是马腹村的扶贫工作队队长。独在异乡，真不容易。"

很快,尔坡回了:"想家,却没有家。"

"很快就会有的。最好见个面,我们商量一下。"

"猎犬有志,不舔别人的洗脸水;穷人有志,不吃富人的剩菜饭。"这是金沙江边的谚语,这个泽林懂。泽林回:

"兄弟,可别眼睛疼怨手指,肚子疼怨嘴巴。电话说?"

泽林和木惹刚回到村委会院坝里,尔坡的电话来了。泽林掏出梳子,边梳头,边和尔坡说话。这次泽林不是头疼,是借此机会给自己的头皮按摩按摩。聊了半天,泽林明白了尔坡不太配合的原因:穷。

人穷志短,马瘦毛长。可是因为穷,就连上级帮助都不要?穷了,就不听从组织的安排?事实是,穷还和懒互为兄弟,紧紧捆在一起。他泽林来这穷山沟,不是来吃素的,也不是来养老的,是奔着穷这个字来的,是带着重托来的。看来要把这个字掰碎,让它从这块土地上滚蛋,还真得下些功夫。一直以来的努力,还不够。只让毕摩(金沙江一带专门替人祈福、祭祀的祭师,是彝族文化的传承人)天天念驱穷经,不行。衣来伸手,饭来张口,不行。拔穷根还得先从脑壳里开始。

"视频。"泽林对尔坡说。

尔坡不肯,说他刚扛水泥,身上脏,脸上全是汗水,怕吓着泽林。等他哪天休息时,好好洗洗,理理发,再和他视频。

"又不是相亲。"泽林接过去说,"我就是想看看你穷苦而又勤劳的样子,好给你出点子。"

"我没有话费了。"

泽林马上给那个电话号码充进五十块钱。五十块视频一次,应该够了。可再打,尔坡干脆关机。热脸巴贴人家的冷屁股。当扶贫队队长,吃亏受气,和小媳妇没啥两样。

尔坡的视频来了。透光的工棚。朽烂的石棉瓦顶,被几根木桩撑着。墙角一堆破棉絮,连狗窝都不如。旁边是两三个没有洗的碗、一把比古董还黑的烧水壶。讨口的不是?尔坡满身尘土,衣裳又旧又破,脸脏得像是刚和猪同槽抢食。这哪里洗过了?泽林正在吃烧洋芋,那种脏,泽林一看,正要下咽的洋芋都要呕出来了。

"尔坡,你这样子,污染一线城市的环境了。"

"是了嘛,所以苦不到钱。"还算好,尔坡没有生气。

"你每天收入多少?"

"说每天一百,可经常拖欠,都大半年没有领到一分了。"

"那你回来,我给你找工,一天一百块,还可以照顾家里。"

"在马腹村?别说一天一百,一天二十块都没有人要。"尔坡一边说一边往外走。

"别扯那些,我是想告诉你,好政策来了。你把存款取出来,回马腹,签字确认,修你的房子。"

"政府出钱?太好了!我就修别墅!越宽越好,越大越好!"

真是牛不知角弯,马不知脸长。这家伙,太让人失望。木惹脸都气白了:"这种把政府瘪奶里的血都要呷干的人,让他滚蛋!"

泽林连忙将手机晃开,不让那边看到木惹:"政府补助多少,每家每户能修多大,上面有规定,你说了不算,我说了也不算。自己建房为主,政府帮助为辅。自力更生,你又不是不知道。"

尔坡不干:"我哪有钱?我要是有钱,我就不会一个人孤零零地在这大城市讨口了。"

"你老婆呢?"

"跑啦,十多年前跑啦!一直没找到。"

尔坡的视频里,有他背后尚未完工的高楼、支离破碎的天空,然后是一片湖泊,隐约有无数的鸟在飞起飞落。泽林心里一颤。

"你在哪?"

"我在工地上。"

"我是说,你在哪里的工地?"

"我在深圳……"

"我的意思是说,你是在世界之窗、欢乐谷、东部华侨城,还是中英街?"

那边一愣,说:"我……我哪有那福分?"

"尔坡兄弟,好好聊聊。你这老房子,怎么处理?听你的意见。"

"再破也是自己的碗,再穷也是自己的家!队长,你帮我看着点!哪个动一块土疙瘩,老子就告他!"尔坡急匆匆挂了。

那话是咬牙切齿说出来的,隔着那么远,也能听到噬骨的仇恨。山里人,耿直是没有说的,但固执起来,九头牛也拉不回。据说,这金沙江岸边,曾经有过这样一件事。一个叫吉克的男人,骑着马去赶集,马因负重,在一个叫玛莎的女人面前放了一个屁,玛莎因此而羞愧上吊。两个家族由此矛盾丛生,互相残杀,冤仇代代相传。直到解放军进入金沙江两岸,做了很多工作,吉克家族赔了三头牛、十只羊、两百斤荞麦,此案才算了结。世居此地,相互摩擦不少,冤家易结,却最难解。尔坡为啥会这样拒绝这块土地?内心到底有多深的隔阂?怎样才能解开?的确是让人头疼的事。

"他在外是不是有住房?有车辆?有存款?"泽林放下手机,停止梳头。

"查了不止一遍。"木惹说,"都没有。"

"再查。"泽林说,"对贫困程度的认定,必须精准,精准,再精准。稍有错漏,麻烦很大。"

木惹欲言又止。

泽林看着他:"怎么了?有困难吗?"

"真没法。总不能跑到人家家里翻箱倒柜吧……"木惹显得无可奈何,"更何况,他躲在哪个旮旯,天才晓得。"

三

木惹和尔坡之间的恩怨,泽林也知道一些,但背后他们究竟如何,还真不好说。有着上千年历史的山村,明里暗里的人事,盘根错节,不是谁都捋得清楚的。昨天晚上,他和尔坡谈话时,隐隐约约感觉到,尔坡旁边就好像有人在和他凑耳朵、出主意。旁边有人,也正常,谁没个三朋四友?尔坡旁边那人,就算正和他搂搂抱抱,也无可厚非。但他就是觉得,尔坡背后,还有隐情,说准确点儿,尔坡不应该那么穷。

再就是,尔坡身后晃动的那片建筑和湖泊,他太熟悉了。

泽林趁村上的人都回家后,在村委会的档案柜里,找出尔坡的所有材料,认真看了一回。这些材料,他查阅了得有数十遍。但看也白看,从那种在黑与白之间没有任何温度的表格上,不可能发现什么蛛丝马迹。他在老木凳上坐下来,看着门外的重峦叠嶂发呆。老对一个人怀疑,怀疑来怀疑去,泽林甚至也怀疑起自己来。

有必要亲自出马,泽林暗下决心。这样足不出户、纸上谈兵,分明就是作风漂浮,根本干不好事的。

村民们该拆的房,拆了,该进的建筑材料,也在进了。有几家已经开始挖填基础了,村子里有了轰轰烈烈的样子。这就对了。如果不出意外,村里的房子,年前是能够完成的。泽林稍微放心了些。他和木惹商量了一下,就向县里扶贫办请了假,说家里有急事,想回去一下。泽林除了逢年过节,其他时间很少回家,镇里的领导都清楚的,连连同意。泽林下来一年多,之前每次回家,都是先走路到集镇,再坐车到县城,再买票,坐长途客车到鸥城车站,再打车回家。要是木惹有空,他也会骑摩托送泽林一程。现在不用走到集镇了,在村口就可上车,平坦坦的水泥路,端碗水喝,也洒不了多少。爽!弯道是多些,扭麻花一样。但这正常,没有弯道,还叫大山?还叫金沙江峡谷?

泽林出门时,找了一套建房申请表,还有一盒印泥,揣上。木惹要用摩托送他,泽林坚决地摆摆手。木惹肩上的担子够沉的了,他不能耽误木惹的时间,也不能给基层添麻烦。木惹习惯了他的脾气,不再坚持。木惹有些欲言又止。泽林笑:"有啥话就说,别老是驮马放屁。"

负重的马,被压出的屁,自然是吞吞吐吐。泽林这样说,木惹不觉得是批评,相反还觉得很亲切。他想请泽林帮助向上边问问,自己都当了十多年的村主任了,可不可以提拔了。他干工作得到的各种奖状,至少有二十个。木惹还说,他自学的本科文凭,也已经到手了。

这个木惹,真是不错,在基层一线的干部,要是都像他,脱贫的事就不是难事。泽林安慰他:"一旦有,我第一个推荐你。"

木惹谢过泽林后,驮着一个村干部,油门一轰,进村去了。

木惹想上进,这是对的。别说他,就是泽林这把年纪,也不是没有梦想。泽林坐上客车,闭上眼睛,乱七八糟的事情跳了出来。

泽林今年四十八岁,再过两年就是知天命的年纪。在单位,已经往后靠了。事业上有成就的人，大多三十出头就已顺风顺水，那时候枝繁叶茂，底蕴十足，要精力有精力，要想法有想法。能吃苦，能受累，睡得着，爬得起，既敢爱，又敢恨，还敢闯。四十岁一过，都已经身居要职、权重位高了。泽林不一样，这和他的出身有关，也和他的志趣有关。他的老家，在本省的另一个县，也是乡下，交通、物产什么的，比马腹村强些。家里有几亩果园，种苹果，季节早，销得快。价格不是很高，但每年都能卖完。父母省吃俭用，有了十多万的积蓄，也就勉强够生活了。妻子在的学校不是名校，但也不太差，收入不比泽林少。儿子呢，小时候学习不错，每个学期都有奖状，这都得益于妻子的看管，泽林也省了不少心。儿子后来顺利考上了省外的一所大学，顺利毕业了。儿子在思想上，受泽林的影响更多些，一直想当公务员。毕业后就回鸥城，天天看书，天天去考试机构培训。从毕业到现在，都考了五六年了，大大小小几十场，历练成了个考试老兵。每次成绩出来，要么差三五分，要么刚好入围。入围后还要面试，只要前边的人没有啥重大缺陷和重大问题，他就只能出局。老考不上，儿子的信念开始动摇了。他也考事业单位，但事业单位也一样，百万大军过独木桥，还是难。

泽林怕儿子有想法，特意请儿子在小区旁边的月光咖啡屋小坐。那种表面休闲其实很庄重的方式，让儿子有些吃不消。但儿子还算理解他，要他放心，自己会正确对待，啥都要靠自己。看儿子比自己还淡定，他松了口气，下村扶贫就定心了。单位上要求要有一位干部下村挂任扶贫队队长，泽林是正科级，正好。原本，他所在的那个处，有位老同志明年退二线，副处级位置空出来了，排来排去泽林最适合。他如果上了，此生就在这个岗位上定个格，也还过得去，走到哪，别人都不会说他泽林太差。但厅里分管扶贫的领导找他谈话，间接地说，要提拔，得有基层工作的经历。这个泽林懂,任何一样好处的背后,都需要艰苦的努力。泽林是农村出身,虽离开土地多年,根子还是在农村,和农村人没有多少融不拢的。领导那话不是太好听,但他觉得家里没有多大的事了,便一口答应下来。单位也有人暗地里笑他:此前,好些次有机会到北京、上海深造,他都没去,理由是每天要接送儿子读书,离不得;现在受累吃苦,前途无多,他倒答应了。

和季老师正式谈起这事时,季老师骂他脑子进水:"是不是要给你挂个副市长啥的?回来再升个厅长?"

这话暗含讥讽。说这话的人,一听就是天天和鸡毛蒜皮那样的小事打交道,境界大,心眼小。

"几十年了,天天上下班,吸汽车尾气,到单位整天画图、开会、汇报、审规划,晕头。"泽林挠挠脑壳,"你看,我这头发又少了些,又白了些。下去洗洗肺,养养眼,多活两年。"

"翻过五十,想去,领导怕不见得还给机会。"泽林又说。

头发白,头发少,到了这个年纪,谁都会有。泽林说晕头,不是一次两次。不注意的时候,晕了。注意的时候,又躲得无影无踪。妻子也觉得是个事儿,好说歹说,将泽林拖去医院。检查下来,交费三千多,单据几十张,啥也没有说清楚,开了几服中药,也就不了了之。现在泽林再说,妻子觉得也是。

泽林下了决心,单位也已确定,季老师觉得再讨论,或者阻拦,意义都不大了。批改作业翻篇时,她抬头:"去哪?"

泽林说了马腹村这个名字。妻子没有听说过:"你就说在哪个方向。"

"金沙江边。"

金沙江名气大。那里山高坡陡，河流凶险，有好几个少数民族聚居，富有传奇性。吸引人的是，那河流里黄金闪闪，据说也有淘金者，只要吃得苦，多少都能捞些上来。季老师每年至少要给学生讲上一两次金沙江。季老师的红笔，在作业本上顿了顿，墨水慢慢洇开。

"你小时候吃过苦，没事。"妻子鼓励他，然后又讥讽说，"在家你也帮不了我，连像样的饭都做不出一顿来，下去还可以挣点儿伙食费。"

家里要牵挂的，就是房子的事情。房改时，泽林买到了单位最后一套，七十来平方米，一万零点儿就买下了。一万多块钱，当时是个大数，泽林也是贷款的。但工资涨得快，没几年就还清了。那套房原是一位厅级干部住的，房改时，每人只能买一套，人家就买更好的去了。泽林和季老师当时正在恋爱，季老师正犹豫着泽林的老实，怕跟了这样的人吃亏受气。有了这房，算是火塘里添了一把柴，火焰灼灼。等不及了，两人随便刷了一下墙，就在里面结了婚。第二年生了儿子，六斤多，很少生病。泽林对这房子算是满意，按照老家择房的标准来看，觉得有人气，有福气，风水好，便从没有想到过要搬更新、更宽的房。泽林的精力，都放在了单位的事情上，下乡搞勘测，在单位做策划，陪领导上京城做汇报，多年来就干这些。别人买房，他觉得好笑，人生短短几十年，好不容易存下点儿钱，就为住新房、住宽点儿，钱全都拱手送给开发商，真是愚蠢。回头看看，偌大的省城，超过三百年的房子，没有换姓的，居然就没有。真的没有。但看到房价飞涨，去年和今年不一样，春天和秋天不一样，甚至晚上和早上也不一样，季老师坐不住了。学校里的同事，有的住电梯房，有的住海景房，有的住别墅。两套三套的有，十套八套的也有，随便一出手，上百万的钱就回来了。这样一比，自己不就是不会理财吗？不就是没有远见吗？不后悔才怪。季老师一分析，泽林妥协了。但泽林和季老师跑上两回，就觉得累，楼市里水太深了，他无法判断，也无法抉择。泽林便和季老师说："你脑筋活络些，时间充裕些，你先摸清楚情况，我支持你。工资卡都在你手里，你想咋用就咋用。"得到了泽林的支持，季老师到处调研，摸情况。结果季老师发现，居然有比倒房来得更快的钱。是啥？小额信贷。和季老师搭班教数学的小王老师，才工作五年，结婚一年多，手里就有三百多万，吓死人。咋来的？钱放小额信贷公司嘛！那小额信贷公司，给的是两分的利息。十万块钱放进去，一年就是二万四的利息。如果每月取出，再放进去，利滚利，利息就在三万以上。房价怎么涨，也没有这个来得快。泽林表示怀疑，这么高的利息，钱从哪里来？季老师说，她也怀疑过，但公司是把这钱再借给房地产开发商急用。开发商每每拿项目，钱都不够用，必须到处找钱来填，也就一两个月，环节打通了，人家就连本带利还了。泽林知道这两年房地产的暴利，觉得这种情况存在，有道理，就不再多问。季老师把两人的积蓄全部取出，送了去。每月的最后一天，季老师预留的银行卡上，都会有一笔不少的利息存进来。季老师说，存上三年，她就可以在鸥城给儿子轻轻松松买套房。儿子要是去北京、上海、深圳那样的城市工作，给点儿首付，一点儿问题也没有。

那种不劳而获的好事，也就持续了一年多，意外发生了。这不，季老师将得到的利息凑了个整数，给小额信贷公司送去。到了收钱的日子，银行卡上却没有钱再汇进来，季老师预期收款的手机信息铃声，一直没响。第二天，还是没有响。季老师担心手机坏了，或者移动公司信息发送遗漏，就带上银行卡到自动柜员机上查，还是没有。季老师又忍了几天。第五天了，还是没有。她到小额信贷公司，一问，柜台前的人连说抱歉，这两天资金需求量大，调整不过来，过两天利息一并算上。

季老师心落了下来,走了两步,回来,想找找当时具体联系的人。但人没在,说出去融资了。季老师回来,和泽林一说,一个不祥的预感跳到了泽林的脑壳里。泽林要季老师把钱全部要回来,越快越好。但是晚了,当季老师再次来到小额信贷公司时,镶有金边的豪华玻璃门已紧紧关闭。两扇门之间,还贴了一张封条。

季老师傻眼了。

小额信贷公司的左边,是一家儿童服装店。右边,是小锅米线店。季老师问了儿童服装店的老板娘,那个中年妇女看了看她,说不清楚。小锅米线店她熟悉,里面的人也熟悉她。此前,她不只来吃过一次。收款的小姑娘告诉她,前天老板被抓走了。这几天来踢门的、吐口水骂爹骂娘的,怕有几百人。回过头去,季老师居然就看到一位头发胡须都已花白的老人,走过去,踢了几脚。大约是把脚踢伤了,便坐下来哭。小姑娘告诉季老师,此前这老人也常来吃米线。据说他把自己的住房都卖了,把钱给存进了小额信贷公司,自己租房住。一百多万,就这样没了。

季老师没有忘记她还有课,匆匆赶到学校。在办公室,她遇上了小王老师。小王老师一脸寡白,眼睛浮肿,好像才哭过。

季老师心里有数了。她说:"你没事儿吧?要不要下班一起走?"

季老师反应敏捷,把她和泽林的公积金取出,又借了些钱,在新开发的湖畔名园订了一套房子,交了二十万的预付款。不出意外的话,一年后,就能拿到房子钥匙。照现在这个涨幅,两年以后,增加二十万没有问题,比家里有个不吃不喝的公务员还强。也不说钱的事情,儿子不管考进哪个单位,总得找个女朋友,总得结婚,总得抱上个大胖小子。那时候,没有个房,怎么也说不过去。那湖畔名园,位于五百里滇池旁边,可以晒太阳,可以看海景,可以看每年从西伯利亚飞来越冬的海鸥。泽林很满意,没少到那地方溜达,看到那楼房,像庄稼一样,一天天长高,心里真是乐滋滋的。但事与愿违,一年后,到了预定拿钥匙的时候,楼房才修了一半。原因是开发商资金链突然断了。房子成了烂尾楼,季老师哭不出好声气来。

泽林清楚,所谓资金链断了,其实就是开发商根本就没有钱,通过不正当手段,弄到了开发的资质,便这里借一点儿,那里筹一点儿,一边卖房,一边修建。金融风暴来了,反腐的力度大了,他们弄不到钱,就只能停下来,半途而废。为了这事,妻子没少与受骗的人,一起开会,写状纸,到市政府请求解决。泽林觉得委屈,觉得难,也觉得无招。这样的事,对于一个小公务员来说,太大了。季老师一回家就向他倒苦水,两人意见略有不一致,季老师就拍桌子打板凳,就哭,就责备泽林不是个男人,没有伸出肩膀来,把这个家扛住。泽林有自己的生存哲学。一家人过得好好的,饿不死,冷不死,为啥非要去想那些不义之财?一个人能扛一百斤,扛八十斤,走起来很轻松。每天能走八十里地,走六十里七十里不就行啦?家里就是因为妻子的决策,将自己的家所能承受的,翻倍地让自己承受!现在反过来做妻子的工作,妻子根本就不听他的,甚至有要和他分手的意思。分就分吧,要是在一起整天都吵吵闹闹,那有啥子意思?但一分手,债务也要分摊,凭空多出些无法偿还的债,两人都难以承受。泽林的头疼,就是从那时开始的。妻子再闹,他就头疼,双手抱紧,缩在沙发上,一动不动。

泽林到马腹村蹲点扶贫前,这个问题还没有解决。没有解决,妻子就注定不快乐,所以他得每天晚上给她一个电话,也不说房子,就说自己今天又走了几家农户,吃了几个烧洋芋,解决了几个问题。再问一下妻子今天早饭在哪吃,食堂里的菜味道如何,等等。儿子呢,儿子给他的电话越来越少,就连朋友圈也很少发。儿子内心的苦,泽林清楚,再这样下去,他会越来越孤独的。

泽林好几个月没有回家了,现在他想回去。季老师和儿子,和他分开久了,他觉得亲情淡了好多,有很多事情必须得沟通。

电话响了。

电话是一个建筑老板打来的。这人泽林见过,从省住建厅里直接或者间接拿到过不少项目,也请他吃过几次档次不低的饭。反腐的风声紧了,泽林便再也没有见到过这人。泽林下马腹村后,他打过一次电话,是请泽林帮他协调一个项目。泽林不置可否,那人也就没有了下文。前几天,儿子打电话来,说一个企业的叔叔,要他去他们建筑公司办公室工作,五险一金,每月底薪五千,此外还有奖金。工作嘛,也不重,每天去打打卡,临时有些任务。当然,工作做完了,也可坐在办公室看书。泽林吓了一跳,这待遇不得了,哪会轻易落在一个小毛头身上?泽林再问,知道了公司的名字。泽林要儿子先别去,过几天再说。第二天,那人突然将电话打了过来。泽林手机里有那人的名字和身份,一看,就明白了。

"泽林兄,下基层镀金,也不告诉兄弟一声,喝杯送行酒。"

泽林说:"又不是提拔,哪能轰轰烈烈?"

"下基层吃苦,不提拔哪行?"

也不是那样,哪有下基层就要提拔的道理?当然,人家要找个理由赞美一下,也是不好阻拦的。

那人直言不讳,说了需要帮的忙。泽林清楚,那问题很棘手。现在的人,执纪意识和监督意识,前所未有,哪能看着你捞钱而不管不顾?

"让我想想啊!"泽林没有一口回绝。

泽林打电话给儿子,儿子等不得,居然去上了一天的班。他当机立断,要儿子下班前把钥匙之类全部交了,把那些公司里的电话号码设置在黑名单里,回家安心看书,电话响了不要接,门铃响了不要开。做生意的人,见到了利益,个个像苍蝇见到垃圾,连命都可以不要。机关上这几年里,就一直不太平,一个副厅长,两个处长,都给关了起来,被这样处分那样处分的,就更多了。

儿子听他的,快刀斩乱麻,行动起来比当爹的迅速,很快就按他的意思办了。泽林总算放下心来。

到了县城。泽林去了县委组织部村干部科,问了问木惹委托的事。基建办的同志说,调研报告已经往上报送,如果他们的建议被上级采纳,木惹这种干部,应该是首先考虑的。泽林告辞,直奔县文物管理所,所长见他来,从文件夹上取下一份文件:

"泽林队长,你交办的事,成啦!昨天县政府办公会通过了。今天拟向社会公布。"

四

泽林马不停蹄,再奔鸥城。尔坡和他视频时,背后的那些烂尾楼,老是在他眼前晃来晃去。泽林给尔坡打电话,尔坡没有接。泽林给他发了短信:

"尔坡兄弟,我来鸥城开会。有事相商,抽空见个面。"

泽林关了手机,睡了一觉。突然醒来,再睡,就到了。下了客车,他打开手机,还是没有尔坡的任何信息。这次在车上晃的时间长,估计是累,到了鸥城客运站,泽林头疼。他找个位置坐下,长喘。硬邦邦的座位,没有马腹村的地埂安逸。泽林摸摸头的痛处,掏出梳子,从前到后,从上往下,甚至连脖颈,都梳了一遍。总数梳到三十六,血流通畅了些,舒服了。他把梳子小心地装回衣兜。

泽林再打电话,依然没人接。他找个位置坐下,再发信息:

"主要是想看看你,金沙江边男人了不起的一面。"

……

发到第五个短信。尔坡回了:

"你在哪?"

"鸥城。"

"我在深圳啊,怎么见?"

"兄弟,别装了,我知道你在鸥城。"

"没……"

"说实话。具体哪个位置?"

"其实你不用来的。"

"是想看看你,说说老家的事。"

那边停了一会儿,回了:"好吧。见你。"接着就微信发了地址。

好难。泽林到京城协调关系,要见那些国家部委的领导,似乎也没有这么费劲。得到允诺,泽林全身轻松,头不疼了,他吹起了口哨。在马腹村是不允许吹口哨的,特别是深夜,据说会招惹鬼怪,缠身附体。

坐地铁,坐出租车,坐摩的。回到这省城的深处,他居然又坐上了摩的。泽林在鸥城生活了几十年,对老城片区熟悉得像是自己的手掌心。现在他居然找不到北。摩托穿过逼仄的小巷,在菜园子的土路上飞奔。这是哪里呀?如果一直走下去,会走到一个什么地方?他居然有些害怕。

泽林掏出手机,看了看尔坡发的地址。还好,从线路上看去,方向是对的。

摩托迅速穿过菜地,驶过田埂,还有几个正在拆迁的村庄。费了不少力,总算是见到了尔坡。尔坡站在一片偌大的烂尾楼间,脏得像个讨口的。泽林低头看看,自己也脏得不得了,人也又瘦又小。尔坡面无表情,目光呆滞,和烂尾楼的某个局部很一致。

"你就是尔坡?"

"是。"

尔坡领着他,走进工地,在建筑垃圾里绊来绊去。尔坡的衣服沾满了泥,有几个破洞。一只鞋的底子分家了,用一根红皮的电线缠了几道。走一步,鞋子就噗地响一声。

越往里走,越是阴森。这建筑的森林,了无生气,冷漠无比,让人恐怖的程度,甚至超过原始森林和荒漠。泽林站住,不走了。

尔坡回头:"怎么了?"

"你真是尔坡吗?"

"怀疑我了?"

泽林打开手机,将先前存下的尔坡的照片找出,放大。对着尔坡,左看,右看,上看,下看。

又说:"确定?"

"不是。我走了,你去找真正的尔坡。"尔坡说着,转身就走。这尔坡,半斤鸭子四两嘴,好硬。

泽林追上去:"唉唉,等等!我是得核实一下嘛!不然,一个堂堂正正的扶贫队长,要是莫名其妙地消失在一堆建筑垃圾里,怕会成为今年最大的网红事件。那都不要紧,要紧的是,怕影响这片烂尾楼的再动工……"

烂尾楼的深处,墙角。尔坡停下。一堆没有怎么燃烧的木柴,冒着散乱的烟。这味道,和马腹村的柴疙瘩火无法比,是胶合板碎片。旁边,有个烧水壶,有个污脏的口袋,鼓鼓的,不知里面装的是啥。

和先前照片上的场景差不多。再看背后的天空,泽林暗暗为自己的判断点赞。凝神细听,居然有滇池低低的潮声。

"你住哪?"

尔坡指了指另一面墙脚。一块破旧的塑料,盖着一团乌黑的棉被。

这不是讨口的是啥?这个时代了,居然还过着这样的生活。此前对尔坡的印象,被眼前的现实一笔抹掉。这样的场景,让他原谅了尔坡此前的撒谎。泽林心里一酸,差点儿流出眼泪。他镇定了一下,努力让自己的喉头好过些:

"恁难,你还守着?"

"守。不守能咋?"

"跟我回去,种洋芋,种苦荞,养牛养羊。饿不死的。"

尔坡抬头看看他,眼皮又耷下。

"回去吧!啊?"泽林看着他。

"不去。"尔坡说。

"回去修房,娶个老婆,养个娃,读书。"泽林说。

"没钱。"尔坡说。

还是说钱,钱钱钱,命相连。现在说没有钱,比在视频里和短信里更真实些。看这样子,尔坡说的是实话。要让他拿出几万、十几万来修一幢房子,做梦呢。

"想想办法,咬咬牙,挺过去。"泽林鼓励他。

"啥都可以想,钱不能多想。想多了,只有去偷去抢了。"尔坡说。

也对,这话像根针,刺得泽林一个激灵。他想起家里那个季老师。

"我们一起想,往正道上想。"泽林说,"知道大伙都有难处,政府考虑了,可以贷款。"

"不贷,贷了也还不起。"尔坡并不给面子。

手机响了。泽林懒得接。是上面催扶贫的进度吧?是要统计数字的吧?手机那边的人,像个机器,生硬、固执。

"谁都有困难,是男人,就要面对。躲避是解决不了问题的。"泽林说。

手机又响。响到第三次,泽林一看,是儿子打来的。儿子很少给他打电话,肯定有事。

儿子在电话里告诉泽林,他今天才知道,妈妈为他操心太多,却又心愿难遂。妈妈买的那位于滇池边的房,半年前就没有往上修了,好像成了烂尾楼。妈妈神色不大好,半夜起来喝水,还自言自语。他很难受。

儿子内心的堵,太多了。泽林抬起头来,看了看眼前黑乎乎的烂尾楼。这楼里的某套房,原本就属于他们家。现在看来,真不知道要烂到哪种程度。泽林镇定了一下,要儿子别婆婆妈妈的,要阳刚一点儿。

儿子说:"真担心妈妈有个啥。"

"你妈呀,只要天天上课,保准没事的。她一忙起来,饭都忘记吃,这些馊事情,难不倒她。"泽林宽慰儿子,一点儿也不慌。

儿子又说小额信贷的事,要爸爸小心点儿,有钱就存银行,现在骗子多。

儿子对家里的"金融风暴"有些了解,但没完全了解真相。这就对了,泽林笑,泽林希望这笑,能通过手机传递过去,让儿子轻松些。于是泽林的呼吸就夸张了些,笑声也比以往更加爽朗:"你妈心急,想发财,这人世间,哪有那么好发的财?轻易就能得到的东西,要么就没价值,要么就是有倒钩。"

钓鱼的铁钩尖上,有个倒钩,一旦咬上,别说鱼,任何动物要退出来,都难。至少得付出巨大的代价。有一年,泽林被开发商邀请去一个天然湖泊钓鱼。天热,他就穿了个薄薄的背心。鱼漂动了,甩竿,鱼没有钓到,结果倒将自己的光背钩住。几个人上来,弄了半天,才将钩拔出来。不想他背上给拽了个洞。有经验的人告诉他,说竿提早了,鱼还没有吃住钩。第二次,鱼拉上来了,肥肥的,在草地上挣扎。鱼太大,泽林用衣服将鱼摁住,才去取它嘴里的钩。鱼挣扎,鼓着眼睛,不服气,而泽林又必须得将它制伏。两相搏斗,各不服输。最后胜利的,当然是人。费了半天力,鱼钩才拿出来,但鱼鳃弄豁了,一团肉也被硬生生扯出。那鱼鼓着眼睛看着他,一眨不眨,泽林便有了失败的感觉。泽林后来再也没有去钓过鱼。就是在餐厅里点餐,每次也都绕开它。

"幸福需要努力才能换来。"泽林说。

泽林的轻松,让儿子也松了一口气。儿子说:"爸,你要是得空了,还是回来一趟,和妈妈聊聊。"

这话是对的,看来儿子长大了。泽林说:"好,说不定我明天就回家了。"

泽林又说:"最好还是让你妈来看看我,我都长五斤肉了。"

"马腹村肉食多吧!"在儿子看来,马腹村不仅吃牛、羊、猪、鸡,肯定还吃马。

"不是不是。"泽林笑起来,"儿子,心情好,喝口水都会长膘。"

"爸,看来马腹村,还是挺养人的。"

"肯定啦!天底下,我最喜欢的就是马腹村。给你说,我越来越觉得,我前世就是马腹村的女婿,或者马腹村的儿。欠马腹村的太多了,今生得好好报答。"

儿子笑了:"爸,你真逗,你那个马腹村的人,肯定长寿得多。"

尔坡就蜷缩在不远的墙角,听到这些话,内心像打翻了五味瓶。他发呆,黑影中像是块熏黑的木头。他一直以为,这些所谓吃国家饭的人,有吃不完的饭,用不完的钱,高高在上,颐指气使。想不到,他们也有他们的疼。他们为了房,为了生活,居然也会不快乐。

泽林说完,便往回走。他一边走,一边搓脸,努力让自己的脸色更光鲜些。他不希望自己有些晦气的脸色,让尔坡看见。不想,泽林差点儿撞在一个黑乎乎的影子上。泽林吓了一跳,仔细看,是尔坡。

泽林估计他在偷听自己说话:"你干吗呢?"

"尿尿呢!"尔坡往裤子里使劲掏了掏,对着烂尾楼的墙脚,"哗啦啦"尿了一大泡。他一边尿,一边说:"尿死你!尿死你!"

尿完了,尔坡吐了三泡口水,咬着牙说:"黑心烂肝的开发商,我咒你们,咒你们断子绝孙!咒你们无人收尸!咒你们永世永代不得翻身……"

"还有,那些放高利贷的、小额信贷的、套钱的,也不得好死!"尔坡叽里咕噜的,又说了一长串。泽林知道,这是马腹村少数民族的咒语。至于咒的内容,他听不懂。

"屙泡尿还唠叨?下水道有问题呀?"泽林试探他。

尔坡说:"这幢楼的开发商欠我整整一年的工资,算下来也有两万多,一分也得不到。"

泽林担心起来:"你的钱也被套进去了吗?"

"没有没有,我这穷光蛋,哪有钱给他套?他们欠我的,是血汗钱!"

泽林也尿了一次。尿光了,人一下子舒服多了。就像肚子里有话憋着,说出来,总是要好过些。

回到工棚,尔坡拖了些木板来,将火烧得很旺。从破口袋里摸出几个土豆,扔在火堆里。泽林惊讶于尔坡生存的能力。土豆刚煳皮,香味漫上来,泽林的口水直冒。这时他才想起,自己连晚饭都还没有吃呢!

两人一边啃土豆,一边聊天。泽林讲自己小时候的事,讲自己对城乡建筑的理解,讲对马腹村不同时期的印象。尔坡的脸色有些好转,尔坡也给他讲自己这些年打工的辛酸,讲对马腹村人的失望,两人的思想有了些靠近。

夜色慢慢上来,没有任何灯光的烂尾楼,黑暗得像是回溯到多少个世纪以前。要是真没有这堆柴火,这里就真的是伸手不见五指了。尔坡有些歉意,说要领泽林出去找个地方住。泽林摇摇头,说他不能丢下尔坡,说这个夜晚对于他来说,真是重要得不能再重要了。泽林只有在童年,在老家,才会有这样的感觉。他不想放弃,他想再感受。

"你那祖上留下来的房子,怎么办?拆了吧?"

"拆?怎么要拆?"尔坡跳起来,"我就晓得,这是木惹的馊主意!这些年,他一直在整我!"

"不是他。拆那老屋,是我的主意。"

"要拆,行!我跟你们拼了!"尔坡脸红脖子粗,"我就知道,我尔坡在马腹村,真是没有立锥之地了。"

"我几次提出,但是,木惹没有同意。他告诉我说,那屋里,你供有祖先的灵筒。"泽林说。

尔坡站起来,眼睛朝着马腹村的方向,双手紧握,眼里噙满泪水:"那屋子,他们都用来做牛厩了!"

"我没有看到牛在里面。相反……"泽林站起来,拍拍尔坡的肩。尔坡一拐,泽林拍在了生硬的骨头上。这肩很结实。

泽林收回手,从挎包里掏出一份红头文件:"看看!"

尔坡不理。

泽林说:"县政府发的文件,你看看。"

尔坡回过头来,横眉怒目:"是要强拆吧?!那你们拆吧!"

"不是,你认真看看,这是关于马腹村头人文物保护单位核准的通知。"泽林说,"你不看,我走啦!"

尔坡伸手接过。他的脸色开始平静,当他看完第二遍时,回头问道:"真的?"

"红头文件,盖有公章,还能假?"

泽林突然想起了什么,打开手机,搜索了一下。好,县政府的相关公示出来了。

尔坡看了手机上的公示,脸色转了过来。两相印证,他长舒了一口气。

泽林说:"这下,你祖上留下的房子,修缮、管理就不是你个人的事,是国家的事,是马腹村的事。经费呀什么的,不用你操心了。"

尔坡点点头:"对不起啦,我们山里长大的人,就是有个小脾气。如果连祖先的灵筒都没有置放的地方,那就真的要完蛋了。泽林队长,你这样帮助我,我代表祖先谢谢你!"

尔坡说着,朝泽林深深鞠了一个躬。

泽林忙伸手去拦："别这样，应该的。"

尔坡说："我们有三个灵魂。不管走到哪里，其中一个，是必须回到老家的。能守在祖先的身边，是件多么重要的事情。"

两人坐下，有一句无一句地聊，聊累了，就靠着水泥墩子烤火。曙光从那些水泥框架里透进来时，泽林看到尔坡那张疲惫无比的脸。

泽林觉得自己该走了，从包里掏出两百块钱，递给尔坡：

"拿着吧，买袋米，再买一床厚一些的棉被，应该够了。"

尔坡眼里明显有些慌乱。他伸出的手，缩回。缩回，再伸出。最后，他接住了那钱，手背擦了一下眼睛。尔坡的眼睛红了。

尔坡心里的酸，让泽林也把持不住，眼眶也湿润了起来。

泽林拿出建房申请表，指着上面的格子，让尔坡一个空一个空地填，最后签字画押。尔坡摁了手印。尔坡摁的手印不太清晰。泽林拉过他的手，翻过来看了看：

"这大拇指，得摁重点。"

尔坡虽然摁了手印，好像还是不放心。他说：

"新房可以建，我做梦都想建。但我没钱，得请队长支持。"

尔坡还说："如果修，屋里得有客厅、厨房、卧室、卫生间，应该像城里人一样。院子里要有篮球场，有乒乓球桌，可以唱歌跳舞，可以办理村里的事……"

"你这想法不错。"泽林说，"村民活动场所是有标准的，但标准是上级定的，我们不能改变。还有选址，也得大伙商议。你让修在你家门口，就修在你家门口，那不行。"

"你就定我家门口，需要的钱，我贷款。"这个尔坡，突然有了些豪气。

"这个,牵涉面大,再议。"

"过两天我就回来,队长。"尔坡说,"细节上我们再商量。"

泽林紧紧握住尔坡的手,笑了。

回到马腹村,泽林让木惹通知村委会成员,自己通知了驻村队员,大家开了个短会。一边烤着柴火,泽林一边讲见闻。那老房被列为文物给予保护,大伙非常兴奋。说到尔坡,意料中的啊,他活到这一步,真是艰辛。

木惹说:"尔坡的房,他同意修了,我心头的石头就落地了,但一些具体的事情,还得他来定才行。他一旦同意,修建的事,这样办吧。我家不也正要修吗?购材料一起,请小工一起,最后分开结算,除了政府补助,差多少,算他欠我。以后有了,再还。"

"村里有几个年轻人也答应支持一点儿,这样算下来,差的就不多了。"有人说。

电话铃响,是季老师打来的。

"老公,你帮我找个装修工。和你关系好、靠得住的那种。"

"干吗,房子到手啦?"

"……没有,我就是想维修一下。"季老师支支吾吾。

"是水管漏水,还是卫生间堵塞?等我回来……"

"小问题,哪要你这样的领导操心?我自己就能搞定。"

"这样,网上找找,或者到新房的楼盘门口看看,那里的广告多的是。"泽林突然想起,"儿子整天看书,也闷,让他处理好了。"

尔坡家的老房子,还真就成了县级保护文物。县文管所所长亲自下来挂牌,并批了十万块钱,找来有修缮文物资质的施工队,加班加点,半月后就完成了。泽林将县里网站上的消息,转给了尔坡。

几天后,尔坡回来了。他背着一个很脏的行李袋,一摇一晃。一看,就是还没苦到钱的那种。木惹不说,但看到这个老同学辛苦多年,还这个×样,内心难受。

尔坡围着老房子转了三圈,进屋,对着灵筒行了大礼,叽里咕噜说了些祝愿的话。他心情不错,主动和泽林、木惹几个握了手。他来的目的,是想把建房的位置,当面确定下来。这没啥说的,新房的基脚,就在老房子的旁边。看样子,尔坡很在行,在院子里规划了他想要的那些篮球场、乒乓球桌,旁边居然还要有一间图书室。

泽林委婉地说:"我也想找一块地平整一下,作为村民的活动场所。你能这样想,当然更好。但全村人使用的,场面得宽。还必须得立项,向上申请经费。"

尔坡说:"我贷款来修。"

"贷款?没有指甲,就别揽蒜来剥。"木惹语重心长地说,"尔坡,住房的修建,你能拿多少就拿多少。差欠的,泽林队长帮你协调,先垫。只是,杀人偿命,欠债还钱,古规常道,不可食言。"

"照我说的办,要多少,我去借就是。欠大伙多少,我会还清,不给大伙拖累。"尔坡说,"对着祖先的牌位,说了假话,天会怒,雷会劈的。"

尔坡背着破包走了。半天后,他又回来了。一进村委会,就从脏口袋里扯出一大捆钱来,扔在木惹面前:

"木惹主任,这是我借来的三十万,交给村上管理使用。一定要当优质工程来做。做好了,我们前嫌尽释,我也不再恨你。"

"你……"木惹脸都吓白了,"你这不是偷来抢来的吧?"

"屁话!对着天神恩梯古兹发誓,我尔坡顶天立地,我穷,我冇,但我尔坡为人处事,还从没有半点儿鞋歪脚错!"

泽林内心明晰起来,内心的石头,咯噔落地。他的感觉是对的。他点点头:"嗯,木惹主任,给他写个收条吧,工程完了,再结算。"

尔坡电话响了,铃声居然是张也的《走进新时代》。尔坡和那边说了几句,好像是有人家要装修旧房,很急,需要尽快安排,问他做不做。

尔坡说:"不管新房旧房,只要有生意,都做。"

尔坡回到老屋,给祖先的灵筒行了个大礼,一转身,屁颠屁颠地走了。

木惹凑在泽林的耳朵边,小声说:"尔坡皮肤很细嫩,掌心里也没有茧。我担心他这钱……"

泽林笑,却不说话。

三天后,儿子打电话过来:"爸,妈妈怎么要拆屋里的装修呀?一大早,她让我到公园里看书。等我回来,整个屋子被敲得乱七八糟。"

泽林吓了一跳:"妈妈怎么说的?"

"她说检修一下,水管爆了。"

水管爆了,就修水管,整个屋子弄得乱七八糟,肯定有问题。泽林把电话给季老师打过去。季老师没有接,泽林就一直打。第五次拨号,总算接了。那边传过来的声音里,真的有重锤敲打墙壁的声音、电锯切割木头的声音、铁铲搅拌水泥的声音。季老师拿着手机走了很远,杂乱的声音没有了,季老师就小声说:

"老公啊,我们家这房,当年是一个老领导退出来的,你还记得吗?"

"记得。"

"老领导离开时,没有翻修过吧?"

"没有。"

"你还记得,前年最火的那部电视剧吗?"

"哪部?"

"《人民的名义》呀!里面不是讲到,那些高官,钱太多了,不敢用,或者用不掉,都砌在墙里了。"

泽林恍然大悟,哭笑不得:"老婆,千万不能往那方面想。眼下的官员,不是个个都有钱,更不是个个都贪赃枉法。更多的都是公仆,和你我一样……"

大约是有人喊叫。季老师说:"没你的事,你别管,下次你回家,家里就是个新家了。"

"买不起新房,装修一下总可以吧!"季老师说完就挂了,泽林举着发出"嘟嘟嘟"忙音的手机,一时不知如何是好。

泽林掏出梳子,慢慢梳头。前三下,后三下,左三下,右三下。

五

秋天的阳光,又是一种韵味,山川河流一片金色。山上暖,河边暖,人心也暖。村里的房子都修得差不多了,檐前屋后,甚至老树的杈上,都挂满了火红的辣椒和金黄的苞谷。不管站在远处看,还是走进村里看,都是一道特别的风景。有的人家等不得了,在门框上贴个对联,放两串鞭炮,就搬了进去。泽林渐感踏实,今年的扶贫任务,算是顺利。

尔坡的房修了,院子平整了。木惹把照片发到他微信里时,他不说好,也不说不好,甚至连感谢的话也没有一句。这家伙,有心计呢!

木惹发消息说:"吉房已成,回来把家搬了吧!"

尔坡留了两个字:"等等。"

一等又是几天。泽林电话过去:"火塘给你砌好了,石坎用的是金沙江里的石头,说不定是块金子呢!"

尔坡回复说:"手里的装修工程快完了,我最近就回。"

时间过得很快。一晃,十月年快到了。泽林和木惹一起策划过年的事。金沙江边人聪明,规定三十六天为一月,一年十个月,第十个月末,再加五天,为过年日。全年就是三百六十五天。这过年的五天,在外工作的、打工的,全都得回家。今年马腹村还有一项任务,就是所有的村民,都要搬进新房过年。一家一家查看,一户一户解决遗留的问题,累。但看到工作有成效,泽林内心还是很高兴的。

过年的头一天,泽林和木惹就不下户了。他们得等尔坡。说好的,尔坡今天要回来。尔坡的老房子,已按文物的标准修缮完毕,院子里还竖了参观指南,有点儿景区的味道。他的新房,也结合上边的规定和泽林的要求修好。场院里的健身器材,等过些天,再去文体部门,看能不能立项扶持。泽林买来红纸和笔墨,自己写了对联贴上,把火塘里的柴火烧燃。横看竖看,就有了家的样子。泽林一屁股坐在板凳上,双手搓脸,长长地舒了一口气:

"你找个毕摩来,给他念念除秽咒。"

泽林清楚,马腹村的人家,很讲究。孩子的生,老人的死,搬个家,修个房,都是要请毕摩选择吉日的。提早准备,错不了。

"得主人自己决定,其他人代替不了。"木惹说。

也有道理,那就等吧。从早上等到中午,秋天的阳光直下,照得人更是舒服。泽林在向阳的墙脚坐着,眼睛一直盯着对面的山路。他想象着那个中年男人,背着污黑的口袋,从山垭口蹒跚而出。

脑壳皮疼呢,泽林掏出梳子,往头上慢慢梳。他得轻一点儿,牛角梳子材质硬,梳齿坚利,太重了会把头皮刮破。估计,这头牛生前也不是个孬货,长个角都这样坚硬,不服输。梳着梳着,泽林睡着了。也不是睡着,就是迷糊一下,眼皮耷下,远在鸥城的妻子形象居然就慢慢清晰起来。季老师戴着厚厚的眼镜,一边改作业,一边和他说借贷和房子的事。泽林没有吭气,老说钱的事,对于他来说,没有多大的意义。他看到季老师钢笔里的红墨水,变成无数的钞票,一张连着一张,像是一条红色的河流,缓慢地从门缝里流走。仔细一看,红墨水不是自然流走的,外面黑暗的地方,有一根管道插进来,有着一种极其强大的吸力。季老师的脸开始发白,手开始发白,头发开始发白。泽林想,把一个人的青春流逝提速,估计就是这个样子。他想劝季老师批改作业的速度慢一点儿。因为他看到,季老师动作快,那红色的河流流淌得就快。季老师的动作慢,那河流流淌的速度就慢。慢到极致,季老师的脸色就正常,头发就黑黝黝的,脸色就红润润的,和谈恋爱时一个样子。但季老师根本就不听他的,或者说没有听到。季老师是学校的名师,多少年来,她所教的班级,都是全年级第一。泽林要让这样一个名师听自己的,显然不大可能。不听就不听吧!那红色的河流越淌越快,越淌越快,甚至有了河流奔腾的声音。守着一条河流生活,多好。泽林感到生活的诗意。但那河流不断地往外涌,让他感到了可惜。他跑到门边,用毛巾堵,用棉衣服堵,用自己的身体堵。可那河流根本就不听他的,根本就不服从他的安排,依然固执地、不可阻挡地往外流去。他想得到季老师的支持,可他回头一看,季老师脸色更加白了,头发越来越枯,身体越来越瘦。脸色白到极致,就像是个雪人。头发枯到极致,就像是深冬的干草。身体瘦到极致,就像是一张薄纸。泽林觉得这是不对的。他大声叫季老师,要她停下来。但季老师根本就停不住,她的动作是那样连贯,她的神态是那样自然……

"来了!那么多车,是不是检查组的?"好像不远处还有汽车喇叭的嘟嘟声。

"啊!"泽林大叫一声,突然醒来,伸手摸摸,满头冷汗。他看到天空的蓝里,有了晚霞的橘红。原来,自己是做了一个梦。他坐起来,看到几辆车开到了面前。一阵黄灰,有些呛鼻。

开来了三辆车,前边的一辆是越野车,后面的两辆是货车。泽林站起来。车上风风火火下来几个人。泽林拍拍手,预备去握。领导下来,这是礼数。可那些人并没有理会,而是站在院子中间,转了一圈,四下里看。其中有一个,个子高大,戴了墨镜,还有雪白的手套。他手一挥,那群人有的奔进老房子,有的奔进新修的屋子。他们看上看下,看里看外,还有人提着根铁棍,在贴砖的地方,这里敲敲,那里磕磕。然后跑出来说:"经理,这房子修得还行,不是豆腐渣工程。"

墨镜男人往老房子走。地上的杂草除掉了,门框间的蜘蛛网也没有。他推门,门转轴也修理过,难听的嘎吱声也没有了。抬头看去,瓦顶维修好了。有光亮进来,但那不是破洞,而是还原当年的玻璃亮瓦。火塘里的木柴吱吱燃烧。堂屋正中,大大小小的灵筒挂在高处,也被擦得干干净净,还用红布做了装饰。墨镜男人摘掉眼镜,深深地行了个大礼。

"不太像是检查组的。"木惹凑在泽林耳边低声说。

"不管是谁,想看,都行。"泽林回头,再看山路。那麻线一样细的山路上,一个人也没有。嘿,这尔坡,怎么回事?

泽林抹了抹额头,梦中给激出的冷汗还有些黏。他给季老师打去电话。没有接。再打,儿子接了,儿子说妈妈在厨房里。泽林轻松下来。他安慰自己,梦中的事,和现实并没有关系。他掏出梳子,一边看那寂静的山路,一边轻轻梳头。后面有些响动,他回过头来,手里提着墨镜的男人站在他的面前。

尔坡!

是尔坡!这家伙在搞啥子鬼?

木惹和村上的一帮子人,看了看尔坡,又看了看泽林;看了看泽林,又看了看尔坡。

"吉娜,这是我给你讲过的泽林队长。这是村主任木惹。"尔坡满脸笑容,拉过旁边的女人,介绍说,"这是我老婆,吉娜,我的董事长。"

木惹大吃一惊。在他有限的想象里,一时还转不过来。

泽林握住他们的手:"欢迎欢迎!这个十月年过得有意思了。"

尔坡伸出手,紧紧握住泽林:"队长,谢谢您!"

"谢谢?要谢他们呢!"泽林指了指木惹,还有村上的一帮人。

"是,要谢大伙!"

泽林说:"房子给你修好了,家具也做了些简单的安排。你看看,还有啥要求,过年这几天,尽量解决好。"

"不用不用。"尔坡一挥手,那些人打开货车车厢,往外搬东西。有几十捆书,有书架、乒乓球桌、各种健身器材,最大的是篮球架。最后,他们从车上拖下几只咩咩叫的羊。

泽林连着问:"干吗?干吗?"

吉娜说:"你们辛苦了,杀几只羊,感谢一下。"

"不能铺张浪费……"

"是这样的。"尔坡说,"十月年到了,我们马腹村所有的贫困户,还搬了新家,我们真是感激不尽。这些年,吃过苦,受过累,但还算挣了些钱。这都得益于父老乡亲的关照。明天就是我们正式结婚的日子。我们郑重邀请泽林队长、木惹主任,还有我们整个马腹村的乡亲,参加我们的婚礼,敬请赏光。婚庆主持,拜托泽林队长。后勤总管,辛苦一下木惹主任。可以吗?"

"说好的,不收礼。"吉娜笑着说。

泽林说:"娃都生了,你们居然没有结婚?"

"你怎么知道的?"尔坡张大嘴巴。

木惹笑:"狐狸再狡猾,尾巴都难藏。"

"算你厉害,我怎么都弄不过你。"尔坡笑。

木惹咳了一声,脸上有些尴尬:"之前的事,对不起。我呀,内疚了多年……"

"都过去了,哪能怨你? 当时我的要求也过分了,草率了。"尔坡说。

泽林说:"还是按照我们的民族风俗,请人择个良辰吉日,辟邪,纳福……"

"不用择了,今天就是良辰吉日。"尔坡还是以前那个性。

十月年结婚,当然大吉。在木惹的安排下,村民们有条不紊地干起活来。有的杀羊,有的做饭,有的坐着车去镇上买酒买菜买鞭炮。而尔坡带来的那一帮人,则从车上拖下很多箱子。很快,他们在院坝里搭起了篮球架、乒乓球桌、羽毛球拦网。在新房的最大一间,安装了书柜、桌子、电脑,书一上架,档次就出来了。泽林正想着过几天回单位,请领导再支持支持,不想尔坡这下就解决了。泽林比较满意。大家进屋,往火塘边坐。通红的篝火照得每个人脸上都红扑扑的。

"木惹主任,你给我出证明啊,我们趁这几天,去民政局把结婚证办了。"吉娜说。

"一定一定,之前的事,对不起啦!"木惹一脸惭愧,他又说,"不过,我有个要求。"

"啥要求?现在这种情况下,还卡我?官僚作风!"尔坡睁大眼睛。

"十月年期间,打工的年轻人都回来了。你们两口子,是马腹村的第一颗纽子,大伙服。给他们讲堂课,引导一下。"

"讲啥?"

木惹说:"就讲你们的奋斗史,讲灵魂的回归。"

"这个嘛,三天三夜讲不完……"尔坡心潮涌动,一时难平。

泽林说:"你们哪,到处都是谜……"

六

尔坡和吉娜,一个出生于江这边,一个出生在江那边。一个砌墙砖,一个粉墙壁。他们在给人家修房时认识的。说起金沙江,两人心里就哗啦啦的,如波涛汹涌;说起起伏的群山,两人仿佛就有了依靠,走路都更精神;说起江边的山寨村落,两人仿佛嗅到了炊烟的味道,感觉到了家的温暖。看着对方的眼睛,两人笑,糊着泥水的手,拉在了一起。拉的次数多了,两人开始讨论细节。

"有房吗?"吉娜明知故问。

打工的尔坡,修过无数的房子,但没有一套是他的。甚至一块砖头,他也没有。这一点,怎么也瞒不过吉娜。尔坡只有在与吉娜一起坐在公交车上的时候,或者逛街的时候,不无自豪地指着某幢高楼或者小区说:

"看,这个地盘上的商铺,外墙都是我们公司承包的,涂料全是我送过来的!"

"看,这幢楼修得最神奇,只用了十个月。"

"看,那是我参与修的,从八层到八十八层。"

吉娜拉尔坡的手更紧了。尔坡的能干,吉娜是知道的。

尔坡凑过来,很神秘地说:"知道吗?那最高层,我刻了一个人的名字。"

吉娜问:"谁?男人还是女人?"

"你猜!"

"是林志颖?还是周慧敏?"

"哈,想不到你这么跟风。伸手过来,我写给你。"

吉娜伸手过去。尔坡在她的手心里写了两个字。

"小时没好好学,写个字都这样潦草。"吉娜装不明白,"你干脆说出来,省得我心头起火!"

尔坡让吉娜侧过耳朵来,尔坡凑过去,喘出的热气,弄得吉娜脸红心跳。

吉娜说:"听不到。"

听不到?那尔坡就一直凑在她的耳朵边,不停地说下去,当他说到第一百句的时候,吉娜听到了。吉娜的脸像个红苹果。

"可是,可是……"

"可是啥?"

"你有房子吗?别说我势利啊!"吉娜心直口快,"我们老家的风俗是,不管你有多少钱,长得多帅,没有房,是没有资格求婚的。"

"嗨!这个我懂。"尔坡脑子里转了转,说,"我家上辈留下的房子,在马腹村可没有第二家。"

"原来是个啃老族。"吉娜踏实了,她摁着尔坡的鼻子说,"我家老爹很任性,我也就是问问。"

尔坡说上辈留下有房子而且没有第二家,没错。但他没有告诉吉娜那房子的真实情况。不管怎样,先把吉娜搞定再说。凭他尔坡的收入情况来看,过几年要在老家修间房,不是不可能。可不到一年,他们就急需那房子了,因为吉娜肚子有动静了。

事不宜迟。他们的结婚仪式即将在老家举行。吉娜父亲也算开明,单凭女儿电话里的一席话,就答应了这门亲事。对于女儿的婚礼,吉娜父亲的意见是回老家,按江边的风俗办。岳父的意见,如同天神恩梯古兹的意见。尔坡电话里请教了马腹村的毕摩,择了日子,并精心准备礼物,各项程序,依次进行。比如给吉娜准备三套衣服,还有项链等首饰;比如给岳父岳母准备一罐白酒、两包老叶子烟,还有一头牛、三只羊,等等。

尔坡给自己留够了时间,其中包括对老房子的维修、简单家具的购买等。可佳期渐近,公司里突然通知,正在修建的小区,要提前开盘,给他的假期,得提前收假。尔坡再请毕摩,掐算日子。还好,提前的日子也不错。提前就提前,尔坡信心十足。他让吉娜回家做好准备,自己则打电话给马腹村的村主任木惹:

"我那房,你是知道的,多年没有人住了。结婚时间提前,一时打理不出来。"

木惹是尔坡儿时的伙伴,好说话。尔坡让他把自家的房留出一间来,暂时做自己的新房。这没啥不妥的,尔坡认为。

木惹没有明确表示反对,说话却有些吞吞吐吐。木惹这种人,世面见得少,去县城的次数都数得清,说话吞吞吐吐,正常。

"有话就说,别驮马放屁……如果不行,就安排在村委会。"

木惹说:"村委会是公家的,要是有人举报,我就完蛋了!"

扁担当房梁,担风险。木惹的担忧是对的。但尔坡坚持说:"村委会,村委会,就是给村民办事的地方嘛!有啥不可以的?"当年村里选举村主任时,马腹村的几个家族明争暗斗,都想把自己的人推上去。木惹的情况不妙,尔坡跳出来,为他争取了不少支持。木惹也就成了。当然,木惹成了的因素,也不只这些。但尔坡功不可没。

"到时给你挂挂红,放两挂鞭炮,冲冲喜,再送你一只羊。"尔坡突然想起了往事,"告诉你吧,这两年在外打工,老板没亏待我。哪像村里人,借个路费都不愿意。"

"新房里的被子,门上的对联和喜字,还有鞭炮,请帮助办理一下。钱我出。省得你婆娘叽叽喳喳……"乡下女人没有见过世面,不能让她吃半点儿亏。这个尔坡晓得。

尔坡说完就挂机了,他自信满满,相信这点儿小事,木惹会帮他办好。

尔坡也没有打扰别人,自个穿上新郎官衣服,带上彩礼,风风火火赶到了吉娜家。吉娜家已严阵以待,按照寨子里的风俗,他必须得抢亲。抢走才算是他的,抢不走就别想。这种风俗沿袭上千年了,尔坡懂。吉娜也赞同,风俗不可违,同时也觉得嫁一个能抢走女人的男人,算是他们一家的面子。那就抢吧!尔坡单枪匹马,一个人上阵。事到临头,来不及了,要不然尔坡会叫上一帮年轻人,还有木惹,那样阵容就会更强大,更热闹,更有面子。尔坡将牛羊撵进岳父的牲口厩里,手里攥着一大沓红包,边跑边扔,冲过了层层封锁,终于见到新娘。抢亲嘛,更多也就是个仪式,亲家也不是非要死守严防,更何况还有吉娜里应外合。

很快,他背着新娘子冲出了山寨。

尔坡汗流浃背地背着心爱的女人,从金沙江边爬上来。他走到木惹家院门前,木门紧闭。原来,木惹的老婆看到金沙江上的木船往这边划,胸前挂着红花的尔坡,背着一个顶红盖头的女人,一步一步穿过沙滩,往寨子奔时,脸丧下来了。对于房子,马腹村有句话说:宁给人停丧,也不借人成双。把自家的屋子给他做新房,会给家里带来霉运的!木惹和她解释了半天,她还是一百个不愿意。

"为修这房,我老了十岁。"木惹媳妇说起来,就眼泪哗哗,"尔坡这几年不是挣了不少钱吗?他在城里找家酒店,体体面面大办一场,不就行了吗?"

"不是镇里面通知你去开会吗?快去!迟到了又要挨批评。这里我会处理好。"木惹的摩托声在村子尽头消失后,木惹媳妇便把门关上,还在门后下了一根抵门杠。

木惹家的黄狗看到背着新娘子的尔坡,身子往后缩了缩,矮下身子,龇牙咧嘴,汪汪大叫。尔坡大叫木惹,没有人应。尔坡推门,没有人开。

尔坡头上的热汗变成了冷汗,他将背上的女人往上紧了紧,就往村委会跑。村委会在寨子的另一边,站在这里就可以看到流动的金沙江。几年前,村委会改建,尔坡没少干活,扎钢筋,拌水泥,砌砖抿墙,弄得像个泥猴,还一分工钱不要。木惹感动惨了,敬了他满满一碗苦荞酒:"兄弟,这房不是我的,也不是村上的,是大家的。你要咋用,就咋用。"现在尔坡突然记起这句话,他深吸一口气,鼓起劲,奔到村委会。可是,村委会的铁门上挂着把大锁。尔坡抬起脚,朝铁门踢去。"咣!咣!咣!"

里面毫无动静。

糟了！木惹变卦了！

背上的人动了一下。尔坡说："等等,吉娜,等等……"

尔坡背着女人往另一个方向走。上山时腿劲十足,下山倒像被抽了筋似的,腿直打战。但想着自己是新郎官,关键时候不能不行,他再次将背上的女人往上搂搂,尔坡感觉到新娘子温暖的体温,还感觉到她的心在怦怦直跳。不,不只是她,还有另外一个小生命。尔坡瞬间力气倍增。

下坡,再爬坡。过沟,再过坎,总算到了自己的家门口。尔坡松了一口气,站住。他腿软,明显地不自信。他侧身对背上的新娘子说："你等等啊,我很快就请你进屋。"尔坡将新娘子放下,扶她站好。为她整理了一下红盖头。他不想让新娘子看清眼前的一切,脸上臊得像火烤一般。

房子陈旧得很,在树木掩映的寨子里,像个风烛残年的老人。但那高大巍峨的气势,不是谁想有就有得起的。门楣上,居然挂有"养牛互助基地"的牌子。木格子窗户上,蛛网密布,几只蜘蛛爬来爬去,这里成了它们捕猎的天堂。尔坡的响动,让它们以为又有蚊蚋落网,急吼吼地扑过来。尔坡一把抓掉,转身进屋。房顶的瓦被风掀走一半,剩下的一半长满枯黄的蒿草。墙体上的红泥,风一吹就往下掉。地上长时间没人打扫,污黑得怕人。坑坑洼洼,一脚踩下,就是一个泥印。火塘里没有木柴,一堆草灰早已冰冷多年。

"哞——"角落里传来几声牛叫。尔坡吓了一跳,仔细看去,屋角里居然拴着几头牛,它们看到尔坡进屋,以为是送草料来了,一个个兴奋地朝他大叫。

这哪是屋子呢？怎么能做新房呢？

这地方自从自己外出打工，就再也没有人管理，眼下居然成了村里的养牛基地。尔坡冷得发抖，看来还得再想办法。出得门来，却见地上堆着新娘的服装，人早已无影无踪。红色的盖头，火一样在他心里吱吱燃烧。他双手按住胸口。越捏，火越冒。越揉，火越旺。尔坡迈开双腿，奋力奔跑，遍村找寻。尔坡目光所及之处，木门纷纷关闭，人们迅速躲藏起来。

尔坡焦虑地喊："吉娜！"

无人应答，整个马腹村安静得很。唯有尔坡的心在狂跳，如雷，地动，山塌。

从马腹村到镇上的路上没有吉娜。从镇上到县城的路上也没有吉娜。尔坡抓住溜索，渡过金沙江，赶到吉娜的老家，那里也没有吉娜。岳父从火塘里抓起一根还在燃烧的木柴，噗地打了过来："不成器的狗杂种！还我女儿来！吉娜要是有个三长两短，我打断你的狗腿！再让毕摩念经，咒你七天七夜！"

尔坡连忙躲闪，认错。没见到人，再多说也没有任何意义，岳父根本不可能原谅他。尔坡赶快逃离，把寻找吉娜当成头等大事。从县城到打工的鸥城，再到鸥城的旮旯角角，他居然就没有找到吉娜的一个脚印，一根头发。

吉娜像山林里的鸟儿，吱喳一声都没有，翅膀一振，就消失了。

失魂落魄，尔坡来到打工时认识吉娜的地方。这里有他第一次见到吉娜的心动，有第一次拉吉娜手的颤抖，有见证他们亲吻的行道树，有他们一起合租过的小屋。应该是，这样的地方，才是家。这样的地方，才值得他尔坡驻留。这样的地方，有着他甜美的回忆。他闭上眼，啥都有。睁开眼,那个心爱的人,却连影子也没有。

痛苦不能阻止尔坡,痛苦是他最大的动力。他晓得,吉娜逃跑的原因,还不就是因为穷?还不就是因为没有一间像样的房?房子有啥了不起?钱有啥了不起?说不定到了某一天,他会住上整个城市最好的房子,他会拥有多得数不清的钱。那个时候,他会大声向世界宣布:

"吉娜,那些都不重要!只有你,才是最可贵的!"

尔坡个子高大,鼻梁高挺,双目深邃,整个身体,像金沙江两岸一样,高的地方挺拔,深的地方收藏。他一出现,餐厅要他,歌厅要他,宾馆要他,那些卖保健用品的,也要他。他不干,这些活都不是他想要的那种。他还是去建筑工地。刀不快,石上磨;人不会,世上学。他在山里出生,在山里长大,苦不怕,累不怕。别人砌砖,他跟着砌砖。别人抿墙,他跟着抿墙。别人扎钢筋,他跟着提扳手。他参与了平整场地、放线、打桩、防护、开槽、竖吊、支护、做基础、做主体等环节,学会了做底梁、底板、防水,搭脚手架,开塔吊,内墙抹灰、外墙粉刷,水电施工、门窗安置等等。可一年下来,他得到的钱,还不够买一个平方米的房子。他站在大楼的最高处,怎么也想不通。想不通就不想了,他还得干。在这里,哪怕就是买上一个平方米,也比马腹村的一百个平方米好。在干活的过程中,吉娜老是出现在他的眼前,砌墙的时候,墙上有吉娜的笑脸。搬砖的时候,砖上有吉娜的笑脸。蹲在高高的塔吊上,城市的上空就有吉娜的笑脸。他知道,自己走火入魔了。晚上,他冲冲澡,换上干净的衣服,就往大街小巷里走。鸥城是个躁动不安的城市,年轻的女孩太多了,每一个都像吉娜一样漂亮。这些女孩给了他无限的希望,又给了他无限的失望。希望有多大,失望就有多大。但他也明白失望有多大,希望就有多大。他尔坡,一个金沙江边的汉子,不会轻易放弃。

尔坡每修完一层楼，就会在房子的某个地方，刻上吉娜的名字。有的是在厨房，有的是在客厅，有的干脆在过道上。说不定某一天，有认识吉娜的人，会将这个奇怪的现象告诉吉娜。如果吉娜亲眼看到，那就更好啦！吉娜要是知道，他尔坡还如此痴迷地爱着她，等着她，寻找她，她一定会原谅尔坡，一定会找来，扑在他尔坡的怀里，不顾一切。

晚上，尔坡干完活又上街了。广场上，人山人海，这和往日没啥区别。有区别的是远远的台子上，似乎有啥特别引人注目的演出。人多就好，尔坡就喜欢人多，因为人多，他找到吉娜的概率就更大。尔坡挤了过去。看到台子上的时装表演，尔坡眼睛都直了。时装表演不重要，重要的是，那服装是金沙江边人独有的服装。江边的人做出和穿过的服装，随便数数，都有上百种款式，这是人类所特有的文化遗产。吉娜心灵手巧，做这样的服装，很在行。看到这，他就想起穿着这样服装的吉娜婀娜多姿的身材，想起他们新婚那天的情景。尔坡眼睛潮湿，想哭。

尔坡往里拱，努力靠前。正在表演的人，在台上走去走来，那服饰上，山的造型、水的波痕、树的长势，还有鸟儿飞翔的样子，不是乌蒙山的是啥？不是金沙江的是啥？做这服装的人，肯定对金沙江熟悉得不得了，对两岸的山脉熟悉得不得了，对那里的风土人情也熟悉得不得了。不，这人应该就是那里土生土长的。只有浸润够了那片山河灵气的人，才能做出这无与伦比的艺术品。

尔坡看够了，看清了，看准了。他摁着心口，站在后台的门边。舞台谢幕。工作人员开始收拾场面。

一个女人走出来。

尔坡跟着她走。这个女人并没有想到，居然会有一个男人在盯梢她。

开门,换鞋。尔坡趁机挤进门来。女人慌乱的同时,尔坡惊呆了。整个屋子的墙上,挂满了各式各样的服装,屋子里成了民族服装展示区。尔坡心里颤抖,人就如地动山摇。吉娜也看清了,这个让她又恨又爱的人,终于出现在她的眼前。

"我也不是嫌你没房。是你的不诚实,酿了苦酒。"吉娜抱着隆起的肚子,呜呜咽咽。

尔坡赶紧认错。懂得认错的男人,才会更有出息。他们再度走在一起。在这远离家乡的城市,他们需要互相温暖和帮助。尔坡要吉娜办结婚证,吉娜摇头:"没有自己的新房,我是不会和你办证的。"

尔坡愧对于吉娜,对吉娜言听计从。尔坡每挣到一分钱,都存在吉娜的账上。这一点吉娜倒没有强求,她说:"作为一个男人,别苛刻自己,你得有自己的钱啊!"

尔坡不这样认为,尔坡觉得欠吉娜太多:"这一生,我怎么也得还你一套新房。"

吉娜在服装厂上班。她把做每一件服装,都当成是在修一间房。那房不在大小,而在于是否合身。老板发现了,把她当宝,由她组织,做了不少推广。有了尔坡,她干脆自己开了个服装设计公司。尔坡更喜欢建筑上的事,后来也开了装修公司。但他连公司注册,用的都是吉娜的身份证。

不久,孩子出世,但吉娜依然不肯办结婚证:

"没有新房,我们只算同居。"

"那孩子的户口……"

"落在我的户口上吧!"

"没结婚,就有了孩子,理由?"

"我捡的呗!"

吉娜有吉娜的办法,要不了多久,孩子的户口办好了。

尔坡偷偷回了一趟马腹村。此后十来年时间里,他们省吃俭用,存了一点儿钱,买了一套二手房,小、窄,远离市中心,但总算有了自己的家。

搬完家的那天晚上,尔坡兴奋极了,两人躺在床上,尔坡说:"我们结婚吧!我们好好办上一回酒席,请上所有的朋友!"

"真正有新房的那一天,才是我们结婚的日子。"吉娜还是不同意,"新房得修在马腹村,得比别人家的都高大,都漂亮!"

女人就是这样,对丢了多年的面子,一直耿耿于怀。

因为幸福,他们暂时忘记了马腹村。也因为痛苦,他们永远也忘记不了马腹村。每到火把节、十月年这样的节日,吉娜都要提醒他,一家人找一个金沙江风味的小饭馆,点上几个菜,要上一瓶酒,一边吃,一边唱着故乡的歌谣。高兴了就笑,伤心了就哭。吉娜戳着他的鼻子说:

"你忘本了。"

尔坡知道她说啥,眼眶瞬间潮湿:

"我没有。"

"说实话。"

"我怎么会忘记?金窝银窝,不如我那乱草窝。我们家的祖灵,我的家灵,还供在马腹村……"

孩子长大了,读书了,尔坡教孩子认识老家,他指着地图:

"这是长江,这是黄河。这是青藏高原,这是云贵高原……这是我们的老家。这里,有我们不散的灵魂……"尔坡指着那一线弯弯曲曲的金沙江。

尔坡虽然读书不多,但因为吃得苦,受得累,在这个城市里,还是受欢迎的。他知道,老鹰高飞靠翅膀,受人尊敬需本事。除了干活、挣钱外,空余时间,他和吉娜还参加了公司的一些活动。比如参观纪念馆,缅古怀今;看高铁的修建,感受时代的变化;参观电子公司的各种研发,领略科技的神奇。尔坡还被推选成公司里的先进标兵,被安排到北京天安门、上海东方明珠等地参观。后来,他以吉娜的身份开了装修公司,带着一帮人忙得不亦乐乎,赚了不少钱。吉娜的服装公司也不错,甚至有的生意做到了东南亚。他和吉娜深切地感受到生活的变化,同时也时时关注马腹村的一举一动。每隔几天,他都要上网看,看那里的新闻。哪里修路了,哪里电站立项了,哪家又考了一个大学生了……他都清楚。但每每有老家的电话打来,他又噤若寒蝉,总是要左思右想,想了各种可能,才会将电话拨回去。当木惹打来电话时,他更是心情复杂,狂躁不安。木惹想把他列为建档立卡贫困户,他觉得没有什么不可以的。逢年过节,木惹给他安排些民政上的救济,他也觉得理所当然。木惹说要给他修新房,要让他住房有保障,他也认为没有什么不妥,马腹村欠他的太多了。而当他和泽林有了一次次的接触后,他知道了眼下整个中国农村正在进行的变革,知道泽林这样的扶贫工作队员为村民做出的努力。特别是,他知道这样的扶贫队员,也有关于房子的苦恼,也有经济上的捉襟见肘,也有生活中的不愉快时,他内心的拒绝、对抗、不满,如春天的冰块,慢慢消融。他感觉到自己心眼小,胸襟窄,没有格局,当年那些所谓的恩怨,放在十年甚至更长的时间河流里,还真算不了什么。

"你有当演员的天分。"泽林笑他。

尔坡也笑:"为了应付你,我要把自己弄成那个×样,还真不容易……那些脏衣服、烂行头、破家具,都是从民族电影制片厂租借来的。"

"你老辣呢,我差点儿被你蒙了。"泽林说,"这正应了江边的谚语:篾帽底下不能小看人,披蓑衣的恰是英雄汉……"

"在我们马腹村,没有锅大的银锭,也没有天大的纠纷,话明气散,我们还是好兄弟。"木惹说。

木惹媳妇提着茶罐,给尔坡和吉娜斟满:"你们婚礼上的餐饮,就由我来安排。给你们赔礼……"

七

尔坡回过马腹村两次。一次是孩子出生了,他回去,把挂在门外的自己的家灵,理直气壮地挂在祖先的旁边。另一次是他老做噩梦,不好睡,便偷偷地溜回去,想看看是不是灵位有啥问题。他意外发现,老屋得到了适当的维修,垮塌的地方被认真加固,还挂上了县文物保护的牌子。堂屋里祖先的灵筒,也有人擦拭过,挂正了。借着天上的星光,他村里村外走了一转。看到村子里道路得到修缮,环境得到整治,电通了,自来水也有了。他内心里像火把点燃,吱吱燃烧,亮堂而又温暖。他知道,没有这帮人的辛苦付出,绝对是做不好的。内心里,他又感激了一回。

"泽林队长了不起,佩服。为了做好工作,你付出的太多了。"尔坡话题一转,"你们家的房子,我去装修过。"

泽林大吃一惊,疑窦丛生:"装修?什么装修?你是不是搞错了?"

尔坡说:"几个月前,季老师找装修工人。很巧,遇上我了。那活,就是我干的。"

天地如此逼仄。泽林有些尴尬:"我家季老师,总是坐不住……听儿子说了,你做那些活,质量真是好,也没有乱收钱。"

泽林、木惹、尔坡,还有吉娜,几个人一直坐着说话。火塘冷了,就往里添一捆柴。肚子饿了,就烧几个洋芋吃。口渴了,就用土罐烤大叶子茶。到马腹村这不少的时间里,泽林学会了烤罐罐茶。他掌握了烤茶的技术,知道罐子最合适的温度,知道哪种茶叶好,投入时间多长,颠簸多少下,什么时候掺水。

"过完年,我们就得回公司。这里嘛,就捐献给你们啦!你们想打球就打球,想做操就做操,想看书就看书,想上网就上网。"尔坡看着吉娜,"如果有人要结婚,需要新房,就给他们用吧!"

木惹张大嘴巴:"你不是借钱来修的吗?就这么给人了?"

"可不能一碗米养个恩人,一斗米养个仇人吧!虽然企业老板给了点儿汗水钱,可这些年,我们一家,得到组织的关心、乡亲的帮助,他们对我恩重如山。啥都只为自己着想,那才是真正的贫穷。还有,这几年我被列为建档立卡贫困户,违规领了国家好几千块的扶持资金,我全部退还。"尔坡看见一帮人看他的眼神,有些发愣,便指了指自己的脑袋,"你们不信我?我立字据。请泽林队长做证。"

吉娜点点头,她的目光是肯定的。吉娜多年的愿望得到实现,日子好过了,她心里就没了那些不愉快的过往。

木惹有些惭愧:"不是不信你,是幸福来得太突然,为你点赞。"

"新房和老屋,新旧对比,让村里人记得,这里曾经有个尔坡。记得现在的日子,和以前的日子不一样……"吉娜说。

"俊豪国际的装修又开始了。我刚揽下的工程,工期紧,需要的人多。"尔坡说,"坐吃山会空,坐喝江会干。请队长和主任帮助物色一下,推荐过去。人数,三十五十都行。"

"我策划民族服装,喜欢的人多,有些供不应求。我给大伙说说,以后手工做出的服装,就交给我营销。过了几年,马腹村家家都开得上轿车。"吉娜说。

泽林眯着眼听他们讲,偶尔喝上一口茶,点点头。

电话响了,是儿子。

儿子小声告诉他,家里的房子拆了,妈妈天天在灰堆里刨,好像在找啥,最后啥也没有找到。重新装修完了,妈妈还是不得安宁。整啥都步履匆匆,急。这几天,妈妈每上完课,老是往外跑,周末还去了圆通寺。这不,刚才还在家里供了尊佛,又是烧香,又是点烛的。

"佛?"

"财神。面前一大堆金晃晃的元宝。"儿子说。

想钱,没有错。但天天想钱,又没正道,就麻烦了。泽林哭笑不得。

"暂时让她拜吧,别打扰她。只要她不去借钱、骗钱,不去犯罪,就行;只要她好好教书,就行。"泽林接着说,"这边工作告一段落,我就回来,我们爷俩,好好陪陪她,帮她解开心结。"

儿子在那边吞吞吐吐。泽林说:"儿子,还有啥事吗?"

儿子说:"爸,是这样的。有个叫尔坡的装修老板,给我们家改造房子时,和我多聊了几句,我们留了联系方式。这不,几天前让我去他们公司,收入计件核算。如果天天上班,每月会有三四千块钱的收入。"

"你的想法是……"

"我也不小了,想自食其力。您,同意不?"

儿子当公务员的梦,太遥远了。到事业单位工作,也似乎还有很多坎。泽林想叹气,却又连忙伸手捂住。在儿子面前,他要有父亲的样子。

"儿子,只要是正路,就大胆走吧,老爹支持你。"泽林说,"但你得记住,宁给好汉拉马,不给懒汉做爷;宁给君子提鞋,不与小人同财。再就是,违法乱纪的事,想都不能想。这是底线。"

"好。爸,我就听您这句话。"儿子显得很轻松。

尔坡和吉娜的结婚仪式举行了,喜酒喝了,歌舞开始了。泽林回到宿舍。估计是凌晨,外面是鞭炮、礼花炸响的轰隆声。从刚修好的活动场所那边,传来了村民唱的酒歌,还有众多合拍的脚步声,村民们的舞蹈还很热烈。泽林感觉自己肩上卸下了一挑担子,瞬间轻松下来。他躺在床上,努力将四肢拉伸,这样会更舒服些。睡不着,泽林像柴火里烧的洋芋,像铁锅里烙的饼,翻过去,又翻过来。朝左卧,再朝右卧。头开始疼了,轻一下,重一下,深一下,浅一下,小鸡啄米似的。他垫高枕头,用梳子的把,摁在头上面,慢慢往里转,试图将梳子的把转进去,找到那个疼的核,把它撵走。疼还继续,他便开始梳头。依照先前的方式,也不知道梳了多少下,头不疼了,握着梳子的手,轻轻搭在床沿。

泽林睡着了,轻一下重一下地打鼾。夜鸪子叫,他没听到,露水从枝叶上滚落在地,他还是没有听到。至于他们家的季老师,还有那个考了多年公务员的儿子,是否进入他的梦乡,就只有泽林自己知道了。

竹笋出林

一

背箐村逼仄陡峭的山路,怎么看都像是一根锈迹斑斑、扭曲折叠的铁丝。没有麂鹿、羚羊、猕猴的功夫,要在上面走过,还真不行。勒吉支书在这条路上攀爬了大半辈子,还算顺风顺水。可眼下他有点反常,步履踉跄,像喝多了酒。从低处看,他是只山鹰,在云里雾里飞;站高了看,他却像是一片树叶,在山谷里飘来荡去。在浓重的雾气和茫茫的竹林里,他一会儿显,一会儿隐,一会儿低,一会儿高。从远处看,他像只蚂蚁;走近了看,那是一只背箐。背箐下面,是弓起腰、冒着汗、努力蹬爬的他。

勒吉支书遇上了一件大事。

今天早上,勒吉支书在镇上开会。拿到了新发的文件,他立马脱了外衣包住,塞进背箐的最底层。那几页纸,沉重呢,好几百斤的样子,压得他喘不过气来。他汗流浃背赶回家,已暮色四起。回头看看,确信没人跟着自己,才关上门,拿出。左看右看,上看下看,红头文件有些炫目,大红的印章也是实坨坨的。确信了,背箐村即将搬出大山,而且是整村,一个不留。县委的文件,那可是落地有声,明确了内容、范围、方式、时间节点等,要求认真执行,并提出了纪律要求,看来是板上钉钉的事了。此前也有传闻,但都是小道消息,不可信。眼下,最焦心的事,还是不可阻挡地往前推了。这样大的事,怎么贯彻?怎么落实?勒吉支书心跳加速,胸口发闷,脑壳发昏,有气无力。他眨眨眼,举头看山,乌蒙山脉罩了云雾,模糊得很。低头看江,金沙江像一个大大的问号。举手一抹,眼眶热热的,才知道是泪糊住了眼。多少年没有流过泪了,这双老眼这样不争气。树老根多,人老心多。这老辈人传下来的话,以前是说别人,现在说的是自己了。他努力控制,但泪水还是溢了出来,漫出多皱的眼角,像条蚯蚓,在瘦黑的老脸上爬过,流进杂乱的胡须。

勒吉支书心头杂乱极了。三十多年前,他还是个二十来岁的小伙子,参加了全村的土地承包,涉及的情况很复杂,工作任务很繁重,但他没有害怕,没有后退,兴冲冲地配合村里,把工作干完。老鹰高飞靠翅膀,受人尊重靠仁义。勒吉乐于助人,干事实实在在、风风火火、干干脆脆。就因这,勒吉被组织看中,入党,进村民委员会。那时年轻,精力充沛,胆气足,不怕累,不怕苦,干事情风风火火。后来当了总支书记,这担子,他一挑就三十来年。那日子,没少风,没少雨,没少霜雪,但他挺过来了。别人觉得不可思议。"不是我个人挺过来了,是我们的组织。组织是双大手,给我们撑腰。组织是参天大树,为我们遮风避雨。"现在,背篼村搬迁后,怎么办?勒吉透过竹篾编织的窗户,看着月亮从无到有,从高到低,最后消失在明亮的晨曦里。有那么一会儿,他迷糊了。梦里,忽略了年龄,做啥他都走在前边,遇啥风险他都扛住。他带领村民承包土地,种庄稼,养猪羊,终于过上一个可以大块吃肉、大碗喝酒的年;香港、澳门回归,他和村民载歌载舞;扶贫工作的推进,各种政策,村民有了相应的获得感……勒吉确实苦累,但也只有他,才能撑住这么多、这么大的事。村民说,箍桶还须老篾条。

一夜没有睡好,勒吉的眼皮像沁水的羊毛披毡一样沉重,刚打个盹,又突然惊醒。他感觉腰酸,拾起竹拐杖撑着,以防跌倒。他揉了揉太阳穴,搓了搓眼睛,总算回过神来。此前,虽然上级多次来调研,没少讨论过这个问题,但勒吉并未当真,背篼村人也没有当真。背篼村说不上是人间仙境,但村民与它血肉相融,世世代代就生活在这里。老人死了,就葬在竹林里。娃儿生下来,就在寨子里长大。说它养不活人,不是假话是啥?他大步赶到村委会,因为早,一个人也没有。勒吉背驼,在院坝里一站,背上就像背着一口铁锅。居住在大山里的人,大都这样。每天都要背很沉重的东西,每天都要爬坡上山。那种沉重,当然不仅是物质的。这样,别说腰,就是粗壮的竹竿,就是铁巴,也怕早就弯曲了。勒吉既要管村上的事,又要管家里的事,奔波劳碌,久而久之,成了这个样子,正常。

为啥叫背篼村?这村子哪,贴在高高的山坳间,三三两两的房子,依势而建,想高的高不了,想矮的矮不下来,看上去像个背篼。再有,村里的人,上山种地,背的是背篼,下山赶街,背的是背篼,走亲访友,背的是背篼。背篼是劳动工具,也是离不开的伙伴。他们不管在哪里出现,只要一看背篼,人们就晓得他们是背篼村人。前些年,寨子里的人出去的不少,有淘金的,有贩马的,有做篾匠的,但就没有一个混出个人模狗样。读书成器的,凤毛麟角,有一个当了老师,另一个在卫生院工作。觉得这背篼村不是人间,离开了,就不想再回来。这个只长穷虱子的地方,穷鬼苏沙尼次四下横行,勒吉把一生都投入进来,居然也没有实现当年的诺言。

那年,勒吉到找媳妇的年龄,经人撮合,他与依扎见面。高鼻深目、身材魁梧、能说会道的他,让依扎暗暗喜欢。但听说他家是在背篼村时,依扎的父亲茶罐一丢,不干了。这个背篼村,山高水深,路途艰险,除了漫山遍野无边的竹林,再无其他。村里的人,吃土豆,吃苦荞,养少量的牲口,活命都很艰难。谁愿意让自家的姑娘去吃苦受穷?

依扎家要打退堂鼓,这也是意料中的事。但勒吉还是极力挽回,他把依扎叫到檐后:"你跟了我,我给你背一辈子柴……"

这话没啥稀奇的,人人都会说。依扎不吭气。

"告诉你,我有一个梦想。"勒吉小声说。

向依扎求婚的小伙子有一大堆,向她表白时,说的都是家里有几头牛、几间房,春荒时,家里还有几块老腊肉、几箩荞麦,如果答应成婚,彩礼多少。说梦想的,就只有勒吉了。依扎觉得很新奇,她说:"啥梦想?你们能不能将苏沙尼次赶走?"

苏沙尼次是金沙江边的穷鬼。活着的人,没有一天不在与它搏斗。多少年来,双方都弄得精疲力竭,却谁也弄不灭谁。

"相信我,没有啥做不了的。"勒吉口才不错,拉着她的手,呜里哇啦说了半天。

依扎突然觉得,梦想赶走穷鬼苏沙尼次的人,有希望。有希望的人会有一切,不仅仅有几筐荞麦、几头牛、几间房。

依扎说:"那,我考虑考虑吧!"

所谓考虑,其实就是没反对,半年后他们便谈婚论嫁。依扎家没有要勒吉更多的彩礼,但勒吉也算厚道,大喜那天,让村里三个小伙子,背了三背篼东西过去。有猪脚、红糖、老树茶、大米,两套新衣服,还有背篼村的特产——鲜竹笋。这样,依扎就顺利地骑着一匹大花马过来了。

依扎刚下马,婚事的主持人就扯着公鸭嗓子,大声念驱穷经:

"穷水苦水舀出去,贤惠的媳妇娶进来;病水灾水舀出去,聪明的儿女生出来……"

依扎的确很贤惠,勒吉天天踩着露水出门,顶着星星回屋,很少管家。依扎没有低看他一回,不但把土豆、荞麦的春种秋收全包了,还养了几头猪、一窝鸡,家里的火塘不再熄灭。几年后,给他生了一女一儿。当然,勒吉也没有亏待过依扎,没有骂过她一句,更不像寨子里的其他男人,多喝两口酒,就抓婆娘来打。勒吉负责了村总支的工作,几十年时间里,得到的奖状也有几十个,这不能说没有这个贤内助的功劳。村里的党员们撑起了全村的重活。村民们多年的网篼亲、转转亲,有点小摩擦,他们就及时调解,融洽得很。没有了多年前的互相攻讦和冤家械斗。某年山洪暴发,党员们冲上前,救出了被困的几十个老人;某年偷牛盗马的贼进寨子来,党员们提着锄头竹竿,居然将握刀贼生擒;某年大旱,土豆、荞麦全都枯死,村上的同志们带领一家一户种反季节的蔬菜,七八百人没有饿死一个。产业上呢,勒吉带领大伙种土豆,种荞麦。哪里有新品种、新化肥和新农药,他就想尽千方百计弄来,让大伙使用,争取在有限的土地上多收好收。靠山吃山,但常常是广种薄收,春天种了一山坡,秋天只收到一箩筐。但天神恩兹古梯也不亏待人间,这漫山遍野,长满了竹子。竹子是背篼村的宝贝。背篼村因为有竹子,生态在整个乌蒙山片区是最好的。空气和山泉,让外地人流连忘返。但是因为路,宝贝都卖不成钱,单吃空气可填不饱肚子呀!竹靠根生,人靠粮活。大伙都要在自己的土地里刨粮食,土地不够刨,就砍竹林、挖竹根、烧荒地。为了温饱,啥事都干过。几年工夫,生态恶化了,水土不见了,勒吉觉得林草重要,又带领大伙,退耕还林还草,种竹护竹。人就是贱脾气,不吃亏认不得事理。几年下来,自然环境有些好转。

背篼村十年九灾。某年六月天降大雪,将土豆、荞麦全冻死,颗粒无收;某一年冰雹比鸡蛋还大,将正在含浆的苞谷全部打坏;某一年瘟疫盛行,两三天内,牲口全倒下就不再爬起。这种日子,不饥寒才不正常。但村民饥也好,饱也好,冷也好,暖也好,反正也没有谁认为勒吉有啥不对。勒吉作为村里的领头人,不说呕心沥血,至少也算是尽心尽责。村民穷、苦、累是理所当然的事,数千年来就是这样。大伙从没有怀疑过,也很少抱怨过。过去的几十年里,上级也曾提出扶贫一事,不断支援帮扶,不断地给背篼村很多关照。减免农特税,送劳动力到沿海城市打工,给村里提供种子种畜。逢年过节,还给村民提一袋大米、一桶花生油,或者给上几张百元钞票。村民们也觉得没有啥不可以的,甚至每到节日之前,便有了期盼:今年不知是哪个大领导来?送来的大米,是黑龙江的还是吉林的?钞票会不会更多点?要不要回赠一块腊肉或者一只竹林土鸡?而勒吉呢,和支委分了任务,到每家每户打招呼:房前屋后的卫生得打理一下,别让别人看了恶心;火塘里的柴草不要太湿,别弄得一屋子闷烟;要多说感谢的话,不要给领导提无理的要求……直到领导们看望结束,一边挥手一边走出背篼村时,勒吉才会抹掉满头的汗水,一屁股坐在寨门口的土坎上,长长地舒口气。

日子也就这样过下去。时过境迁,勒吉虽然饭要吃两大碗,酒要喝半竹筒,爬坡上坎依然如走平路,但村头村尾遇上孩子们时,那些孩子都会嫩生生地叫他一声爷爷甚至祖祖时,他才发觉自己早已年逾五十,便在不情愿中承认自己老了。他走路的速度慢下来,喝酒得小口地抿。村支部决策时,他三思而后行,他在想,下届总支换届,谁适合接替自己。不讲组织原则的肯定不行,不顾大局的肯定不行,不愿付出的肯定不行,没有文化水平的肯定不行……这便成了他的心病,这病只有他自己晓得,有时疼得睡不着,却又无处说。

从几年前开始,上面推行的工作方法有了改变。先是要求领导干部更守规矩、更接地气,跋山涉水来背篼村的人多起来了。接着是反腐,村民小组长福顺给老人办理丧事,办了五十桌,收了些礼金。这不,礼金没收,通报批评。再就是扫黑除恶,沙呷在镇上的客运站收保护费,居然也给抓了。这期间,最大的事就是脱贫攻坚,上级花的精力和代价,说起来吓人。中央、省、市的领导多次到乌蒙山区,看望贫困户。他们没像以往那种,简单地给大米、油盐和钞票,他们在寨子里住下来,一家一家地了解情况,有青壮年就联系外出打工,有病人就送医院治疗,有孩子没有上学的,就督促送进学校,有房子破烂的,就帮助修建。背篼村是乌蒙山区里最偏僻、最贫穷的村。上面说,就是脱几层皮,也要让村民脱贫。勒吉为自己能遇上这个好时代而亢奋,也为自己的思想和行动跟不上上级的指挥而深深焦急。

现在,他拿出文件来,左看右看,左想右想,总是感觉到自己跟不上。他精疲力竭。

"我是不是拖后腿了?"他问自己。

住勒吉家旁的单身汉麻达,手巧得很呢!他用这一条一条的竹篾,不仅会编织生活用品,还能编织老鹰。他用竹竿做鹰腿,竹根做鹰爪,竹笋做鹰的喙,篾丝织鹰的身体。麻达手法熟练,那些部位都编织得栩栩如生。但就是两对翅膀,怎么编都编不好,拆了编,编了拆,老是不成功。没有翅膀的鹰叫鹰吗?没有翅膀的鹰能飞吗?嘿,肯定和鸡没有啥两样。为编这两只翅膀,他折腾了很多次,心烦意乱,痛苦不堪。这天晚上,他又开始琢磨鹰的翅膀,直到深夜。累了,他推开竹门,打算数数星星。一侧头,却看到勒吉支书家火塘还在冒烟呢!第二天早起,麻达提着篾刀，出门割竹，又看到勒吉支书背着背篼，站在村委会的场院里，眉头皱起老高。

看这样子，就知道勒吉支书有事，麻达猜测说：

"勒吉叔，上边要来检查工作？你要去接他们吗？"

都说麻达傻，勒吉并不认同。他最了解麻达，他认为麻达是聪明的人。每次看到麻达遭人嘲笑，难受像蚯蚓一样，在他心头爬来爬去。但现在，勒吉也觉得他傻。他这话，不是问得多余是啥？

二

背篼村这穷样儿，让人揪心。近几年来，除了背篼村人自己挣扎外，各级都在努力帮助，近的有镇上、县里，远的有省城，就连沿海发达地区，甚至北京都在研究帮助的办法呢。他们的目的，就是要让村里人脱贫，能过上大山外边的人都过的那种幸福生活。这不，男的、女的、老的、少的，一群群人跋山涉水，气喘吁吁地来到背篼村。他们走村进户，和村民拉家常，说打工，说产业，掰着指头算一年的收入。说来说去，算去算来，结果让人叹气，看来计算的结果，和他们想象的差距太大。从脸色上看，他们肯定是在痛恨什么。麻达不知道，其他村民也不知道，但勒吉知道。大半辈子过去，这数不清的时间里，勒吉就和它做过抗争，生死较量，从不妥协。但是，他似乎从未赢过。

他们痛恨的，是这里的穷鬼苏沙尼次，他们想驱除它，赶走它，消灭它。穷鬼苏沙尼次那讨厌的魔手，一直在扼住背篼村人的脖颈子，不让他们喘上一口气。它的影子，一直在无形地笼罩着背篼村的山山水水。背篼村一代又一代的村民，一直在挣扎、反抗，一直在想逃离，但都无济于事。上边来的人,他们痛恨了,又有啥用?他们能有多大的能耐?历朝历代,从上到下,就从没有谁能把穷鬼苏沙尼次赶跑。勒吉在村上工作的几十年里,农村每一次重大政策的落实,他都参与。每一次农业农村工作的推进,他都在见证。寨子里发展畜牧业,修畜厩,他带领村民砍竹竿,砌墙脚,搭架子,用竹枝苫顶。建卫生所,所有的中草药柜,都是他带着几个男人用竹片编制的。后来,县里说要给孩子们修一所像样的学校,所用的水泥、砖块、钢筋,全是他带领男子汉们磨破肩膀,流尽汗水,从山下搬上来的。这背筮村,没有通往山外的公路,只能人背马驮,一袋水泥本钱二十块,运到背筮村运费就是八十块,要命。村民脱了几层皮,学校修好,孩子们有了读书的地点,可老师成问题。寨子里也曾有两个考上师范院校的孩子,但毕业后都不愿意再回来。外面下来的老师,待不上一个学期,就纷纷逃离。有的调走,有的连手续都不办,便悄然离开。而产业呢,漫山遍野除了竹子,还是竹子。太多的竹子,卖不上价。

经过县委的统筹,城乡建设管理局的专家来了,电力公司的测量员来了,交通部门的工程师来了,通信网络的专家来了,还有土豆、荞麦专家也来了。他们头戴安全帽、脚穿水鞋,扛着仪器,背着干粮,翻山越岭,穿云钻雾,起早贪黑,忍饥挨饿,又是测绘,又是统计,又是绘图,晚上还挤在村委会的办公点,点着松明子,分析研判。勒吉心头热乎。眼下,他唯一能给同志们做的,就是给火塘里添些柴,烤几个土豆。

"他们干啥?"麻达怯生生地问。

"是架电线,安通信网络接收塔,修路,修房子。"

"是谁家要娶新媳妇了吗?"

勒吉摸了摸麻达的头,心里针扎地疼。早年,麻达家的日子煎熬。

整整三年,妈妈没有添一件新衣,要走亲戚,到镇上买东西,都没有一件像样的衣服。这天,妈妈背竹笋到镇上去卖,看到那些穿着又鲜艳又时尚的女人,昂首挺胸,在街上走来走去。她们那么漂亮,那么自信,那么惹眼,妈妈的眼睛馋了,脚上像钉了钉子。但想不到,妈妈在看别人,别人也在看妈妈。相反,看妈妈的人更多。那些目光,不仅有男人的,还有女人的,不仅有大人的,还有孩子的。妈妈长得漂亮,但他们不是看妈妈的容貌,他们是看妈妈那一身补疤摞补疤的衣裤。目光中有同情、有怜爱、有叹息,也有嘲笑,甚至是鄙视。那些目光锥子一样扎过来,穿过层层堆叠的补疤,将妈妈的自尊心彻底刺穿,鲜血淋漓。妈妈的贫穷全部裸露,无法遮掩。妈妈的目光回到自身,呆了呆,她扔下背篼,双手捂脸,跌跌撞撞回到寨子,缩在火塘边哭了整整一夜。

活到这个分上,真是羞死人了。

第二天,妈妈不哭了。女人在最好的年华,咋也得有套像样的衣服啊!她咬咬牙,做出一个决定。厩里喂有一头猪,已经在长膘了,原本预备过年杀吃的,她要送下山去卖。对这个爹也很支持,两人抬着嗷嗷对抗的猪,磕磕绊绊,沿山而下。不想刚到手扒岩,那猪一挣扎,就掉进了山谷。要是抬杠扔得慢,爹妈恐怕也会尸骨全无。他俩揪着茅草、枝柯,遍山找寻,只找到两块血肉模糊的猪骨。那叫作手扒岩的地方,别说牲口,人掉下去的也不少。妈妈早出晚归,种了满坡苦荞,原想秋收卖个好价。不料苦荞刚刚开花,一场早霜扑来,所有苦荞苗冻成了枯草。这日子,是要收人呢!

也不知啥时候,背篼村来了个货郎。他的背篼里,不仅有缝衣针、花线、镊子、电筒、马灯、火柴、连环画,居然还有棉布!印有各种颜色、各种图案的棉布!妈妈的眼睛被点亮,瞬间闪烁着奇异的光芒。她冲过来,扯起一块花布,在身上试来试去。她一边试,一边就流眼泪。货郎没要妈妈的现钱,手一挥,让妈妈只管拿去用。

"你这身材,怎么穿都好看。想缝啥就缝啥。钱嘛,明年收成好再给。"货郎说。

货郎来过三次,妈妈就失踪了。这对于男人来说,是奇耻大辱。爹提着一把篾刀,翻山越岭去找,却没再回来。那年,麻达只有八岁。麻达白天看不到爹,晚上找不见妈,冷了没人添衣,饿了没人做饭。一急,麻达脑子就坏了,整天站在高高的山梁上哭爹喊娘。勒吉钻进原始森林,找了败酱草、天麻、制芥、竹茹,还有一些不知名的草药,砂罐煮汤,哄他喝下。寨子里也有人给他念收魂经。不知哪样有效,反正麻达好了些。好了些的麻达,整天就弄竹子。此前,爹教过他编织箩筐、背篼、锅盖等生活用品,他都会。麻达有天分,除了这些,他还会编织牛羊、马匹、鸟儿等。甚至有一回,他居然编了一件"衣服",用篾芯织白的衣领,用篾皮编绿的衣裳。他举着那"衣服",站在寨口高高的土埂上喊:

"妈妈,快回!快回!你要的衣服,我给你织好啦!"

麻达的叫喊,也有回应,但那不是妈妈,而是漫山遍野的竹林涛声,在松一阵紧一阵的风中,竹林哗啦啦作响。他的境况,让人无奈。勒吉和村里的人,都在暗地里帮助他。比如向他买个竹碗箩,用块肉来换个竹甑盖,逢年过节桌上添双碗筷、叫他过来一起吃。他的生活就勉勉强强地过了下来。

这天,麻达下山,他是去卖竹背篼。卖完,还早,他顺着街溜达,看稀奇。不知不觉,他走到电器商场。不得了!电视机里花花绿绿,啥风景都有,甚至还有人,又唱又跳,又哭又笑。他张大嘴,脚生根,一看就是几个钟头。店铺要关门了,店员过来撵他走。

"让我再看看。"他哀求说。

店员不耐烦:"肚子饿,要关门了!"

"那事儿还没完。"他说的是电视剧里的情节。

"买回去呀!买回去天天看。"

对,买回去就是自己的,想咋看就咋看,谁也管不了。问了价,从贴肉的口袋里将所有的积蓄全抠出来,居然可以买最小的那个。小就小,能看就成。给了钱,麻达将电视机捆在背上,小跑着回到了背篼村。

回到家,早已满天星辰,露水都爬上了草尖。麻达将火塘烧得旺旺的,将电视机从纸箱里搬出来。可怎么弄,那些人人马马、花花草草就是不出来。麻达背电视机出的汗还没有干,被焦急撵出的汗又湿透了衣服。

上当了!受骗了!狗✕的,欺负我背篼村人!麻达那个气,把肚皮吹得鼓鼓的,像个风口袋。

第二天一大早,电器商场的门刚打开,一个巨大的背篼跌落进来。扶起一看,居然是昨天那个买电视的人,背上的背篼里,还紧紧塞着那个电视机。麻达醒了,跌跌撞撞站起来,扯着店员的领口不饶:

"卖坏电视给我,看我不告你!"

坏电视?店员一脸糊涂。店员将电视搬出纸箱,插了电,一摁遥控器,画面出来了。一个频道是回放晚会,一个频道是《动物世界》,一个频道是新闻,其他频道,都有节目的。没问题呀!

"它是不喜欢背篼村吧,到了那里就闹脾气?"麻达问。

"背篼村?你是背篼村的?"店员睁大眼睛。

"是,咋了?"

店员恍然大悟:"你们背篼村点电灯了吗?"

"没有。"

"对了。"店员说,"问题就在这里,这电视机必须要有电,它才干活。没有电,它连屁都不会放,眼睛都不会眨,别说表演节目了。"

"我都给它接线了。"麻达记得,昨天夜里,他用一根长长的棕绳连接过的。

店员摇头,给他解释了半天,他才晓得,没有电,好像是人的血管里没有血,竹根没有水分。而这线,不是啥线都能代替。

店员把钱拿出来,如数还他:"过些天通电了,你再来买。我给你留着。"

他依依不舍地离开了电器商场。从那时候起,一等就是多少年。现在听说要架电线,麻达高兴得发抖。他特意下山,到乡街子上,对着电器商场大声吼道:

"我是麻达,背箢村要通电了,要买电视机了!你们,能不卖吗?"

"卖呀卖呀,我们都准备了好几十台,要多大有多大。只要一通电,我们就送上山来!"店员的信息比他麻达还灵。

找到测量员。麻达很急:"啥时通电?能不能快点?"

测量员正调整仪器,测高测低,测远测近。他抹抹头上的汗,回头说:"我们还在测量,得做好预算,向上级部门汇报。"

"哪个上级?"

"党委、政府呀,从乡里到县里,再到市里……这得需要不少钱,估计还得省里决定。"

"我们村里也有领导,勒吉支书,给他说不就行了?"在麻达眼里,村支书勒吉够大的了,没有他办不了的事。

测量员笑:"勒吉支书,也要汇报的。但他只能决定背箢村的事。

各有各的职责嘛！"

麻达搞不懂。测量员也只能说："你现在要做的事，就是多编竹器，多挣点钱，钱多不咬手。"

麻达就想多挣钱。他编织的竹器，满屋子全是。

接着就是路的问题。背篼村和山外，隔着两条深谷，还有几堵悬崖。特别是手扒岩，狼虎很难逾越，只有苍鹰飞翔。对于背篼村民来说，往来其间，非常艰辛。外边要来这背篼村，背篼村人要出山，都是靠爹妈给的那两条腿，一起一落，一落一起，慢慢丈量。男的能打工的，都出去打工了；女的一旦成人，都往外嫁了。头几年，火把节、老人的生日，或者过年，他们都会回来几天。后来，他们都不想回来了。不是不想回来，祖先的魂都装在家里的竹编的灵筒里呢！哪有不回来的道理？是路太远，太难走。年前，年逾八十的诺伙哮喘，村里人用竹竿扎了滑竿，爬坡下坎抬到县医院。医生检查了半天，摇头，只能送回家里等死。三天后，儿子赶回。看到儿子，诺伙睁开眼，滴了几颗泪，哼了两声，气比之前顺畅多了。爹不死，儿子倒哭了，说："爹，你要死就死快点，我只请到九天假。要是晚回了，公司就要开除我。"儿子回家路上要三天，回公司路上要三天，在家里的时间就只有三天。三天处理不好爹的后事，饭碗就丢了。爹听这话，好像很配合，喉头一举，眼睛一闭，嘴巴一歪，身子一硬，落气了。

儿子的忤逆成了背篼村的耻辱，这条路又成了儿子们的耻辱。

勒吉心里猫抓样地疼。他们不能责备诺伙的儿子，穷鬼苏沙尼次没饶过背篼村的任何一个人，谁遇上谁倒霉。

眼下，要修通背篼村的路，不仅需要太多的钱，还需要克服很多修建上的困难。支委里也有人摇头，暗地里捏一把汗，就是天神恩梯古兹也难做到。

"我们的国家,强大得很,从北京到西藏的天路都能修,秦岭隧道都能修,港珠澳大桥都能建,这几十公里山路呀,小菜一碟。"勒吉看的文件多,读的书报多,见的世面多,他说的,大伙信。

通电通路,不仅仅可以实现年轻人回家给老人送葬、麻达能看上电视这样简单的事。重要的是,还可以将这里青嫩的竹笋、壮牛胖猪、土豆荞麦拉出去换钱;重要的是,这里的学校,会有一帮称职的教师教娃儿识文断字,娃儿们能享受到平等的教育,走到更广阔的天地,做比种土豆、掰竹笋更有价值的事。

数据拿出来了,电力、交通等几家部门,先在背箦村召开现场会,再在乡上召开统筹会,又到县里、省里开汇报会。要架通这里的电路,要修通这里的公路,不是不可能,但每项工程造价不小,精打细算,都得上千万的钱。听到需要堆起来比小山还高的钱,他脸都吓白了:

"这么多,哪里找呀?"

勒吉说:"单靠我们,这穷根世世代代都斩不断。上级会安排的,我们要记住他们,世世代代。"

"勒吉叔,我编几个背箦去卖,添补一点,可以吗?"

麻达真是心善,勒吉给惹笑了。

方案从乡里报到县里,从县里报到市里,因为涉及资金太大,施工难度太大,一直报到了省里相关厅局。上面觉得,这样巨大的付出,与村民的享受不成正比。背箦村这样的地方,生存条件太差了。即使打通这条路,即使架来电线,村民不见得就能割断穷根。听到背箦村的大事又要泡汤,勒吉急了,他叫上村委会的一班子人,找了乡上,还找县上,找了市上,还找省上。他们手里拿着一沓照片,上面是背箦村山险水恶,还有村民、孩子们可怜巴巴的苦样。他们那可怜相,让所有接见他们的人都深表同情。

村党总支书记带头汇报,肯定不是小事。而且这村党总支书记是多年为党工作、为民谋福利的人,诚恳、勤劳、没私利。再开会研究时,挂钩扶贫背篼村的县委组织部费平部长第一个发言。他捋了捋胡须,用水笔敲着桌子说,背篼村情况太特殊,对他们村的扶贫工作,只可往前,不能退后。背篼村扶贫的落实,是组织对脱贫工作真正推动的具体体现。费平部长还说了一大堆背篼村的问题。挂钩背篼村工作,他下去不止一次两次,对下边情况最熟。最后是县委书记一锤定音:

"是不能让老百姓一辈子受穷,你亲自往上跑跑,汇报清楚吧!"

费平部长从市里开始,再跑到省里的相关厅局。一家家叫穷,一家家诉苦。说得喉哽咽,说得泪流满面。一个多月后,项目奇迹般落地。

工作开始推进,可还是遇麻烦了。从山下通往背篼村的路,大多是绝壁悬崖,那绝壁悬崖全是青石,太阳照去,反射的是蓝光。青石密度高,又硬又绵。錾子上去,根本就没用。电钻上去,火星子冒蓝光,半天就只是一个白印迹。好不容易打了个洞,填进炸药,轰隆一声空响,拳头大的石头,没有掉下几块。

穷骨头难啃。施工队干了很久,效果并不理想。这天,施工队往石坑里填满了炸药,引爆员查看了四周,没有非安全因素,回过头来,拾起电线的正负极,正要搭拢。突然,一个黑影从竹林里蹿出,往引爆点扑来。引爆员大惊失色,将那人抓住,死命往安全的地方拽。

"麻达,你找死!"

"我就是找死!"

"你是不是疯了?"

"没有疯,"麻达指指脑袋,"脑壳疼!"

引爆员怒火中烧,一把抓住他的衣领:"你脑壳疼,我还心口疼呢!"说着就要把他往崖下扔,也不是真扔,是吓他。

麻达双脚悬空,哇哇大叫。

勒吉在竹林里采笋,听到叫喊,把半背篼竹笋往地上一丢,扑过来:"不开玩笑!有话好好说!"

"让他扔吧!天神恩梯古兹不会饶了他们的。"麻达见勒吉来了,胆子又大啦,他大声说,"他们炸了山,毁了林,竹神侬拿昨晚托梦给我了……"

这些天来,炸药的硝烟一直弥漫在山谷,轰隆隆的空响不绝于耳。山林里的猕猴、野猪、斑羚、岩羊纷纷逃跑,雉鸡、灰鹤、麻雀、憨斑鸠也拍着翅膀在空中惊慌失措。道路规划范围的灌木在一丛丛消失。特别是那些蓬勃生长的竹子,一片一片地被砍掉,甚至连根挖掉。麻达心疼。要知道,麻达是竹子开花那年生的。大片大片的竹子死了,他却生了。他最爱竹子了。家里的用品全是竹子做的,他自己住的屋子,就建在竹林的一边。背的是竹背篼,担的是竹扁担,睡的是竹席,吃的是竹笋,喝的是竹根水,烧的是枯竹枝。就是苦荞酒,也要装在竹筒一年半载,除了烈性,增加香味,才敲开喝的。当年,爹给他取了麻达的名字,就是"竹竿"的意思。他的手艺,超过了背篼村的所有人。勒吉帮助推荐,他被评为县里非物质文化遗产传承人。每年都会到各级文化博览会上参展,运气好时,还会卖掉几件。他和竹子相依为命。竹子旺,他就旺。现在,因修路破坏了竹子,竹神侬拿托梦给他,他当然要冒死阻拦了。

不管做啥工程,特别是眼下的扶贫工作,是不能破坏党同百姓的鱼水深情的,这一点施工方非常谨慎。他们很快向上汇报,上面的人也很快下来进行调查。环保局的人及时出现,给施工方发了通知。原生态的悬崖被炸成这个样子,离满目疮痍也不远了。原生态的植被被毁,与环保政策相违背,是要承担法律责任的。整改,必须整改!

施工半途而废。

电呢?电杆电缆安装费了不少周折。大半年后,总算通电了。但电压低,灯光比煤油灯亮不了多少。要看电视,根本就不行,还常常停电。遇上暴雨和雪灾的破坏,要修复就是几个月后的事了。信号铁塔倒是建了,但山高谷深,信号太弱,要打通电话,还得费半天力,爬到最高的山梁上去,不断调整手机的朝向。

生在这老林深山,要脱贫,好比做梦。勒吉捋捋头,头发抓下一大把。

三

满头大汗、双腿泥浆、拉着勒吉的手就不放的人,是县委组织部的费平部长。这个比他年轻二十多岁、级别比他高太多的领导,腰身还算硬朗,但白头发比他勒吉少不了多少,胡须粗硬,却是黑的,远远看去,像刚从面粉口袋里钻出来,或者脸没有洗净。之前,费平部长是市里的扶贫办副主任,刚下基层任职不久。听人说,此人真抓实干,有把刷子。看到勒吉的满头银发,费平部长捋了捋自己的头发,哈哈大笑:

"公道世间唯白发,贵人头上不曾饶。这是谁说的?这话好像不太准呢!我可比你小些,算是兄弟!"

头发白,少年白;胡须白,假不得。一眼看去,费平部长至少比实际年龄要大十岁。尽力工作的人,心血耗尽,苦累嘛!

"辛苦您了……"勒吉心怀歉意。

费平部长说:"这穷鬼苏沙尼次,让我等如此折腾。不将它驱走,我等就不是称职的干部!"

天蓝得像刚出染缸的布料,竹林茂密得钻进去就找不到出路。溪流呢,干净得只能看到水草和石头。这可是绝美的风景。但他们不是来看风景的,他们是来看人的。他们此前没少看过,这次来,还是看人。他们一家一家地走,一户一户地看。他们看哪些人年老,哪些人年轻,哪些人真富,哪些人假穷,哪些人可外出打工,哪些人只能靠政府养老。他们来到麻达家。麻达坐在门槛上,用竹篾丝正在编织山鹰。竹篾一半绿色,是竹子的皮,另一半白色,是竹子的肉。皮和肉的丝,密密麻麻,纵横交错,非常复杂。麻达手中的竹篾舞动,那鹰还没有编完,好像就要飞起来,看得一行人都呆了。这哪是干活,分明就是艺术表演。

柴火的烟雾将屋子熏得像上了一层漆,黑漆漆的看不清。费平部长摸索着揭开锅盖,用手机的灯光照着看个仔细,除有几个煮烂的土豆、半碗辣酱,再无其他。屋角有张木床,同样地黑。床上还是一堆黑,看不清,估计是堆破棉絮。

"兄弟,你这,咋吃咋活?"费平苦着脸。

"反正我没饿死。"麻达拍拍肚皮。

有人说:"这还不如牲口……"

费平部长连忙用眼神制止,走到门边,与麻达并排坐下。

"听听你的想法,麻达。"费平部长扯扯胡须,"说真话。"

"是不是真扶贫?"麻达清醒着呢!

"当然是真扶贫啦!你看,我们挂钩的同志都来啦!"

"我要爹妈,你们帮我找回嘛!"麻达说得很认真。要爹妈,啥意思呀?听上去就怪怪的。但费平部长知道,麻达说的是真话,不是捣乱。之前几次到背篼村,费平部长就了解过,知道麻达的具体情况。

"麻达兄弟,想爹妈,这就对了。说明你还有善心,还有爱,还想过好日子。"费平部长说,"你怎么去?哪里找?"

麻达指指正在编的山鹰:"我不晓得他们在哪,翅膀一编完,我就要骑着它去找……"

麻达编山鹰,为的是这事儿。费平部长眉头皱住,心软了。他环顾了一圈黑乎乎、空荡荡的屋子,扔个石头进来,什么也砸不到。

费平部长说:"这屋子里到处都是穷鬼苏沙尼次,你说,就算是爹妈回来了,住得下来吗?"

麻达想起妈妈离开的原因,摇摇头。

"麻达,找不到钱,一辈子都穷。爹妈留不住,妻儿留不住,下辈子还穷,知道吗?"

第一次有这么大的领导来关心他,麻达放下手里的活,哭了。泪水将脸洗得更脏。

费平部长看着他,心疼道:"有了钱,山鹰的翅膀才有力气。才能想飞多高就飞多高。日子好过了,才能找到爹妈。"

暮色降临,费平部长一行没有走。电力太弱,电灯红了几分钟,很快就熄了。他们围坐在火塘边,吃了一顿烧土豆,喝了几碗竹筒酒。火光照得大伙一脸金色。

费平部长攥着勒吉的手。费平部长的力气大,勒吉感觉到了手疼。他想,这人不像当官的,倒像是个农村人。

勒吉说:"我在村上负责几十年了,工作没有做好,拖后腿了……"

勒吉实在,不打假。

"您多大年龄了?"

"都五十八啦!"

"虎美在皮,人美在心。村民一辈子都记得您。有啥事,就直接找我啊!"费平部长搓搓胡须,端起酒碗,却忘记喝。

这次调研是有效的。半个月后,县里开会,费平部长提出:

"在县城附近建个城,背篼村整体搬迁。"

要建一个城,让村民整体搬迁,这不仅需要很多钱,还需要非常科学的顶层设计。领导们动了多少脑筋,做了多少工作,勒吉不知道。但是,整体搬迁的文件,还是下来了。

勒吉把文件拿出来,给大伙一字一句地念完。大伙一听,愣住了,离开这个到处都是穷鬼的山寨,多好。新的家园有好学校读书,有好医院治病,阳光比这山里的热乎,道路比这山里的宽畅。但要离开这祖祖辈辈生活过的地方,大伙又十分不愿意,他们对陌生的地方有着无端的恐惧。

"我这房子,都是上好的竹篾编成的。看看,住了二十年了,除了糊上的泥脱落,主体还不会倒塌。"

"我家的苦荞,每年要堆满场院呢!去那县城里,啃水泥柱子呀?"

"我的羊,每年都要生出几只呢……"

说起新家园,他们做梦都没有想到,太陌生了。那比山还高的楼,住在里面会不会头晕?火柴盒子一样的家,既可以烤火、又可以烧土豆的火塘,怎么安放?这些问题,扶贫工作队的同志都给了办法:房屋的拆迁,县里统一了赔偿的标准,不让大家吃亏;各家的土地进行流转,每个社都有人来负责协商,除了每亩地付给租金外,参加劳动的,再按劳计酬,发给劳务费。新建的家园附近,还有工厂、公司针对搬迁户招工,保证每一搬迁户都有人务工;还设有很多公益性岗位,保证每个搬迁人口的收入都在国家规定的最低标准之上……但大伙还是犹豫不决。

人心是最大的工程。勒吉深深知道这个道理。他们说完,勒吉咳了两声,开始说话了。勒吉开始忆苦思甜,说我们背篼村哪,是有些历史了。三千年前,先祖们住在很远的平原里,那里有良田沃土,牛羊遍地。一场灭族的战争后,逃命的人便翻山越岭,躲进乌蒙山深处。这原本是一片原始森林,先祖在这森林的庇护下,活了下来,他们发过誓,只要饿不死,他们就不离开这里半步。每年过火把节、过十月年,他们都要燃起火堆,一边跳舞,一边唱悲伤的歌谣,将这教训口传子孙后代。

勒吉又说,以往搬来,是逃荒躲难。现在搬出去,是要脱贫致富,是要让大伙过好日子。虽然眼下谁也饿不死冷不死,可离吃不愁、穿不愁,离看病、读书、住房都有保障,还差得远哪!

"我不急。"有人说,"我死也要死在背篼村。"

"再破也是自己的碗,再穷也是自己的家。我不走。"

"你不急,国家急!贴心贴肝帮助了这么多,还忘恩负义!看你穿在身上的,盛在碗里的,讨口的都不如!"勒吉生气了,"出去看看,看看外面过的是啥生活?自己过的是啥日子?"

勒吉一场骂,有人醒悟过来,更多的人脑壳里,还是木疙瘩一块。第二天早上,是签订搬迁协议的时候。场院里,零零星星站着几个人。村里的人,仿佛给鹰抓走了大半。太阳光从竹子的空隙里照过来,落在勒吉的脸上,落在几个扶贫干部和村干部的身上。他们互相看着,想说什么,却什么也说不出来。勒吉满脸的虮虱子在爬,这个一言九鼎的老支书,说话也不管用了。

"背篼村的人,不至于就这样吧?"勒吉自我解嘲,"估计下地了,上山……要不我去看看。"

他走到村东尔伙的家,门紧闭,放在檐下的锄头不见,估计是去地里刨土豆了。他走到村西二娃的家门口,不想大黄狗冲过来,朝他狂吠,屋子里居然就没有人来撵狗。他走到村南的沙呷家,沙呷家的门上挂着锁将军。他走到村东的福顺家,火塘里的火灰还烫着呢,就是没有人的影。

麻达呢?麻达也连个影子也没有。门槛外,丢着那只还差一对翅膀的山鹰。

勒吉知道他们怎么了,知道他们去了哪里。背篼村的人,在苦与累上,不会拉稀摆带。但在情感上,常常犹豫不决。他穿过丛丛竹林,在山坳的另一边,找到了正在砍竹的麻达。

银光一晃,一棵竹倒了下来。银光再晃,又一棵竹倒下。

勒吉静静地看着他。麻达砍了一棵又一棵。不一会儿,他的脚下,就是一大片倒伏的竹。

哐啷一声,麻达扔下刀说:"别找我,我要编山鹰。"

麻达离不开这些竹。昨天夜里,这些竹长满了村庄,长上了天空,根子蹿进寨子,蹿了他的心口。竹子甚至还乖巧地躺到他的手心,任由他篾刀削切,任由他扭曲编织。估计,这些竹也离不开他麻达。麻达打小的玩具就是竹子,竹子伴随他度过了艰辛的童年。麻达六七岁时,就和爹学竹艺,妈妈不让。妈妈说:"竹子是条虫,十个摸到九个穷。"麻达到学校读书,可一个代课老师要管三个年级,学生们大部分时间是玩耍,几年下来,也没有学到啥。爹妈离开后,勒吉把他介绍出去打工,在工地上拌水泥、砌砖。不到一个月,他就逃回来了,全身长了痱子。回来不久,身上全都好了。半年后,勒吉又让他去养殖场,干不了多久,他还是回来,死活不再去。他说那些猪没吃粮食,吃的化学药品。勒吉也是有过爱有过痛的人,甚至比他爱得深,痛得深。有过爱和痛的人,皱纹深了不怕,头发白了不怕,遇上黑暗和死亡也不怕。勒吉知道麻达内心的慌乱和痛苦。没办法,勒吉只好说:"你喜欢竹子,那就继续做竹编吧。"麻达没有了管制,如鱼得水。但他这些东西,换不了钱。背篼村人们的钱袋,连应付温饱都成问题。

竹子是条虫,十个摸了九个穷。麻达不听妈妈的话,果然就是这个下场。穷是真穷,穷得常年穿破旧衣服,穷得要换一把砍竹子的篾刀,还得反复掂量。但他只要和竹子在一起,心情就会好。累了,在竹林里睡一觉,就精神饱满。心头难受了,劈棵竹子来编一个小器物,心下就没有了阴霾。每年春秋两季,看到林子里冒出一片又一片的竹笋,一夜之间长高一大截,他就觉得全身有了力气。

麻达的脑子坏掉了,寨子里的人都在背后说三道四,甚至以此来吓不听话的孩子:

"不听老子的话,也像麻达那样,编背篼去!"

勒吉的儿子吉地,和麻达年龄差不多,性格却是天差地别。

背篼村从未有过一个大学生。早年,勒吉一直梦想儿子吉地成为第一个,这种愿望很强烈。作为村党总支书记,儿女有出息了,才有号召力。他有一儿一女,明里暗里,他都在鼓励和鞭策。

"考上清华、北大!背篼村就有点样子了。"勒吉说。

吉地知道父亲心头的那个急。但他别说清华北大,就是市里的师范学院,他也没考上。他不是不认真,不是没努力,而是背篼村的教学水平太差了。当年,吉地几次要爹送他到镇上的中学读书,那里的教学

规范得多。勒吉很认真,到镇上摸了底回来,告诉儿子不用去了:

"背篼村用的教材,和镇上学校的一个样,甚至和全国很多地方都一样。"

吉地的高中是在县上读的。基础差,听来听去,像听天书,学习成绩时时吃鸭子。进了高考考场,和那些密密麻麻的题目对峙,吉地与它们互不相识,填空题大多是猜的,证明题、分析题、简答题基本就是空白。这样,别说清华北大,就是市里的师范院校,也是戴着斗笠亲嘴——隔得太远。勒吉觉得考不上也没有什么了不起,天旱饿不死勤快人。对了,他一拍脑袋,村上的小学不是缺老师吗?找了很久都没有合适的。吉地回来当代课老师,不就解决了这个老大难吗?吉地心里烦躁,正想进城补习呢,听爹这话,火来了,正在吃着饭,叭地把碗摔在了地上:

"代课?你让我继续来害下一代?你让我愧对天神恩梯古兹和乡亲们?"

这话有些意外,勒吉张大嘴巴,想说啥,却说不出来。

"背篼村太糟了,太让人失望了!生在这里,是一种耻辱!"吉地又说。

"不是硬指甲,不要剥生蒜;没有真本领,不要充大哥。尿!书读不好,非找歪理由!"

"找歪理由?你还说是歪理由?一个支部书记,却管不好一个学校!屙泡尿在牛脚迹窝里,溺死算了!"

"你,"勒吉说,"啥?你再说一遍!"

吉地说:"背篼村太糟糕了!太羞耻了!"

勒吉血往上涌,浑身发抖。他伸出右手,啪的一巴掌,狠狠地扇在儿子的脸上。这话如此尖刻,儿子对他的仇恨,肯定不是一天两天的了。他甚至不相信,儿子会说出这样的话。人看从小,马看蹄掌。这娃儿的叛逆,让勒吉无法控制自己。吉地小时候可不是这样。他最喜欢爹了。从他会说话开始,爹就教他唱歌,乌蒙山区里的儿歌、民歌,他全会唱。从他会走路开始,爹就领着他,爬山、下河、追赶野兔,练就追风的速度。从他的手能握住东西开始,爹就教他砍柴、射箭、种地、收获庄稼。吉地喜欢爹,勒吉也爱儿子。儿子是爹的尾巴,爹走一步,儿子就在后面晃一下。爹是儿子的马,爬山过河,儿子就骑在爹的脖子上。父子俩形影相随,从不分离。儿子是他的心头肉啊!现在,儿子长大了,翅膀硬了,不听爹的了,居然这样对待爹,还连背篼村都看不起。勒吉可从来没有受到过这样的指责,真是气昏人!勒吉这一巴掌下去,粗糙的手感觉到儿子脸皮的细嫩,他收回来,举起,还想打出,却又在空中软了下来。

巴掌印深深嵌在吉地的脸上。吉地打了个趔趄,站住,一愣,才明白是爹对他下手了。爹居然对他下手了!爹就为这件事对他下手了!爹的手那么重,像是打不往前走的懒牛。不,是打他仇恨多年的穷鬼苏沙尼次。他不是要撵走,而是一招毙命。吉地含着眼泪,咬紧牙关,站起就走。勒吉懒得理,要去就去吧,越远越好,最好是永远不要再见到他。但过不了几天,勒吉受不了。缺少这样一个整天乐呵呵、跑出跑进的少年,屋子里一下空出了好多。勒吉想儿子了,想到极致,就像心肝里,有一只手在不停地挠。不听父教要闯祸,不听母言要遭殃。吉地太年轻,不找回来不行。勒吉骑着马,迅速赶到镇上,梳理了一遍整个小镇,又在客车站上堵了一天一夜,也没有吉地的影子。吉地去了哪里,谁也不知道。村里人找了三天,寨子里、竹林里、小河里、通往县城的山路四周,县城的宾馆、游戏室、车站,就是下水道、桥孔也伸竹竿去掏了,脚印都没留一个。勒吉伸出手来看,这粗糙的手掌,这生硬的指节,种出过多少庄稼,养大过多少牛羊,拉扯过多少乡亲,它可从没有干过一件不该干的事,现在它却打儿子了。他恨这手,将它往石头上砸,手掌皮厚,居然没破。他举起刀来要砍,却又无力地放下。依扎绕过房前屋后、穿过层层叠叠的竹林、站在高高的山梁上,唱他喜欢的歌,喊他的名字,给他叫魂。依扎先是每天太阳落山时喊,后来是月亮满月时喊。再后来,依扎声音嘶哑,身心疲惫,喊不起了,便想去另一个县城,帮嫁出去的女儿带孩子。女儿也没有读出书来,早早外出打工,嫁了个水电工,日子过得还算不错。

"穷鬼苏沙尼次缠我们太紧,这么多年了,还摆不脱。你当初承诺过的,却没有兑现。"依扎对勒吉说,"你跟我一起去吧,别再当啥家了!女儿家能养活我们。女婿也没少给你打过电话。"

"我是这里的负责人,不能丢下这里不管。"勒吉气不打一处来。他觉得依扎是在挑战他的底线。女人,就是目光短浅。

勒吉如此生硬地对待依扎,也是第一次。依扎哭着,扔下肩上的背篼,拍拍屁股上的泥土,转身就走。没有儿子,做妈的待在这穷地方,没有啥盼头。看依扎渐渐远去的背影,勒吉想到当年依扎排除种种困难嫁给他,这些年,再苦再累,也护着他。他一阵心酸,追到金沙江边,对已经上船的依扎喊道:

"我是乌蒙山的汉子,从不拉稀摆带。等我把穷鬼苏沙尼次赶走,就接你回来!"

四

世事难料。没几年,吉地意气风发地回来。他要干啥?要发展产业。发展啥产业?种玛卡。吉地租了两匹马,从山下驮来几麻袋种子,一家一家去动员:

"你们负责种,我负责收。价格是种土豆和苞谷的双倍!"

"它来自秘鲁安第斯山脉,深受中老年男人喜爱。一个拳头大的玛卡,成本五块钱,加工出来要卖两千多块!"

吉地的动员是诱惑人的。喜讯从天而降,穷怕了的背篼村村民土豆、荞麦都不种了,种的全是玛卡。啥时播种,啥时移栽,啥时施肥,啥时防虫,啥时收获,全由他来安排。吉地忙得不亦乐乎,疲惫的脸上露着笑容。勒吉知道儿子那笑是真诚的,是发自心底的。但他内心在打鼓,对这种附加值高得像天文数字的东西充满怀疑,对儿子离开他的视线的这段时间打了问号。

"爹,沿海地区的人整天奔波,很苦很累,他们身体需要。"

"爹,他们需求,我们供给,各有所图,何乐而不为?"

"爹,我们提供原材料,他们还要加工。我们赚的是汗水钱,他们赚的,就多了……等苦够了本钱,我们买设备来,自己做加工。"

如果真是这样,村上应该来主导,大家积极参与。但吉地并不同意,吉地有吉地的理由:

"村上把握方向就行了,具体的工作,交给公司。"吉地忙得脚不着地,他的公司,好像正在注册。

在勒吉看来,吉地的言行,是竹筛子盛稀饭,漏洞百出。但玛卡的种植，却推进得很顺利。第一年下来，背篼村玛卡喜获丰收，泥巴都没有洗干净，就有人来认购，很快就背到镇上，卖得一干二净。那种像是萝卜的东西，居然意外地值钱。就是泛着绿色的叶子，也在秋天第一场霜降前，全给摘光。有了钱，每天吃饭时，家家户户都有酒肉香。天天过节呢！

"爹，你们村上，怕要表彰一下。我为乡亲们致富，算做了一件好事了吧？"

村民的钱包鼓了些，算是大好事。但吉地提出要表彰他，勒吉一口拒绝。狗掀帘子，光凭嘴，那可不行。勒吉是村的党总支，他要表彰的，是党员。他要表彰的，思想、行为、贡献，一样也不能落下，才行。虽然只是一纸证书，但事关重大。他想让吉地入党，话刚要出口，又咽了下去。考察，是必不可少的环节，他得再观察。更何况，那被吉地吹得神乎其神的东西，勒吉也曾暗地里吃过几次。一次煮肉汤，一次鲜炒，还有是泡酒，但每一次吃过，除了有些腥味，有些草味，并没啥明显的效果。他想，也许自己是老了。一架过分磨损的机器，再给它怎么润滑，再加多少油，怕也不见得能跑多快。

勒吉叹了一口气，只能由他。第二年的玛卡产量更大，但没第一年的价高，来购买的人也明显减少。拖到第二年正月末，才算卖完。第三年就麻烦了。到了霜降，满山的玛卡还没有卖出一个。有人在网上看到铺天盖地而来的文章，说玛卡并无任何壮阳作用，完全是骗人的东西。也有人说作用是有些，但最好的产地不在背篼村，而是海拔三千米以上的土地。众说纷纭，莫衷一是。背篼村的人突然想起，此前在寨子里活蹦乱跳的吉地，一夜之间消失得无影无踪。他们找到镇上，原来的收购点也已关门。他们找到县上，吉地原来领着他们吆五喝六吃酒划拳的饭馆里,老板也赌咒发誓说好几个月没有他的影子。勒吉也急了,他追到县城,在小巷深处转了半天,凭他的直觉,居然在一间民房里找到吉地。

阴暗的屋子里,玛卡堆积如山,散发着令人作呕的恶臭。吉地缩在玛卡中间,衣裳破旧,满脸污脏,似乎比玛卡还臭。借着门外挤进的微光,勒吉看到儿子眼里的绝望,布满血丝的绝望,让他打了一个冷噤,心里涌起了一丝丝怜意。

"起来。"勒吉说。

吉地没有起来,睁大眼睛,茫然地看了一眼爹。

勒吉说:"起不来?"

吉地干脆闭上眼,不动。

没有钱的人,顶多腰挺不起来。吉地不仅是没有钱,还愧对父老乡亲。不听老人言,吃亏在眼前。爬得高,跌得低,眼下估计连骨头都没有了。没有骨头的人,肉体无法支撑。勒吉放下背篼,爬上玛卡堆,抓住吉地的领口,将他拖了起来。

"你躲得了吗?你有脸见人吗?"勒吉气上来了。

"牛打死牛填命,马踢死马还魂!我的事,不用你管!"吉地突然吼了起来。勒吉一愣,血气上冲。这些年过去,吉地的性格依然没有变,或者说变了,但是变坏了。吉地没有继承他勒吉好的一面,相反把坏的一面发扬光大。勒吉睁眼欲裂,他看不到吉地身上的朝气,看不到他锦绣的前程。他看到的是毫无生气的行尸走肉。背篼村不需要这样的败类,勒吉家族不需要这样的子孙。勒吉血气上冲,他两腿颤抖,脸色发紫,两臂青筋暴涨,双手充满了力量。他想打人了!他甚至为上次没有用够力气、没有让被打人警醒而后悔。那次打的是个孩子,这次打的是成人。上次他用的是右手,打的是吉地的左脸。现在他要用左手,打吉地的右脸。乌蒙山里的风俗,左手给人添饭、递东西,是对人的不尊重。左手打人,则是蔑视。

勒吉这一巴掌,蓄足了力量。吉地晃了晃,一个趔趄,倒了下去。

"记不住这一巴掌,你我父子,一刀两断。"勒吉拾起背篼,背上,走到门边,站住,却不回头,"混不出个人模狗样,不要来见我。"

事情弄得很大,到处吵得沸沸扬扬。依扎听说,慌忙从女儿家赶回来,找人念给吉地叫魂,想通过这种方式将他找回来。勒吉说:

"魂别叫了。这样的人,回来祸害乡邻,我没脸见人!"

一个家庭,弄成这个样子。依扎死心了:

"再跨进这个穷窝,我脚杆断!"依扎居然发这样的毒誓,要命。

吉地那一大堆子馊事情,搅得当爹的心烦意乱。马走九天,狗跑一晨。这人哪,是好是坏,一做事就露底了。要知道,自打他记事起,他们家族几代人从没有干过偷鸡摸狗的事,从没有干过偷梁换柱的事,也从没干过其他对不起人的事。现在吉地这愧对祖宗的事,真是忤逆。他愤怒,他难受,无法控制自己的情绪。他让人到处寻找吉地,如果找到他,他要他必须给背篼村村民磕头道歉,必须赔偿村民的损失,必须在天神恩梯古兹面前念上三天经咒,对自己的行为进行忏悔,还必须从今往后,洗心革面,重新做人。背篼村千百年来的规矩是:打残手赔一个人,打残脚赔一匹马,打瞎眼赔一锭银,打掉牙赔一把刀。而欠人钱财,更是要翻倍赔偿的。

吉地无影无踪,他所带来的后果却在不断发酵。年底,背篼村种玛卡的人家,都没有粮食吃了。饥肠辘辘的村民们,整个冬天都缩手缩脚,蹲在村委会的墙脚晒太阳。看到勒吉过来,就佝起身子问吉地的消息。勒吉把屋里所有的粮食拿出来,可远远不够。勒吉干脆把家里的一头耕牛、五只羊、十多只鸡全卖掉,一家一家去还债。但这还是十分有限,根本不能解决问题。勒吉很痛苦,想了一夜,以前是父债子还,现在他只能是子债父还。他一家一家上门,把吉地约定种植玛卡的面积统计了出来。第二天一大早,他背着背篼就去了镇上,找信用社主任要求贷款十万元。信用社主任吃了一惊,这个连酒都不会白喝别人一口的支书,突然要借这么多钱,是不是脑子有问题?他给勒吉倒了一杯茶,让勒吉坐下来慢慢说。勒吉不说用途,坚持要他借钱,说他会三年内连本带息还清,他用人格担保,并提了提空空的背篼,说装钱的工具都带来了。勒吉说着说着,便大哭起来,从未有过的悲伤,像早霜扑过正在生长的荞麦。乡上很快知道了这件事,立即安排民政的同志到背篼村了解情况,知道了原委,做了研究,安排了一批救济的粮食到各家各户。

那一年总算熬了过来。

五

这样看来,背篼村的整体搬迁,并非空穴来风。上头一根针,下边万条线,县里吃奶的力气都使上了,除了动员他们搬迁外,产业发展、劳动力就业、孩子读书,各方面都在出招。这不,县里搞了有史以来最大的招商引资活动,来自全国各地的挂钩扶贫单位,把沿海发达地区的商家请来一大批。这些人中,有做互联网的,有做电子产品的,有做服装生意的,有做玩具的,还有做工艺品和农产品流通的。背篼村是县里主推的扶贫点,那些由董事长、总经理组成的考察团,在费平部长的带领下,浩浩荡荡,蜂拥而至。他们气喘吁吁地爬上山来,抹着汗、拍着腿、撑着腰在村里走来走去。他们用天南地北的方言,对背篼村无限风光、资源优势赞不绝口,在那无边的竹林里流连忘返。

他们对竹产业最感兴趣。竹笋里含有人体必需的酪氨酸、膳食纤维,还降三高。竹竿竹叶可造纸,可做竹纤维的服装。这个他们懂。而当他们看到麻达的竹编制品时,一个个惊呆了。提着这样的竹篮上街,绝对比LV包更亮眼。用这样的竹簸箕盛饭,一定是又香又鲜。还有那鸟儿,一拍翅膀,估计便会飞起来。想不到,在深山峡谷、穷乡僻壤,居然隐居着这样了不起的艺术家!好多人和他合影,问他编织的成本,寨子里有多少人能干这活。还有人吟诵起诗词来,什么"过江千尺浪,入竹万竿斜",什么"荷风送香气,竹露滴清响",什么"竹竿何袅袅,鱼尾何簁簁"。他们居然立马在背篼村开了一个关于竹子的诗歌朗诵会。勒吉听不懂,但他感觉到,背篼村已经得到了这些人的认同。随行的费平部长和他四目相对,点点头,笑。

三天后,县委组织了大型的签约活动。勒吉在会务筹备组的帮助下,把麻达叫了去,并将他编织的所有竹编制品带到展览销售区。麻达理了发,刮了胡须,换洗了衣服,仿佛换了一个人。勒吉高兴,谁再说麻达脑壳有问题?说这话的人,脑壳才有问题!麻达那些东西一展示出来,让好多人意外:竹子原来可以这样的呀!师傅这手艺,天下一绝呢!麻达被夸,满脸通红,有些羞涩,高兴着呢!他拿来竹子,现场剖开,剔皮编织,表演给大家看。

"你们要是喜欢,我教你们。"说完这话,他又后悔。他突然想起,当年妈妈给他说过的那句话,他突然噤声。

签约现场会隆重而热烈,商家对县里的规模比较大的产业都很看重,比如土豆啦,比如苦荞啦,土猪饲养啦,但对背篼村的产业却不吭一声。费平部长沟通几次,商家勉强同意,但都只签框架协议。所谓框架协议,十有八九落不在实处。为什么这样呀?有商家透露了:不成规模,生意做不大,白费劲,不找钱。主持活动的招商局局长,急,厚厚的嘴唇都起了泡。

大伙正急,远远的人群中突然走出一个人来。他满脸黧黑,长鼻深目,个子高高,身着西装,气宇轩昂。要是给他披上一件羊毛披毡,便和背篼村村民无二。那人走上签约台,对着话筒,用不太标准的普通话说:

"冒昧打扰一下。各位领导,乡亲们,我就是本地人,如果信任我,我和局长签订一个合同。"

说着,他从公文包里掏出两份协议,递了过去。招商局局长看了一遍,再看一遍,喜色从脸上溢出:

"竹产业,两千万,都是落地背篼村的!好!我签!"

高悬的心落地。勒吉背上背篼,走出会场,找到麻达所在的文化产品展示区。展区里陈列着很多木雕、石刻、绣品、泥塑……勒吉有些不懂,这些东西,饿了不能吃,冷了不能穿,价格却高得吓人。麻达坐在一把小竹椅上,低着头,细心地编织着一个盛饭用的竹筲箕。这东西在三十年前,不管是乡下人,还是城里人,所有人家的厨房都离不开,淘米、盛饭、装碗筷碟子都必须用。后来金属制品、塑料制品越来越多,大家都不用这竹器了,也很少有人会编制这样的东西。勒吉不忍心打扰麻达,就那么远远地看着他。

县里的活动一结束,展览的时间也就结束了,场馆工作人员要他们尽快搬走。接下来他们要布置另一场车展。据说这次入场的车,全是进口豪车,每台车价格不少于五十万。勒吉帮助麻达收拾那些竹器,小心打包,预备全搬回背篼村。这时有人来找他们商量,让低价处理给他的土特产店。麻达板着脸,死活不干。麻达不是吝啬的人,但他觉得,这些东西,价值不应该只是那点钱。要知道,那些竹器上,有着他麻达的鲜血。锋利的竹片,常常不肯就范,和他对抗,将他的手割得血肉模糊。

两人低着头,将竹器挪在一起,打包。

脚影晃动。一大群人围了上来。

勒吉:"催命哪?马上就让你们!"

"爹!"有人蹲了下来。

勒吉没有听清,动作加快了许多。

"爹……"有人又叫。勒吉抬起头来,先前与招商局局长签字的那个人,蹲在他的面前。

"你?"勒吉愣了一下,突然叫道,"你!"

"爹,我是吉地。"这人说,"这些东西别收了吧,我安排人打理就是。"

勒吉说:"这是麻达的东西。"

"按照标价,我全买了。"这人说。

吉地在这个时候出现,让勒吉无所适从。想当年,勒吉想吉地想得心疼,见到和吉地差不多大的人,他就会想起吉地。想吉地是不是长高了、长胖了?找媳妇没有?吉地在干啥活?会不会受人欺负?想得抓心,无法抑制,他就会在镇上的大路口,找个土墩子坐下来,看来往的人中,会不会有吉地走来。那种假想是不可能实现的,黄昏袭来,勒吉就会在小酒馆里,买一碗酒喝。喝着喝着,儿子就会跑到眼皮底下来。儿子的身体,骨头是父亲给的,皮肉是母亲给的,血液和灵魂,是祖先给的。儿子的喜怒哀乐、悲欢离合、贵贱荣辱,都和当爹的紧紧相连。

勒吉张张口,却说不出话来。

"爹,我真是吉地。"这人拉拉左耳垂,"这是我满三岁时,妈妈用背篼背着我,去镇上请人给打的孔。"

这人掀起衣服,让勒吉看他背上的疤痕:"我三岁那年,给狼叼走,你追到狼窝,把我抢了回来。疤痕还在呢!"

麻达突然叫道:"对!对!那年你被狼叼,我吓傻了,三天魂都没有回来……"

勒吉清醒了些。当年,他在破房子里对儿子出手后,真的希望他能在外面闯出一片天地。但这也不是说,他就真的忘记了儿子。相反,他想儿子,爱儿子。夜深人静的时候,他会把儿子的照片找来看,把作业本翻开看,把儿子留在家里的衣服抱起,感受他的体温;看照片的时候,儿子好像搂着他的脖子,要和他说话;看作业本时,感觉儿子小手握笔,在纸上划过,一行行,从不错乱;抱着衣服的时候,儿子就暖和地挤在他的怀里,像不安分的小鸟一样,不断地扑腾。他很怀念那些过往,很沉醉。几年后,隐隐约约有些消息,说儿子是在深圳。有这边过去打工的人,在他手下做过活计。有这边的领导去参观考察,得到他的接待。而最近,又有人说,吉地回来了,在修房子,修路,做各种各样的生意,据说来头不小。他耍这么大的派头,谁知道他违不违法?谁知道他路子正不正?在这么大的活动上,一开口就甩出两千万?不会是骗子吧?

吉地让手下人当场和麻达算了账,一分不少地把钱给了麻达,并将那些东西拉走。他把爹和麻达请到酒店,他得好好请爹和麻达吃上一顿。餐厅金碧辉煌,勒吉在正中的真皮椅子上坐下,却如坐针毡。那一道道菜,其形、色、香、味,让两人目瞪口呆,以为这里是天宫,神仙才有这样的日子。勒吉举起筷子,却放不下去。

吉地端起酒杯,敬爹酒。那酒杯反射着华丽的光泽,晃眼。

吉地看着他:"爹,吃呀!"

"这么好看,是吃的吗?"

"这就是吃的呀!"

吉地明白,爹从来没有吃过这样精致的东西。也许,他就是不晓得怎么吃。他摁住餐桌按钮,让桌子旋转起来。不同的菜品,他用不同的方式吃了一遍:"爹,放心吃吧!麻达,动起筷子来!"

"啪!"勒吉将筷子扔在桌上:"够了!"

吉地赔笑:"爹,有啥话,好好说。"

"你真有钱,就别耍这个派头,把乡亲们的钱都还了吧!"勒吉站起来,背起背篼就走。

麻达追出来:"勒吉支书,等等我。"

六

勒吉和麻达汗流浃背地回到背篼村。他将背篼往地上一放,坐在门槛上发呆。麻达给他倒来竹筒酒,他接过,握在手里。天空澄明,月光照了下来,远远近近镀了一层银光。

勒吉喝一口,就用手摁摁心口。

"叔,"麻达给勒吉递来一个烧土豆,"如果不舒服,酒就别喝。"

不舒服是肯定的,但不是酒的问题。相反,酒是他的好朋友,勒吉喝得更大口。"吱儿——"一口,"吱儿——"又是一口。眼下,背篼村面临着痛苦的抉择,吉地出现了。他以这样一种方式出现,让勒吉很是尴尬。

吉地追到背篼村,要把老爹请到县城,过几天舒服日子。劣马逮着耳朵驯,犟牛勒着鼻子教,勒吉不放狠话不行:

"你必须要将欠债还清,才有资格和我说话。不然永远不要跨进背篼村一步!"

"爹,您给我时间,我会做好的。"

"竹子是条虫,十人摸了九人穷。"勒吉说,"当年你种玛卡就很害人了,现在又来摸这个……"

"不,这话应该改一下啦,竹子是条龙,十人摸到十人红!"吉地很诚恳地说,"爹,要允许人犯错误,也要允许人改错。我吉地是从背篼村走出的人,不会再给大伙丢脸!回来的目的,是与大家一同致富。"

再往深处谈,勒吉不再吭气。那几天,勒吉一听说吉地来找他,立即撵着老马,进山去了。吉地扑了两次空。吉地知道爹其实是疼自己,只是面子放不下。两人要消除隔阂,得等机会。爹对自己的爱与恨,他最清楚。当年,被爹打了那一沉重的耳光之后,他开始了自己的逃亡。逃亡不是在逃跑中死亡,而是在逃跑中再生,亡的只是以前的那个我,生的是更为强大的我。背篼村无边的竹林,在干旱中不死,在洪涝中不死,在被一茬茬的砍割中,也没有死,相反活得更好。背篼村的竹子有几十个品种,其中有一种毛竹,前四年只长火柴棍那么长。从第五年开始,每天会长腰那么高。一个多月后,居然长到两层楼那么高。吉地晓得,那积蓄力量的过程,就是竹根生长的过程。那么,自己的逃亡,其实就是在长根,在积蓄力量。吉地出去这么多年,啥样的事他都经历过,啥样的人他都打过交道。吃过苦,受过累,受过气,经历了常人难以承受的痛苦。每每思想上动摇、抉择艰难时,爹给他的耳光就突然响起,让他生疼,他就会清醒地处理事情了。爹这样的人,无非清高一些,无非守旧一些。他守望在这大山的深处,比井底之蛙好不了多少。爹不容易,这些年,为全村的事,苦够了,为家里的事,折磨够了。吉地在内心里,一次又一次将爹原谅。

吉地找到麻达,麻达坐在满屋子的竹器之中。他是头人,是首领。那些竹器,一个个围在他的身边,仿佛他的宠臣,或者是他亲生的孩子。麻达还在编那只鹰,那鹰的翅膀一直没有编好,鹰没有飞翔的力量。麻达编了拆,拆了编,如此反复,让人着急。

"麻达,跟我走,带上你这些宝贝。"

麻达摇摇头,继续他手上的活。

"我走南闯北这些年,知道好多东西都活得庸庸碌碌,但背篼村的竹子没有白活。它们遇上了一位能工巧匠,他给它们赋予了灵魂,让死去的它们活了起来。"吉地说。

"麻达,你是对的。这些竹子,不应该仅是一只竹筐、一个背篼,不应该只能装泥块、装土豆。它是有灵魂的东西,它应该飞……"吉地说。

麻达回头看了看那满地的竹工艺品。是的,这些他亲手编织出来的东西,一直守在他的身边。它们从竹竿到竹片,从竹片到竹丝,从竹丝到各种物品,要经过多少环节,多少手脚。麻达看了看自己结满硬痂的手,这些年来,他一直在用这双手,和一批又一批的竹子较量。他将它们收回家,把最筋道、最柔软、最结实的地方剔出来,做自己想要的加工。竹子可不是那种逆来顺受的东西,竹子有竹子的气节,竹子有竹子的坚韧,竹子一直在和他麻达对抗,在他不小心时,割伤他的手,刺进他的肉。麻达顾不了这些,他用尽所有的办法,让竹子顺服。他编狗像狗,编牛像牛,要编一幅对面山脉那样的画,也不是件难事。他甚至觉得若有神助,突然地编到那里,牛的眼神就活了,鸡的打鸣仿佛也能听到。那些物品,甚至就是他的朋友、他的儿女,他们互相离不开,他们互相陪伴,互相挂念,互相鼓励,互相依存。但是,他编的那些东西,也就是用来散散心,解解闷。谁家的孩子哭闹了,就给他一只。

"勇敢的人穿虎皮,胆小的人蹲火塘。如果不走出去,就会永无出头之日。"

勒吉够累的了,年近六十,身体大不如前,稍一劳作,便心跳气喘,力不从心。"吱儿"喝下一口酒后,他闭目养神。有人噼噼啪啪走来。脚步声愈加清晰,一听就是年轻力壮、精神饱满那种。狗已经狂吠起来。看起来,来的不是扶贫队员。扶贫队员和背箬村的人都熟悉了,和背箬村里的狗也熟悉了。哪怕夜再黑,只要他们吭一声,狗们就会立即噤声,摇摇尾,钻进狗洞,继续睡觉。

来的是吉地。

估计是走累了,吉地进门来,喘口气,抹了把汗,摸了一把竹椅坐下,捶捶腿:"爹,还是你能走,这把年纪,还健步如飞。我却走不成路了。"

勒吉没有理会,自顾喝酒,啃烧土豆。麻达拿来碗筷,给吉地倒了酒。

"多少年没有尝到了,好香!"吉地抽了抽鼻子,"咕噜"喝了一口,喝太猛,呛了,忍不住大咳起来。

"还是早年的烈。"

他拈了一大块腊肉塞进嘴里,只一嚼,油珠儿就从嘴角滚出。

"哇,小时候的感觉。"

勒吉说话了:"这抵不得你的山珍海味,背篼村养不起你。"

吉地被噎,含在嘴里的肉,咽不下去,也吐不出来。

多年才回老家,好不容易见到爹,也就给多上了两个菜,那都是酒店里的常规菜品,居然被爹误会得这样深。爹虽然是背篼村的领头,但爹讲原则,从不吃不该吃的,从不用不该用的,从不去不该去的。每有场面上的事,他就躲。他见的世面太少了。从那顿没有吃上的饭菜来看,吉地离开这十多年的时间里,爹就没有在酒店里吃过一顿饭,喝过一杯酒。和网上曝光的那些贪得无厌的村干部相比,爹像天上的月光一样干净。爹还是老样子,他为爹揪心。

吉地饿了半天,寡酒进肚,和爹的话又说不拢,心里烦躁。一碗酒喝干,他满眼金花,手颤脚软,胃里翻江倒海。他努力撑起,脑袋晃动两下,踉跄出门。

月光在竹影里晃动,像银子的汁液四下泼洒。

"别晃,别晃……"

后半夜,吉地醒来,头疼欲裂。多年没有喝酒的他,显然难以抵御酒精的攻击。透过竹篾片编织的墙体,他看到外面满地的白。下霜了?落雨了?他吓了一跳。他一时想不起自己是在啥地方。他挣扎着,从竹编的席子上起来,扶着木门出了屋。不是下霜,也没有落雨。是月光,大半夜过去,月亮西斜,光亮依旧。吉地拍了拍头,才想起此前的事。他摸到一根竹棍,竹棍光滑,上面沾满汗液。他凑到鼻孔边嗅了一下,咸腥的味道,让他隐约记起,这是爹用了多年的那根。他拄着,往寨子里走。寨子里的路,还是泥巴路,坑坑洼洼,有的地方还有积水。这路鸡肠子似的从东家串到西家,从上家连着下家。他知道,白的地方是路,黑的地方是杂物或者坑。村民的房子,还是当年的那个样,竹篾围的墙,竹枝竹叶苫的顶。猪的厩、牛的厩、鸡鸭的厩,还有没遮没掩的茅坑,毫无规则地和村民的住房连在一起。甚至有的牲畜,是和村民一起住在屋里。牲畜粪便、尿液的恶臭,不可阻挡地往鼻子里钻。吉地往高处走,那里有他读过书的学校。场院里有两个木杆做的篮球架,地上还是泥地,这和以往没有两样。校舍有了变化,是水泥房子,黑乎乎地矗在他的面前。这说明,或多或少,背篼村还是有些变化。但这变化太小,太慢。吉地从小学一年级到初三,就是在这里读书的。吉地想哭。

回过头来,村委会的办公点还在。石块垒砌,石灰勾缝,和当年没啥两样。门边挂有一个白底红字的背篼村民委员会的牌子。吉地在门边的石块上坐下,这么多年过去,外面都发生了翻天覆地的变化,背篼村还是这个样子。吉地想,几十年来,爹没有以权谋私,没有贪赃枉法,他是村里的好人,给村里做过的好事,数不清。那么,眼前这个村总支书记,他称不称职? 几年前,背篼村曾经一夜之间让全国人民家喻户晓。背篼村不通公路,学校连图书室都没有一个。一群志愿者用竹背篼装上图书,背着走进一个个村寨,给孩子们送书。这个消息让一个省报的记者采访到,图、文、视频发在了全国各地所有的网站,一夜之间,在全国引起轩然大波。爹曾以此为荣,真是让人汗颜。

月光隐去,远远近近有鸡在喔喔地叫。天亮了。

麻达酒醒,不见吉地,急了,正要去找,见他回来,焦急的脸色恢复自然。麻达拉他进屋,给他一碗热茶。一口下去,口舌生香。早茶一盅,一天威风。背篼村都这么说,果然是。

吉地一边吹一边喝。眼前的麻达,看上去老多了。蓬乱的头发、蓬乱的胡须,常年披着的羊毛披毡,雨天晴天都脱不下的塑料水鞋。让人一看就知道,这是活得很艰难的乡下人。吉地拉过麻达的手,那手指粗糙得像几根松树枝。这样的手,它是多么巧,它创造了无数别人无法创造出的东西。可它,有谁懂过它,疼过它,护理过它?

"跟我走吧,离开背箐村!一定!麻达,凭这双手,你会过上好日子的。"

七

背箐村整体搬迁后,这些房舍、场院、耕地,都将还给大自然,该长草的地方长草,该长竹的地方长竹,该淌水的地方淌水,该开花的地方开花。狼虎打洞也行,鸟儿做窝也可。之前上面就已说得清清楚楚,但工作的推进却异常迟缓。天已大亮,村委会的场坝里,挤满了背箐村的村民,他们披着羊毛披毡,或蹲或站。他们有的走了很远的路,头上脸上都给露水弄湿。他们向着阳光的脸庞,反射着金色的光芒。勒吉再次动员大家,为了摆脱贫困,一定要离开这个地方。

"全都搬走,住高楼!"

"看病医院近了。"

"娃儿读书,有好老师教了。"

……

好处多,数都数不清。这样的话说了不止一遍。现在勒吉说完,扶贫队长接着说。扶贫队长说完,村委会的同志接着说。看起来,要离开背箐村,支委的意见也统一了,不能打退堂鼓的。爹的声音很大,大伙却不愿意听,闹闹嚷嚷说个不停。吉地站在房檐下,看到爹的窘迫。他大声说:

"乡亲们,我是吉地,离开背箐村已经十多年了,我和大伙说两句心窝子里的话。"

勒吉没有想到他要说话,阻拦他:"我这是村里的大会,这里没有你的事。你还是去修你的大房子去,做你的生意去。"

"我是村里的成员,户口就在背篼村,早就年满十八岁,怎么会没有资格?"

勒吉被噎,他说:"我们商量扶贫工作的大事,别牛厩里伸进马嘴!"

吉地笑了笑:"猎狗一样,嗅觉不一样;人生一样,未来会不一样。我劝大家都搬走,到外面去过好日子。到掰笋的季节,就回来掰笋。掰到的,都卖给我。只有产业做好,脱贫才有保证,搬到新家才能安居乐业。当然,在新的家园,挣钱的路子也不少。"

听说帮助卖竹笋,人们骚乱起来:

"我家里还堆着一堆呢,便宜些给你。"

"买我的,我的最新鲜,今早婆娘娃儿都上山了。"

……

雨水下透,山山岭岭间的竹笋吸足了水分,憋着劲要往外迸,这个时候是采笋的好时节。可核心的问题是,自己运不出去,外面的人又进不来。几天过后,没有采的笋长成了竹,采下来的笋变质了。勒吉用怀疑的眼光看着吉地。这个离开自己十多年的人,此前就做了对不起背篼村的事,现在他要干啥?他能有啥招?

"你能买多少?"

"有多少买多少。"

"多少钱一斤?现钱吗?"

"称一秤给一秤的钱,称一筐给一筐的钱。不低于市价。"

这当然是最好的安排。但口气这么大,让勒吉怀疑这话的可靠性。俗话说,狗舌头能舔完一桶水,猪嘴巴能拱出一片坡。背篼村的男人,有多大能耐,他全清楚。这吉地外出多少年了,性格一点也没有变,回来还是这个样子,居然在乡亲们面前口出狂言,让当爹的小瞧:

"癞蛤蟆打哈欠,好大的口气!"

"我可是和招商局局长签约两千万的,白纸黑字,还有公章。"

"你哪里来这么多钱?不会是空手套白狼吧?我告诉你,不是好酒不要喝,不是正路不能走!"

"爹,我是背篼村人,我没那个德行。"

"你不就是风一阵、雨一阵吗?一旦找不到钱,你不会又兔子一样溜走?"

"砍断的竹子接不上,出土的笋子捂不住。爹,我现在有公司了,做每一件事,都依法依规。我与沿海地区都有长期的合作,每年只要你们别让竹笋在林子里长老,把它全掰来卖给我。要过好日子,根本不愁。"

麻达还是有顾虑:"离开了背篼村,我们没有天神恩梯古兹的庇护,我们怎么活?我们祖先的魂没有供奉的地方,咋办?"

麻达有他的小九九。麻达还担心爹妈回来找不到他。

吉地也不知道他用了啥办法。第二天一大早,村里的党员代表、村民小组长,还有麻达,都跟着他,兴冲冲地去了县城。

两天后,那些人回来了,一个个面带喜色:

"勒吉支书,你这儿子,真不错,没有假!"

"这几天有收获了?"勒吉不接那话。

"有!搬出背篼村,我们真的可以把这穷背篼甩掉啦!"

"搬不搬?大家表个态!"

"搬,怎么不搬?房号都有了!"

村民在幸福家园,当场拈阄,得到了一套属于自己的住房。进去一看,有水、有电、有厨房,连上厕所都不用出门。据介绍,园区里还有学校、医院、超市……这不是此前时时梦想的天堂是啥?村民一个个欢天喜地,恨不得现在就住进去。未来的生活,像是一罐散发着浓香的百年老酒,让他们难以控制。有汗有泪,都交给了背篼村;有爱有恨,也交给了背篼村;从生到死,都交给了背篼村。但是背篼村给他们的太少太薄,养活了他们,但养不好他们。既然上级这么关心厚爱,离开它,来这里,才是更好的出路。

就连麻达也说:"勒吉支书,想不到外面的生活会是那样!想不到政府对我们会这样好!"

"政府当然好,我不是早告诉过你了吗?"

"耳听为虚,眼见为实。我有自己的房了!"麻达说,"勒吉叔,我们活着的人有好日子过,祖先的灵魂才会真正安宁……县里的人说了,你的房号,得自己去拈阄呢!"

"让大伙选,剩下那套,就是我的!"多年来,面对所有的利益,勒吉都这样。

"我们要搬去的那个幸福家园,里面的负责人说,可通过电视的寻亲栏目,帮我找爹妈呢!"麻达说,"勒吉叔,那些人,就像爹妈、就像兄弟姐妹一样对我好。"

思想工作总算做通了,勒吉长长地舒了一口气。这吉地,这些年学到了不少东西。但他这种方式,也给当爹的难堪。他一个老支书,一个给大伙当了几十年勤务兵的人,嘴巴说干了,好话说尽了,居然没有人听,他没有威信了。相反,一个叛逆的儿子,轻而易举就做好了工作,他怎么下这个台?

支委班子里有人说了一个重要的信息,说背篼村整体搬迁后,村委会将重新改选。虽然此前一个个都叫累,嫌待遇低,老想退出,但事到临头,还是十分留恋的。毕竟,在这样一个组织里,他们得到了严格的训练,境界比其他人高多了,能力比其他人强多了,他们还是很怀念的。勒吉之前没有明说,但最揪心的还是他。他当了这么多年的支书,没有能力给大家当好头,让大家过得更幸福一些,真是内疚。眼下,勒吉年龄也差不多了,是该退下来的时候了。退吧,再大的领导也有退的那一天。退了让更年轻、更有文化水平的人上任,可能会更好。任何事物,都有一个生长周期,都有生老病死。背篼村易迁点以后住着的,绝大多人还是背篼村的人,但这里不再叫背篼村,而是叫幸福家园。幸福家园的党员也不少,上级要成立党总支,肯定是,完全应该。但当他听人说,这幸福家园里,最有威望的人就是吉地时,心里便无端慌张。勒吉不踏实:吉地品德如何?此前在外面到底干了些啥?这些都是需要弄清楚的。

勒吉拍了拍脑壳,背着背篼下山了。

脱贫攻坚到了关键时候,镇里除了党政办公室,其他的门窗全都关得紧紧的。大伙都下村了、到每家每户去了。镇党委书记和镇长也关门闭户,据说也是到乡村一线,与村民同吃同住同劳动。组织委员办公室的门楣上,挂有一个公示牌,上面写着:入户扶贫,有事请打电话。旁边写了组织委员的电话号码。这时打电话给组织委员,显然是不妥的,那些话,在电话里说,也不太好,而且一时也说不清楚。

勒吉正在犹豫,背篼里的电话突然响起。勒吉放下背篼,找出手机来。号码显示,是费平部长。

"勒吉支书,给您打过几次电话了,都不通。正想着派来带找您,不想居然就通了。"费平部长哈哈大笑,"估计您是下山来了,有空吗?过来坐坐。"

背篼村那样子,打得通才怪。勒吉坐上客车,两个小时后,到了县委组织部,费平部长跑出来,拉着他的手进屋,帮助他把背篼接了下来。

勒吉的背篼好沉,他背心都湿透了。费平部长连忙让座。

茶已泡好,一口下去,口不燥了,心里热乎。看来费平部长是个可靠的人,勒吉觉得和他交流,应该打开窗户说亮话。费平部长问的是搬迁情况,很多地方,条件再差,再贫困,老百姓都不愿意搬,理由是在住惯的山坡不嫌陡。也不能说是刁钻,故土难离,这能理解。但处理不好,会适得其反。了解到村民都愿意搬时,他踏实了。做群众工作,重要的是顶层设计。既符合政策,老百姓的利益又充分体现,没有做不好的。

"您有群众基础,劳苦功高,是我们背篼村人的福星。"费平部长说。

这次动员工作,是吉地的功劳。部长的表扬,他有些尴尬:

"部长,背篼村就要全部搬迁了。那里的党总支……就不存在了。"

"是呀,"部长说,"下步背篼村的党员同志,都在幸福家园委员会议事了。"

"我是老了,不可能再为大家做事了,希望……"

"您高风亮节,真是让人钦佩。我们会把这工作做好的。"

费平部长说话滴水不漏,勒吉忍不住了:

"部长,您知道一个叫作吉地的人吗?"

"知道呀!"费平部长有些疑惑,"吉地不是您儿子吗?"

"这家伙早些年不听话,一个人在外面闯,也不知道干了些啥,现在有了点小钱,我担心他的钱来路不正。自己有眼才一双,众人有眼二十双。多观察一下吧,部长。一个把钱看得太重的人,如果管不好,会给组织带来麻烦……"

费平部长目不转睛地看着他,认真听他的陈述,看他说话是诚恳的,也很感动。事实上,村级的组织工作,一般都是乡镇党委决定的。但背篼村和幸福家园情况不一样,费平部长不止一次亲自过问过,指导过,所以他对这情况比较清楚。

费平部长点点头:"作为背篼村的总支书记,您说的我会考虑。此前,我们已经对他做过非常全面的考察,甚至在东莞打工那段时间,和他贩种玛卡的事。也许,您并没有我们对他了解得多……您知道,我们使用干部,向来都是很认真、很慎重的。如果有可能使用,还要在一定范围内公示、让大家监督的。"

"是呀,是要信念可靠、勇担责任、忠诚干净……"看来,勒吉没少学习。

"背篼村眼下的活太重,这个组织带头人,还特别需要能力过硬。干大事,没有实招,纸上谈兵可是不行的。"费平部长神色冷峻,"你们父子俩,多沟通啊!我们乌蒙山不是有句话说'没有锅大的金子,也没有天大的误会'吗?"

"我尊重您的意见,部长。"勒吉有些勉强。

费平部长让驾驶员过来,领着他,一起往幸福家园奔。幸福家园的高楼已经全部封顶。园区内热火朝天,一派繁忙的施工景象。一些人在铺设广场,给地面贴砖;一些人腰上拴了绳子,挂在高空,给外墙涂色;一些人在安装管道、电网;一些在种植草木、绿化环境。他们种植的,更多的是竹,品种就是背篼村的那种。负责这个项目工程的人,真是有心,为背篼村人着想。看来,年底让背篼村村民全部入住,完全是可行的。大伙住在这个地方,一定能睡上安稳觉。费平部长问了勒吉的房号,勒吉说是最后一套。费平部长让工作人员拿表册来一查,指着其间一幢:

"看,就是那间,很向阳的,以后你坐在阳台上,就可以晒太阳了。抬头可看远山,低头可看竹林!"

一群头戴安全帽、身穿劳保服的人举着锄头,将泥坑挖得深深的,再将竹子的根篼放进去,小心地掩土、浇水。见他们走来,其中一个回过头。他先是和费平部长握了手,再朝勒吉叫道:

"爹!"

是吉地。吉地两手泥土,满脸的汗水。这家伙一下是老板的派头,一下又是干活的工人。勒吉糊涂了,这个变色龙,真不知道他会耍出啥把戏来。他往前跨了一步,举起手来擦了擦眼,试图看得真实一些。吉地脸色大变,往后退了两步,十分警惕地看着爹:

"您,您要干吗?"

勒吉缩回手,左右看了看。他明白了,多年过去,儿子对他还心有余悸。

费平部长捏了捏下巴,看着勒吉:"这园区里规划设计,还有部分工程,都是您这儿子做的……吉地,给你爹说说。"

大约是对爹的巴掌还心有余悸,面对勒吉,吉地退了一步,说:"爹,是这样的,我成立了背篼竹文化产业发展有限公司,将对背篼村原有土地进行流转,用来种竹,同时招募搬迁户中的劳动力进来。大伙既可领到劳务报酬,还能分红。"

分红？勒吉想,有这么简单？

吉地又说:"村里能人很多,我们要借此成立竹编专业合作社,愿意的都可以参与进来。麻达不是非物质文化遗产的传承人吗？他就是背篼村竹产业的形象代言人。这个团队做出的产品,可以远销北京、上海和其他城市,甚至出口。我有这个能力。"

"竹子是条龙,产业发展立大功。"费平部长是这样认为的。

"这……"勒吉觉得离谱,多年前儿子的形象又浮现出来,他将费平部长拽到旁边,小声说,"吉地是个没怎么读书的人,他是不是在耍嘴壳？你不会被忽悠吧？"

费平部长知道,这勒吉支书,是个物质贫穷、心灵富有的基层干部。他捋了捋头发:"你的观念不太跟得上呢,你连自己的儿子都不了解。背篼村不是有句俗话说'竹子是一节节长出来的,功夫是一天天练出来的'吗？你这儿子,当年在东莞打工,不仅读了函授大学,入了党,还被评为优秀党员呢！"

儿子入了党,这让勒吉意外。儿子是他想象之外的人,看来,他勒吉对儿子不了解的太多了。他看儿子的目光,便有了些歉意。

吉地见爹看自己,说:"爹,妈妈听说在县城有新家,不再过没电没路的日子,高兴得不得了。这里没有穷鬼苏沙尼次,她也要回来了,说要和你一起,开开心心过后半辈子……"

依扎有多不容易,能承受自己的苦累,却不能抵挡穷鬼苏沙尼次的困扰。这不怪她,只能怪自己。她能回来,勒吉踏实了。他举起袖口擦了擦脸,只有吉地看到,爹擦的不是汗水,而是泪水。

吉地这才注意到,爹背上还背着背篼,背篼衬得爹又粗又矮。吉地将爹的背篼取下来,却发现爹不似以前的高大。不仅矮,背上还凸了起来,将衣服高高顶起。咦,是不是还背着一个背篼?仔细再看,原来是驼背。爹驼背了,吉地想哭。

勒吉甩甩手,背上空了,他倒不舒服。

"年轻人,大有可为。就像这竹子,早年成长的过程,其实是在土里扎根储备……"父子间的冰冻开始融化,情感的春天已经到来,费平部长说,"您是老同志,为党工作多年,多关心、支持年轻人的事业吧!"

费平部长要勒吉加他的微信。勒吉掏出手机,黑乎乎的一大块。这手机用了好多年的,不注意还以为是个黑皮土豆。

勒吉说:"我这可不行的,我弄不来。"

"给你爹买个新的吧,方便工作交流。不然就会被社会所淘汰。"费平部长说,"要赶走穷鬼苏沙尼次,我们还需要方法,需要智慧。"

被社会所淘汰?勒吉暗地想,费平部长这话,是不是暗藏深意?竹子根多,老人心多。勒吉想,自己是不是老糊涂了,连自己的儿子都不信任了?

告别费平部长后,吉地紧紧攥住老爹的手,像小时候那样。一边走,吉地一边说:"爹,我知道你一直在怀疑我。但我可以负责地告诉你,我没有做对不起你的事。你的第一个耳光提醒我,我必须离开背篼村。你的第二个耳光告诉我,我必须成功,我必须离开。那些日子,我一直是身在他乡,心在老家。我发过誓,要超过你,要真正帮助背篼村村民,驱走穷鬼,过上好日子。你信吗?"

出林笋子高过母,这是对的。勒吉哪里不信?他的心扑通落下,高悬多年,他也够累的。

八

很多人家开始搬家了。家里的很多东西,搬出屋来,又放回去。放回去了,想想,又搬出来。烟熏得漆黑的锅碗、磨得发亮的木凳、茶油沁透的茶罐、遮风避雨几十年的羊毛披毡,还有每天出门就离不开的背篼,都会让他们不舍。事实上,很多生活用品,结对帮扶的同志都早已给他们准备好,放在新居里。要吃要喝要睡,基本上不会缺啥了。当然,他们想留上三两件,怀念一下过去,也不是不可以的。堂屋正中挂着的灵筒,肯定是要带走的,那里面藏着祖先和自己的灵魂,人走到哪,灵魂陪伴到哪,万万不可丢弃。

勒吉一家家地看,一家家地叮嘱。千言万语,说不完道不尽。他们在这里分别,最终还要在另一个地方相逢。要在那个叫作幸福家园的陌生而又令人向往的地方共同生活,互相间,话就很多。说着说着,有人就流泪。说着说着,有人又哈哈哈地笑起来。

麻达还坐在院子里,低着头,给那只快编织完的山鹰收尾。看勒吉来,他满脸欢喜:

"昨天夜里,我梦到鹰飞起来了,驮着我,飞到了山外。"麻达一脸沉醉,"叔,山鹰翅膀编好啦,我要骑着它,去找爹妈。"

哈,这麻达,真是可爱!

勒吉说:"对!你先搬家,然后再去找爹妈。你有了新家,他们眉毛笑成弯豆角,不来看你都不行!"

"我现在是想着搬家进城的事。可是……"麻达停下手里的活,"我离开了,他们回来找不到我。"

"你爹妈可是聪明人。"勒吉给他点子,"你在门板上写上新家的地址,不就行了?"

麻达说只能这样了,并表示明天就要随大部分搬迁户,一起搬家进城。

"明天?太快了吧!"勒吉一时没有反应过来,"你不杀个鸡,看看鸡卦?选个良辰吉日?"

背篼村村民都有这个习惯,信一信,心头快乐些,也没啥不可以。

"择日不如撞日,大伙都说,明天就是良辰吉日。"麻达将编织好的山鹰放下,长舒了一口气。微风一过,那山鹰翅膀轻动,真的要飞起来的样子。

勒吉组织村总支的全体成员,召开了最后一次支委会。勒吉对几十年来背篼村的发展变迁做了一次回顾,特别是他任职以来的风风雨雨、一件件的事情,还记忆犹新:

"到了各自的新家,不要忘记老同事,也不要忘记我们曾经有过的事业。"情到深处,他对自己进行批评,"这些年里,我作为村党总支书记,没有带好头,没有让大伙致富,心里惭愧,对不起大家。我老了,像竹子一样,开了花,也就到了尽头。去了又来是燕子,枯了又生是野草。像这竹子呀,几年就得割一茬,不然新竹笋长不出来。差不多了,我也得休息了。大伙要相信,现在比过去好,以后比现在好……"

大伙肯定相信未来比现在好,支委的同志们都在做各种搬家的准备,心里复杂,火烧火燎。对他这一番话,除了鼓掌,还是鼓掌。对勒吉支书,他们知根知底。他的努力,背篼村人一辈子也不会忘记,有人开始抹眼泪。勒吉站在门边,目送一个个与自己并肩战斗多年的伙伴离去。他举举手,手里空荡荡的;他伸伸腿,腿也仿佛没有一个放置的地方;他摸摸心,心里空荡荡的。

天亮了,阳光的金色弥漫开来。背篼村人像一长串蚂蚁,蜿蜒于曲曲折折的山路上。他们老的牵着小的,壮的扶着弱的,快的等着慢的,无一例外,都背着一个沉重的背篼。背篼里是他们需要带走的生活用品和积蓄。吉地告诉他们,背下山后,有货运车辆在路口迎接他们。到了城里,背篼就不要再用了。背篼就交给吉地,送到将要建成的扶贫博物馆里陈列,让后来人的记忆里,不要淡忘这沉重的负担。这条山民汇成的河流,在崇山峻岭之间,汇成背篼村从未有过的风景。在手扒岩,跑前跑后,扶老携幼的,照料乡亲的,是吉地和他公司里的一帮人。

人们迫不及待地走了。寨子里安静至极。勒吉清晰地感觉到自己的心跳和喘息,能听得见露珠滴下的滴答声。劳累之后,他想多待一会儿。最后离开会场、工地、灾害现场,最后端碗吃饭,最后关窗锁门,是他几十年来养成的习惯。他一摇一晃走出寨子,一步步爬上后山。走进竹林,他觉得腰酸背疼。牛老角耷,人老腿软,他暗暗自责。

前几天刚下过雨,竹林又添了新绿,草叶疯长起来,细碎的野花遍地都是。勒吉放开四肢,躺下来,无羁无绊,身心俱爽。眼睛透过参差交错的竹叶,看到了碧洗的天空和少许的云。他往上看,再往上看,那里除了蓝,还有阳光的金色。不知不觉,他睡着了。不知不觉,地下的竹笋拱土而出。不是一根,而是一簇。不是一簇,而是一片。

"穷水苦水舀出去,吃的穿的舀进来;病水灾水舀出去,平安日子舀进来……"他嘟哝道。无数的竹笋,尖尖的,顶着潮土,顶着露水,一点一点往上拱。咯咯,咯咯。竹笋拔节的声音,在勒吉耳边格外清晰。

生为兄弟

一

离开了又回去,这是个朴素的哲学道理。对于其他人来说,是再简单不过的,离开就离开,回来就回来。对于贺南森来说,却复杂而又痛苦。本打算此生不再踏上那块土地的他,还真不得不重新考量这件事。就像是一个从军的战士,哪怕前面是火海刀山,也要咬着牙,使出吃奶的力气往前冲。

贺南森是去扶贫。

眼下脱贫的事,还真不是某些人以为的那种,说在嘴上、写在纸上、浮在面上、了结在会上,是真扶贫。工作的急、任务的实、担子的重,只有置身其中的人,方可体会。这些年过惯了优渥生活的人,要让他下去,肯定就是怨气十足。交通厅开动员会之前,下派驻村帮扶的方案就出来了,厅里要筛选出不少于五名中层干部,分散到各州市的贫困乡村,配合基层组织开始工作,时间不少于两年。驻村的名单里,第一个就是贺南森。贺南森一个劲儿叫苦,说母亲早已退休,身子像被腐蚀多年的草绳,说不定哪天不提都断;说老婆是骨科医生,现在全世界的人直不起腰,都有她的事;说自己早年就在基层苦磨多年,啥味儿都尝过,现在再去,已属多余,这种难得的机会,应给正待成长的年轻人。他说着便垂下手,捶打弯曲起的膝盖,龇着牙,喊疼。

说这些并没有用。分管扶贫的姜副厅长拿起文件翻了翻:"老兄,这是班子的决定,谁也没有讲价的余地。如果实在特殊,那你来帮我料理这一摊子,我下去抵你了。"

姜副厅长比他年轻,办啥都像是炭火烤到屁股蛋子似的,说话经常拿不住轻重。但重了也就重了,他是领导,贺南森不会和他抬杠。贺南森只好缄口。年纪长了,要学会隐忍,回避锋芒,这是吃了多年盐巴才能悟出的道理。推了推眼镜,他说:"那,我还是下去好了,支持你的工作嘛!"其实,贺南森早已不想这样待下去了。这机关里的若干门道,他一辈子也没法摸透。进来了,没法出去;出去了,没法再进来。这样不出不进、不上不下的机关生活,让人不冷不热温暾世故。他任了多年的处长,另一个处长和他水火不容,话语间针尖麦芒,工作中明争暗斗,仿佛前世冤家。前段时间,单位的副厅长退了,两个争,结果两败俱伤,组织部另派了这个姓姜的来。他吃了一惊,这居然是二十多年前的轮回。往事冲心,像酒喝多了似的难受,抓不出来,又咽不下去。思来想去,退为上策,便一直在联系有熟人的单位,要求借他出去工作一段时间,避避风,舒舒心。年纪大了些,要调出去,几乎不大可能。但事与愿违,上上下下开始清退吃空饷的人,之前外借多年的人全都被撵了回来,自己单位借来的人,又全都退了回去。不少人还被扣了工资,受到相关的处分。正郁闷呢,不想是瞌睡来了遇着枕头。贺南森脸上愁容堆叠,内心却是大喜过望。扶贫点在乌蒙大山之中,远是远了点,苦累肯定会多些,但总还是个机会,树挪死,人挪活嘛。他这个年龄,牵挂并不是太多。听到贺南森要去那么远的山旮旯,老婆冯丽非常不高兴:

"你一大堆病,腰都伸不直,正等别人来扶贫呢!"

贺南森告诉她,那地方山清水秀,吃得环保,喝得养生,空气中没有雾霾、甲醛和粉尘,空气中富含负氧离子,是大西南最好的天然氧吧,据说当地多生双胞胎,长寿者不少。说着说着,贺南森脱口而出:

"还有明月!"

贺南森眼前突然呈现出一片浩瀚的天空,蔚蓝的,深远的,没有边际的。那天空中,明月高挂,银色的光芒铺天盖地而来,将他照得通体透明。他打了个冷噤。冯丽不再吭气,低着头翻看她的医学杂志。贺南森对自己的这句话感到惊讶,他不知道自己怎么就说出这句话来。这样不着边际的话,并没有引起冯丽的关注。贺南森知道冯丽所关注的,是他前面的另一句。女人嘛,要让她产生共鸣,改变态度,有时只需要一样东西,甚至是一句话,柔软的,触心的,能准确揣度内心的,微风一样的那种。但这样的话,并不是所有男人都能把握。看她脸色稍好,贺南森便趁热打铁,一一交代:多久领泰迪狗去打一次防疫针,车库里的车啥时应该开出来热一下发动机,几盆略显珍贵的花草的管护细节,再就是母亲的床头,不要忘了摆放阿司匹林、硝酸甘油片、亚硝酸异戊酯和温开水。母亲要出门,一定得给她戴上定位的手表。牵挂也就这些,交代清楚,离家也才放心。

贺南森到倒马坎村扶贫,这是个定数。他必须来,他和这倒马坎村有着千丝万缕的关系。眼下,他已在大客车上躺了一天一夜。山路起伏越来越大,弯曲如扭麻花,贺南森几十年没有走过这样的路了,颠得呕吐,颠得死去活来。过去那些日子优越了,人却更加堕落。黎明时分黑与白交替之际,他醒了。他醒,是因为有巨大的响声打扰了他。这种似曾相识的声音,隔窗而来,令他兴奋无比。透窗看去,晨曦之中,高处是看不见顶的乌蒙山,云遮雾罩;低处是浊流翻滚的金沙江,秋汛刚至,正狂得是时候。

县委大院热闹非凡。从北京和其他省、市、县前来驻村扶贫的人,不下百人。有鬓发渐白、五十来岁的老同志,有青春年少、刚刚参加工作的年轻人。有男的,也有女的。他们操着各种各样的口音,带着各种各样的行李,脸上是各种各样的表情。贺南森暗地里感慨这样一项工程的伟大,这绝不是一般意义上的工作,是史无前例的,是壮举,激情像潮水一样在他的内心里起伏。虽然一夜奔波,但他似乎变得更年轻些、更精神些。分管扶贫的副县长主持会议,县委组织部部长提了要求,扶贫办主任给了具体的任务。大伙签过到,领上材料,扛着行李,就赶往各自所要驻扎的村民委员会。贺南森要去的倒马坎村,山高坡陡,没有公路,沿山路攀爬,得走两个小时。说好来接他的人,还没有到。他掂了掂行李,要扛着它,走两小时的山路,够呛。正思忖着怎么办时,突然肩被什么东西重击了一下,疼。他吃了一惊,侧头看去,一只手落在肩上,这手又黑又大,蒲扇一样。转过身来,眼前这个人,头发黑,眼睛黑,脸膛子则是黑里有红的酱色,典型的高原红。他身子粗,脑袋、脖颈、腰、臀都差不多粗,油桶子一般。如在山林里遇上,绝对以为是熊。刚刮过胡须,下颌似乎也有着白的痕迹,年龄上,估计和他贺南森差不多吧。这人望着他笑,手迅速落下,握他。他的手瞬间生疼,骨骼仿佛要碎。

这感觉,是二十多年前就有过的。

"马多……哥!"他惊叫。

"你还是记得?兄弟!"那人笑,嘴咧开,牙齿露了出来,又白又大,像两排饱满的玉米粒,"我都差点认不出你来了。看你,头发里夹了白灰,肚腩像过年时的猪似的,长膘了……"

"哥,你现在……"此去多年,岁月如霜,贺南森知道自己的模样早已惨不忍睹,便把话题绕开。

"后来呀,我又回畜牧站了,还是负责养猪……"马多说,"现在也是下来扶贫,要到村民中间,带领他们养猪……不过,和你一样,也当队长。"

后来,后来的之前,那是一段难以启齿的往事。贺南森想。

看他疼得咧嘴,马多放开手,帮他接过行李。这行李,沉甸甸的。

"去了又来的是岩鹰,枯了又生的是春草。欢迎欢迎!"马多笑道,"扶贫办要求,今天之内到村就行。还有些时间,咱哥俩找个地方,吹吹牛。"

"这……"贺南森想拒绝,但不等他说话,马多在他前边,已噌噌噌迈出了几大步。步子很快,但还是有些沧桑样。不知这些年里,他经历了些啥。

弯弯拐拐,贺南森跟在马多屁股后面,走进一条老巷,在一个小酒馆坐下。马多也不算年轻,但动作倒还敏捷。也许是习惯了,乡下人,就这脾气。马多进厨房,看着菜品,找新鲜的、野地里收来的点。从马多的话语里知道,他现在依然连副科级都不是。想想早年那些过往,贺南森不知如何是好。

"这酒,是用竹根水酿的,"马多钻进厨房,提出一个短粗的竹筒说,"你喝过的那种。"

竹根水酒,可真是不赖。记忆像窗下的金沙江,浊浪再往上滚。酒香弥漫过来,贺南森忍受不住,口腔里唾液泛起。多年没喝了,他都差点忘记这味。

"哥,不喝了,上面有规定的。"贺南森连忙摆手,说刚下来就违规,要闹笑话的。

两个多年的兄弟遇上,自己掏钱,喝碗土酒,又不是公务,也算不上违规。但马多见他实在不想喝,有些惋惜:

"那,兄弟,啥时我们哥俩喝一回?"

贺南森心头热了,突然冒出:"哥,赶走穷鬼苏沙尼次的那天,我们好好喝一场,我请客。"

贺南森看着窗外的远处,高高的一堆山,全都躲在云雾之间,两人所在的扶贫村,一个是山这边的倒马坎村,一个是山那边的马腹村。以后不短的时间里,他们俩一定得肩并肩、背靠背,来应对这个地方称为穷鬼的苏沙尼次。赶走它,他们光荣的使命才算完成。

这理由很充分。马多说:"好,兄弟!等乡亲们都过好日子了,我从这边上山,你从那边上山,我们在山顶上相聚,不醉不回!"

那山是有些高度的,估计站那顶上,又会是另外一种风景。贺南森真的动情了:

"哥,不醉不回!"

马多站起来催菜。贺南森看着他的背影,心事重重。多年过去,这黑熊,会不会还直棒棒一根,口无遮拦,弄巧成拙?会不会还一遇到麻烦就念经,咒这咒那?

两人长一句短一句地聊着。有些话近了,又怕伤到互相的心;远了,又实在觉得陌生。他们绕去绕来,最终还是绕开沙雨。贺南森感觉到,几次似乎都要说到沙雨了,马多却躲闪、回避,不愿提及。唉,不提也好。沙雨,一个让贺南森痛苦一辈子的女人,眼下已离他越来越近。他甚至感觉到了沙雨的一呼一吸、沙雨说话的声音。

"今天我也是必须到村里报到,不然,得送你过去才行。"马多有些歉意。

吃完饭,马多租来一匹马,把贺南森的行李捆上马背,拍拍马背,马踢踢踏踏往倒马坎村方向走去。马多背个竹背篼,背篼里装了脸盆、毛巾、换洗衣服和被褥。马多朝反方向走,步子大得像跨沟跨坎。

到时得带上一只大公鸡,喝鸡血酒。贺南森止住驮马,回头看去。

正好,马多也站住,回过头来,朝着贺南森摇手,催他快走。

那兄,那弟,可不是随意喊着玩的。他们之间的情感,撕心蚀骨。

二

二十多年前,贺南森大学毕业,被分配到乌蒙山区县畜牧局下属的一个畜牧饲养站。他在命运的轨道上出现了意外,从四季如春的鸥城下到这蛮荒之地,他岂止是伤心,简直是失魂落魄。他的同学,有一半留在鸥城,另一半的一半,在鸥城附近的县城。像他这样结局的,一个班上也就三五个。可那三五个,大多是本地人。本地人回老家工作,他们心满意足。贺南森来的这地方,遥远,偏僻,仿佛是世界的边缘,他瞬间有了被发配的感觉。他到乌蒙山的时候,正是深秋,乌云浓重,阴雨像懒牛的尿,似乎永远都流不尽。从长途客车上下来时,他第一脚便陷入了泥淖。那一瞬间,他全身凉透。他学的是汉语言文学,来这里却让他养猪,他的心更是凉透。他告诉妈,实在不行,他就回去,做个面包师,或者在酒店当服务生,也比这好多了。久卧病床的妈接到他打来的座机电话,居然面有喜色,来了精神。妈咽了咽口水,从床上爬起,给挂在堂屋正中的纸绘菩萨烧香磕头:

"这工作值得！娃儿，你命好，才能进这种单位。再有大灾大难，也饿不死了。"

妈说得有道理，妈挨过那个缺吃少穿的年代，三天难见一回油荤，半月难吃一顿肉，几年难缝一次新衣。饥寒来临，简直生不如死。谁家要是有人在食品组、粮管所或者供销社工作，那必定是祖上积德。爹年轻时参加钢铁厂的扩建，两天两夜没下工地。抢工期嘛，饿很了，好不容易挣扎回家，一顿嚼了三斤干炒黄豆，肚子胀气，抠都抠不出，最后撑死。那年头，居然还有人羡慕：要死就像贺大叔，不做饿死鬼。眼下妈这病，说来其实也不是病，是营养不良。她眼眶深陷，面容寡瘦，皮包骨头，风一吹就趔趔趄趄，只差飞上天了。妈天天做梦，乱七八糟的，但只要梦到吃肉，醒来都会精神些。

贺南森住的是周转房，青砖砌墙，灰瓦做顶，陈旧得很，据说是以前土司的房子，至少修建了半个世纪。过道窄、黑、深。木的门，木的窗，木的楼板，一走就空空作响。屋里摆张床，有几只小木凳和学生用过的课桌，一个大大的窗，顶上居然用砖砌了个穹形。门口的过道上，靠土墙蹲着一只小火炉，又黑又老。贺南森老是烧不燃，烟雾扭扭捏捏，守着他不愿离开，熏得他眼睛睁不开。整个过道暗如深夜。放在炉子上的锅，好半天还是凉的，藏在身体里的心更是冰冷。贺南森的眼泪像大颗的珠子，成串地往下落。伸手一抹，满脸锅灰。

吱嘎一声，隔壁的门缝里，冒出一个比烟雾更黑的动物来。那动物直冲火炉边，拾起火钩捅了两下，又用火钳夹进几根干柴。很快，火焰直起腰来，灼灼燃烧。借着火光看去，是人！这人头发黑，脸黑，眼睛黑。这人直起腰来一笑，牙齿倒白得可爱。贺南森怀疑他是非洲人。

"你，呃……"贺南森不知如何说好。

"火要空心,人要实心。"这人说。

这人说的方言,虽然不是太清晰,但还能听懂,看来不是非洲人了。这人住贺南森的隔壁,叫马多。据说是因为工作踏实,前几天从金沙江边的乡政府调上来,也在畜牧局,但让他干的是机关办公室工作。火燃了,做饭还成问题。要么是锅烧煳了,要么就是刀切在手上。要把生米煮成恰到好处的熟饭,把大白菜炒到色香味都撩人的程度,他贺南森还真差功夫,弄了半天,吃不上一顿像样的饭。没有浆过的砂锅装着的水,不停地渗出,柴火又熄灭了。砂锅哭,他也哭。关键的时候,马多又出来了。马多手起刀落,萝卜白菜就被卸成了几大块,江湖好汉的那种。他炒的菜,颜色也不是很好看,但香味在恰到好处的时候冒了出来。此后常常是马多做好了饭,叫他一起来吃。

马多从屋角的罐子里倒出半碗酒来,咕嘟喝了一口,用手掌擦了擦碗口,递给他。

贺南森皱眉,摇摇头。

不喝酒,哪像是乌蒙山的男人?

"高山在对面,阴影在这面。喝醉了,我负责。"马多说,"这可是竹根水酿的。"

经不起马多的劝,最终,贺南森还是妥协在了这一口上。他端起酒碗,小心地抿了一口。刚上口,酒像只不安分的小鹿,带着刺,带着野性,满口跑。多喝几口,还真就出味了,香了。贺南森先是小心翼翼地抿,酒液漫在口腔的每个角落和舌头的前后左右。他感受到了酒液的辣、苦、酸、涩、香,后来居然还有隐隐的甜。他小心地体会着酒的味道,最后小心翼翼地下咽。喝了几口,感觉好些。他放开了,马多喝一口他就喝一口,马多喝两口他就喝两口,马多喝多大口他就喝多大口。马多端起酒碗敬他一下,他喝了,然后端起酒碗,回敬马多。马多笑,说他天分高呢,半场酒就出师了。贺南森笑,先是不敢说话,后来就打开了话匣子。每喝一口酒,他的胆子就比之前大一些。每喝一口,他想说的话就会多些。

"加过鸡血,喝起来更来劲。"马多说,"不过,眼下你还不配。"

贺南森当然不知道这是啥意思,一个劲儿问。马多就笑:"你会有机会明白的。"

两人坐在一起聊,一聊就有很多共同点。虽然马多年龄比他大一点、脸膛比他黑一点、基层工作经验比他丰富一点,但他们相同的地方有很多,比如愤世嫉俗,比如心地善良,比如喜欢吃烤土豆和凉拌酸菜。他和马多讲童年,讲读书,讲家里的穷,讲父亲的死,讲母亲的病,讲自己的梦想。一边讲,一边喝;一边喝,一边讲。马多也告诉他,自己家里更恼火。马多的家,在离县城并不是很近的倒马坎村。为啥叫这名字?因为这村子上边是看不到顶的悬崖,下边是深不见底的金沙江。到家的是条弯弯曲曲、坎坎坷坷、忽隐忽现的路。那路上,每年都会有人落下去就再也找不回来。马多下边有几个弟弟,一个吃不饱饿死,一个看不见路落崖,还有一个,被比人还饿的狼衔走。马多说,老家为啥这样穷?就是因为那里住着穷鬼苏沙尼次。穷鬼苏沙尼次古已有之,遍布群山众壑,从他们自己往上数,每一代人都被这家伙折磨得死去活来。穷鬼在一天,村民就没有一天好日子过。他马多为啥要这般拼命工作,做梦都想离开? 就是因为想摆脱苏沙尼次的束缚……

"赶走它,这杂种!"酒杯一碰,两人就会同时说出。借着酒兴,贺南森也学会骂脏话了。

穷鬼苏沙尼次,害人的穷鬼苏沙尼次!贺南森的童年、少年以至青年时代,也无时无刻不受穷鬼苏沙尼次的欺凌。他们都是受害者,他们再次举起酒碗,将酒一饮而尽。我们,只要我们手握手,肩并肩,再恶的鬼,都应该见我们而让道!先前他听马多说,后面是马多听他说,再后来是两人争着说。他们先是坐着说,后来是站着说,最后是跳着说。那酒呢,先是有味,喝一口就要皱一下眉,后来没有味了,和水差不多吧,喝多喝少都无所谓。酒入愁肠,多讨厌,专往肠胃深处跑,往心尖子里钻,往肝里肺里钻,钻得痛啊,满心满胸都是蚯蚓在爬行,满头满脸都是蚯蚓在蠕动。贺南森龇着牙,搂着肚,满脸涨红。他张开嘴,想叫,想骂人,想哭,不想却呕了一地。难受得很,他举起拳头,想打人。手软,举不高,也放不下。他抬起腿,想踢人,不想自己却先跌倒了。想想自己,一个汉语言文学专业出来的大学生,来这里养猪,可笑不?马多伸手去握贺南森的手,可还没等他用力,贺南森便醉倒在地。贺南森先想远处的云,再想近处的风;先想高处的楼,再想低处的草;先想城市的宽阔,再想峡谷的深邃;先想天地的阔大,再想针尖的强小。想到极致,痛苦不堪。把胃里的东西全吐光了,贺南森还在抠喉咙。他精疲力竭,死去活来。

后半夜,贺南森醒了,头痛,口渴,挣扎着起来,扶着墙,走了两步,腿汆手软。暗地里有呼噜传来,轻一下,重一下,长一声,短一声,像是打雷,又像是伐木场里拉锯。贺南森坐回床沿,伸手一摸,一杯温水搁在床头。他咕嘟咕嘟几口喝光。舒服哪!他抬起头,从空旷的窗棂里望出去,他看到了一轮明月。

这是一轮何等皎洁的月,是他在鸥城活了二十多年,从未见到过的这么干净、明亮的月。这月亮近近地贴在窗沿上,好像是谁有意地装在这么近的地方,给他贺南森照明。月亮是银色的,有着深深浅浅的纹理,这让贺南森真切地感觉到了它的存在。月亮很圆很圆,就是当年班上几何学得最好的同学,也无法用圆规画出这么标准的圈。他举起手来,手掌涂满了银光。他的大脑里,瞬间出现了历朝历代很多诗人的著名诗章,他想大声朗诵,却一句话也说不出。酒像一道门槛,将他的话语全拦在了喉头。月亮好可爱,他伸手摸去,但月亮似乎有些羞怯,小小地往后退了一步。他再往前走,月亮又往后退,直到窗口的木栏阻止了他的前进。

那酒,是贺南森第一次喝。醉,也是第一回。那人生的第一次,让贺南森领会了另一种人生况味。次日醒来,床上、地上的呕吐物,已被清理得干干净净。马多没有讥笑他,没责备他,估计已是司空见惯。此前贺南森有些小看这个乡下人,现在他再也不敢小看他了。相反,他对他有了些景仰,有了些感激。

马多在单位是一把好手。别人没有到,他早就上班了。别人下班了,他还收拾他们留下的一摊凌乱。打扫卫生,整理办公室,收发文件,接听电话,接待来访,筹办会务,一件件事做得顺顺溜溜。这种一步一个脚印走出来的人,在哪都受人喜欢。但是,马多很畏惧一样东西——材料,甚至是和文字相关的东西,他都敬而远之。马多写的字不太好,一个大,一个小,一个长,一个短,有的字,笔画先横的,他却写了竖,先撇的,他却写了捺。原本平平的一排,他写出来却是蚂蚁上树。错别字就更不用说了。马多每有空,也在看书,读字典,练字,学习用电脑打字。贺南森看到他满屋子的书,便暗自点头,知道这是个不服输的角色,厉害。马多吃不准的,就常常找贺南森。贺南森也尽自己所能帮助他,甚至直接代替他写过不少材料。贺南森知道,对这个人,他不能拉稀摆带。

贺南森在畜牧站,工作具体到每天给猪配料、添食、量体温、消毒,给母猪配种。他不仅要让猪们吃饱喝足长膘,要让它们不断地生出更多的小猪,同时还要时时提防它们生病。他每天皱着眉头,洗得干干净净去,回来满身是过氧乙酸的气味。他个子高,脸又白又净,戴了副眼镜,横看竖看,和温室里冒出的豆芽菜没有两样。他往猪圈里一站,便会让人感觉到滑稽。事物的对立,给这可笑的世界增添了幽默。看他不高兴,马多就约他喝酒,给他讲解猪的特点和遇到不同问题的处理办法。贺南森也觉得,自己已经长大成人,做一样,得算一样,便从书店买回了大堆的书。他靠在猪圈的墙脚看,走在路上看,躺在床上看。看着看着,他睡着了,梦里自己居然变成了猪,在猪圈里与数不清的猪抢食,挤来挤去,而他总是挤不到猪槽边,无法抢上那么两三口有着各种添加剂的、脏乎乎的食物。他被边缘化,被挤对。没有爱和帮助,在猪的世界无立锥之地,便伤心到醒,醒来更是伤心。猪病了饿了有人管,他贺南森,还有远在天边的妈妈,疼了痛了,却没有人过问。

和贺南森相比,马多正好相反。他全身黑得够呛,又粗又壮,仿佛世间所有好吃的,都让他吃了。他说打记事起,他就天天干活,放羊,养猪,到山上锄地、播种,往家里背沉重的土豆和荞麦。长不高,那是被比山重的农活压垮的;脸上黑,是因为他生在火塘边,皮肤被柴火的烟熏透了。不过他还自信,黑虽黑,健康色。他有时也会取笑贺南森:一个男人,脸比女人还白,太过分了!

分开来看,他们不太引人注意;两人走在一起,给人的印象就很滑稽。滑稽就滑稽吧,滑稽会让人笑,笑笑没有什么不可以的,笑才好,笑是人间的蜜。两人在人们各种各样的目光里,打篮球,骑自行车,游城边上的一条河岸,或者到乡下买便宜的蔬菜。发工资了,就去唱卡拉

OK。贺南森唱的是"你就像那冬天里的一把火,熊熊火焰,温暖了我的心窝……",而马多却是清唱:"今年天照看,荞麦收成好。收到场坝上,堆得小山高。金筛子来筛,银瓢子来舀。石磨子磨碎,木柴火来烤……"唱累了,他们就坐在夜摊前吃烤肉串,醉了就挪到街边墙角,拉着搂着,说长说短。情到深处,他们抱头痛哭。贺南森平日里根本不哭,他知道如何控制自己,但喝了酒,他就控制不住。喉头一硬,嘴角一塌,便声泪俱下。贺南森肚子里仿佛装有无限的悲苦,永远也倒不完,刚说好不哭的,马上又抽抽噎噎。马多原本没这习惯,他也是不哭的。他天生就是一个笑佛。就是小时候在老家放的羊被野狼拖走,端着的碗失手打烂,新买的锄头一挖就坏,他也没有哭过。工作上有了失误,被领导指着鼻子骂了个狗血淋头,他也是笑嘻嘻的。据说,他刚生下来时,就是一个笑脸,闭着眼,不吭气,嘴角往上,像是在笑。爹吓了一跳,拍了他两巴掌,他才勉勉强强哼了两声。可现在他哭了,他是真哭。他不是酒醉了哭,不是生活的重压承受不了哭,也不是伤心了哭。他是觉得,作为好朋友的贺南森都哭了,他应该哭一哭才对。他先是哭得很小声,羞羞怯怯。哭顺了,他就哭得大声些。他的声音粗糙、低沉,哭起来有种洞穿的力量。他越哭越大声,越哭越悲苦,越哭就越有哭的力量。贺南森发觉旁边这个黑熊比自己还伤心,吓了一跳,止住哭,满脸惊讶地看着他。

这个比他还悲伤的兄弟,到底是怎么了?

马多见贺南森不哭了,抬起头,见他盯着自己,满脸狐疑,不好意思起来:

"没想到,哭会让人舒服。"

"你是第一次哭呀?"

"长大后,是第一次。"马多没说谎,苦涩的童年,打落牙齿和血咽也没哭过。

"如果舒服,那你就接着哭。"

哭不仅仅是眼睛鼻子嘴巴的事,是全身的事,还和五脏、四肢有关。马多又试着哭了几声,声音出来了,却无法调动全身,感觉没有之前的好。他将泪花抹掉,满脸又呈笑相。

贺南森的哭,是有原因的,这原因的确值得他大哭。贺南森在这乌蒙山区里,有米吃,有肉吃,有酒喝,有火烤。但他知道,打他记事起,一家人就从没有这样奢侈过。逢年过节,母亲煮肉,里面百分之七十以上是白菜萝卜。他不知道,儿子远离后的母亲,吃的是啥,穿的是啥,想的是啥。他告诉马多的却是,他大学时的女朋友,在他分到这穷乡僻壤工作不到三个月,就另有新欢,听说很快就要结婚了。听到这哭的理由,马多咧嘴就笑。

"哥,你说我苦不?"

贺南森称他为哥,马多心底如炎热的夏季里一阵凉风吹来。马多觉得他们的关系,已在原来的基础上更进一步。乌蒙山里的男人,关系近了,多称老表。他一直把这个来自异乡的人看成老表。而贺南森这样叫他,算是对他的更多认可和信任。他从厨房的笼子里提来一只活公鸡,抓过一把刀,将鸡杀了,把鸡血倒进两个酒碗。

"跪下。"

贺南森一愣:"干啥?"

"你不是叫我哥吗?上有青天,下有黄尘。你我在此结拜,从今往后,生是手足,死为兄弟。"

贺南森高举酒碗,正要双膝跪下,突然有人来叫:"贺南森,你让我好找!"

"惊乍乍的,房子着火了?"

"比这厉害!"

"婆娘被掠了?"

"比这更吓人!"

"啥?"

"站里的猪遭猪瘟了!割韭菜样地,一倒一大片……"

"猪瘟?"贺南森吓了一大跳,他知道这猪病的恐怖。

"你们还不快去!在这里搞封建迷信,怕是找死!"

啪!酒碗落地,两人酒吓醒了,跟着来人就跑。

几天后,再吃烧烤时,小摊子边就多了一个女孩。贺南森第一眼看过去,那圆圆的脸,又白又嫩的皮肤,让他联想到第一次醉酒时看到的月亮。

"这是我表妹,沙雨。"马多的黑嘴唇一动,介绍说。

乌蒙山人的血缘关系比较复杂,姑爹姨妈老表舅子,绕来绕去,绕上三代都有瓜葛。说谁是谁的表叔,谁是谁的姨妹,都没错。这个叫作沙雨的女孩,把眼前这个又高又瘦、皮肤如她一般的男人看了一遍,便侧过身去给马多烤肉,敬他酒。马多不断地给沙雨递眼色,假装生气,要沙雨多照管贺南森。沙雨将马多拉到一边:

"一点吸引力也没有。"

"井底之蛙!啥是白马王子?这就是白马王子!"

"可是他只能养猪,"沙雨说,"一个大男人……"

在老家倒马坎村,别说男人,就是女人,也不养猪。所有的猪,从生出来那天起,就生长在野地里。谁家的,提早在额头上做个记号,长大了,拖来杀吃就是。

"你不多了解,咋会知道他的优点?"马多生气地说,"我天天坐办公室,可我不配,我才是个养猪的。这贺南森,绝不会养一辈子猪!"马多醉了,站不住,趔趔趄趄地窝在墙角要睡。很费了些劲,两人才将马多弄了回去。贺南森提出要送沙雨回住处,沙雨也没有反对。

一路上,贺南森侃侃而谈,说少年读书的趣事,说来这里工作前的抱负,说他读过的路遥。路遥那么励志,沙雨当然认得。那是他们的共同点。沙雨就给他讲穷鬼苏沙尼次,一讲就想哭。

第二天,沙雨悄悄对马多说:"这人,豆芽菜长在罐子里那样……很会说,外表很光亮,不知道里子里有没有内容……"

"看人不能只看表面,也不能只看一时。"马多告诉沙雨,多接触,多了解,是骡子是马,遇几场活,就晓得了。

"表哥,你……"沙雨看他的眼神,有点不一样。

"说啥呢!"马多拦住沙雨的话,"从老祖先开始,穷鬼苏沙尼次就从没有放过乌蒙山人。你不晓得,鸥城有多好。我去过,那里就从没有什么穷鬼苏沙尼次!"

沙雨害怕苏沙尼次,对没有穷鬼的世界充满向往。

马多看着天,说:"这个贺南森,迟早是要离开这里的。"

不到两个月,沙雨对贺南森的印象彻底改变。两人黏糊在了一起。贺南森告诉她:"我们养猪的目的,不只是有肉吃。将来有一天,大路会修到倒马坎村,甚至,乌蒙山的每个村寨。"这话说到了沙雨的心头,她一脸幸福,他们拉着手在野外晒太阳,在老街吃烤肉串,在商场楼上看电影。沙雨告诉马多,贺南森领她去喝咖啡了,那咖啡,黑乎乎的,喝起来,还真香。沙雨告诉马多,这豆芽菜,穿上西装,打了领带,还挺潮的。

沙雨又问马多,这贺南森,大男子一个,怎么那么爱哭,像个孩子?马多点点头,让沙雨把握好。某个夜晚,他们住在了一起。月光从窗棂里落了进来,照得他们浑身颤抖,需要对方的搂抱,才能将寒意祛除。这也正常,都大男大女,有血有肉,一旦独处,便干柴烈火,烧得吱吱作响。但不正常的是,几个月后,贺南森又回到了马多身边。沙雨来找过几次,贺南森躲着不见。后来他干脆抱一个毛毯,躲在猪圈的一角过夜。沙雨家住金沙江边的倒马坎村,去一次要走两天,全是山路,全是悬崖峭壁。贺南森去了一次,腿吓软了,脸比以前更白。

马多看着他,黑眼珠不动。马多说:"握手。"

贺南森伸过手去。马多的手蒲扇般大,粗糙得像松树皮。马多的手卷过来,瞬间,咔嚓声响,贺南森的五个手指,感觉是给机器碾碎了,每个指节都在疼,疼得钻心。贺南森脸色惨白,龇牙咧嘴,咝咝吸气。他矮下身去,比跪还低,他知道错了,告饶。

"我表妹,容不得臭招!"驴脸上似笑非笑,"你知道爱上一个人的痛苦吗?"

"你没有谈过恋爱,有资格说这话吗?"贺南森左手托着右手,咧着嘴说。

原本气散了的马多,脸上突然酱紫,眼珠像是要鼓出来了:"放屁!我揍死你!"

马多一把提住贺南森的裤腰带,将他举起,就要往地上砸。恰好沙雨赶来:"你们干啥呢?"

马多将贺南森放下,把笑挤在脸上:"小贺兄弟的摔跤很专业,我们正切磋呢!"

贺南森的手,三天后还痛,给发烧的猪打针时,居然还握不稳针筒。

没多久,贺南森结了婚。此后,贺南森就很少和马多喝酒、逛马路了。他工作之余的时光,全都给了沙雨。有时候,沙雨煮了一块腊肉,或者炒了一锅野生菌,就会把马多叫过来。看这一白一黑的两个汉子喝酒吃肉、又吵又闹的样子,沙雨就很开心,还会躲在灶台边抹泪。

三

夜里,门被轻轻地敲响。这地方偏僻,白天都很少人来,夜里就从没有人来打扰过。贺南森从迷离杂乱的梦里醒来,心拧得紧紧的,揣度着将要发生的意外,不敢起床。屋里没有动静,屋外的动静便慢慢变大。门在响,窗在晃。贺南森摸索着起床,将门后舂煤的石杵举起,做出勇士的样子。只要外边有人胆敢进来,他就会让那人脑袋开花。没等开门,就有人喊他的名字。几声喊过,贺南森听清楚了,那不是来自地狱的魔鬼,是马多。他取掉铁闩,拉开木门,却见黑黑的一团,簇在脚边。马多目光散乱,嘴唇哆嗦。他摸索着站了起来,想说啥。

"有啥就说。别驮马放屁,吞吞吐吐。"贺南森打了个哈欠,拖着疲软的腿,躺回床上,想睡。

马多拉住他,犹豫了一下,还是告诉了他。原来,县畜牧局有一个项目,一百头牛的资金,马多没有向局领导报告,私自签字、盖章,直接划到倒马坎村。倒马坎村穷,吃不如人,穿不如人,遭人小瞧,屈辱不少。他负责办公室工作,公章在他手上。那项目书在他手里,他翻着一页页地看。上看,下看,左看,右看,看来看去,心里矛盾重重。他将公章拿起,放下,放下,拿起,最后他一咬牙,将公章摁下。资金拨走了,两天后,他老觉得不对劲。刚才半夜惊醒,原因是他梦到纪委的同志要带走他。

"没有公路,老家人可怜。"马多说。他是要用资金来修路。

马多是收了谷子忘不了稻草、领了俸禄忘不了乡亲的人。老家穷根太深,马多想让乡亲们尽早脱贫,过上好日子,这没有错。错的是单位的专项资金不能挪用,买醋的钱用来买酱油,这是绝对不允许的。感恩乡亲,可不是违纪的理由。

贺南森的瞌睡虫不在了,寡白的脸慢慢变绿:

"这是条红线,踩过去就是万丈悬崖。"

贺南森出了很多主意,马多费了不少力,总算将已出半路的资金拽了回来。每每想起,马多一身冷汗。他没有看错人,这豆芽菜,在关键的时候,还真是钢筋铁骨。要不是他,自己死定了。抹抹额头上的冷汗,他给贺南森碗里倒酒,口里喃喃诵经,据说是给贺南森祈福,祝他万事顺意。同时他也在祈祷,希望上天庇护,某天一睁眼,从县城到老家,就有大大小小的汽车替代骡马。据说,穷鬼苏沙尼次最怕通公路,最怕汽车。喇叭一响,它就吓得屁滚尿流,很快躲得无影无踪。

得益于上下的努力,还有老天的庇佑,这年头雨顺风调。全县的庄稼丰产,很多农户家的木楼,都给苞谷、洋芋塞满了,甚至有木楼被压垮的情况出现。满山牛马奔腾,满圈猪鸡喧闹。年底,省里检查组下来,村村寨寨走了一遭,满脸喜色。局领导由此调去教育局任职。虽然是平调,但位置与以往不同。他走,位置空出,一位副局长跟上,坐他的位置。这样便又空出了一个副局长的位置。马多突然找到贺南森,说他想当副局长。他马多家族,往上数十代,头人没出过一个,土司更不用说。如果能当上副局长,回到老家,腰可以挺得更直,在祖先的灵筒前说话,也要大声些。更重要的是,他的修路梦想要实现,就会容易得多。

"兄弟,你喝的墨水多,出个主意。"马多犯了直肠子病。

贺南森摘下眼镜,擦了擦,额头皱起三根横壑,却不说话。

马多急了,握住他的手:"耳朵长到角背后了？没听到我说话？"

疼,贺南森吸了口冷气,努力缩回手。他动了动嘴唇,要马多送礼。给组织部的领导送,给纪委的领导送,给单位管事的领导送,给考察组的领导送。具体送啥,送哪些人,怎么送,他都一一交代。马多此前哪会这些？要找这么多人,要送这么多东西,费时不说,得花不少钱。他头皮发麻,有些犹豫。

贺南森说:"哥,天上不会掉馅饼的。"

马多咬咬牙,回老家卖了一头牛、一群羊、一堆苦荞,凑了一笔钱来,换回几箱贵重的烟酒,一家一家去跑,然后喜滋滋地等着组织的安排。可还没等组织来考察,就有纪委找他去谈话了。纪委追究他的,不只是送礼的事,还有什么时候去过歌舞厅,什么时候私人请客吃饭开发票到单位报销,什么时候喝过酒骂了领导……

马多一脸的蒙。他不是被吓到了,而是满心疑惑。那些似是而非的事情,要传出来也只有一个渠道。他嗅到了一股气息,感觉到了这事的源头。这些事,只有一个人最清楚,只有他才清楚。但马多不愿意相信这是真的,他和这人之间有爱,有痛,有甜,有苦,但不可以有这个。马多想来想去,想不出个所以然。主观上,他也不愿往深处想。乌蒙山有句俗话说:"吃了生饭会胀肚,受了猜疑会伤心。"晚上,夜深人静,马多端出一碗清水,用青松枝蘸了,绕着单位的前前后后念念有词。有人说,他这是诅咒,诅咒诬陷他的人不得好报,不得好死。他还祈福,希望贺南森的日子也更好些,别像他这样,有点好事就筋筋绊绊。他们是兄弟,兄弟之间可是肝胆相照,兄弟之间可是患难与共,兄弟之间还应

是为了对方可以委屈,甚至放弃自己的人。当有人对贺南森说长道短时,他手一摆,头一摇:

"打住!"

然后他又说:"说人是非者,必是是非人。"

因为在组织动议之前就被举报,马多便没能被列入这次的考察名单。几天后,局里召开大会,组织部提出考察预告的,居然是贺南森。自己上不了,自己的兄弟能上,也是件幸福的事。他觉得,之前自己的那些花费,好像就是为这个豆芽菜兄弟所付出,这倒也值得。他找到几个科室的负责人,悄悄请求他们:

"你们一定要投贺南森的票啊!说他的好话啊!我事后请你们喝酒,吃肉!"

"天底下有你这样傻的吗?"有人对着他冷笑。这多伤人哪,这家伙居然对他冷笑,说这样难听的话。马多的内心,容不得有这样的东西玷污。他举起手掌,用力一挥。那人转了个圈,一跤跌在地上,吐出的鲜血里,还有两颗牙齿。少不了的,他又得出医药费,登门道歉。

再见到贺南森时,贺南森有些神色不对,说话支支吾吾,看他躲躲闪闪。这家伙肯定是累了,操碎心了。才要上个副科级,就累得这个样子,说明能力还是不足,得好好锻炼啊!不然将来上了处级、厅级,怕是要命呢!马多为他担心。而事实上,情况比他想象的更加糟糕,贺南森的考察也未能通过,原因是有人说他在给猪添食时睡着了,以至于有十头以上的猪,没有按时获取营养。

马多当然不服。他马多并没有干坏事。他只是念了一段经咒而已。那经咒不是咒骂穷鬼苏沙尼次,是咒骂恶鬼威偶。威偶原本是个美少年,但因冤屈死了,便把愤怒撒向人间,钻进最善良的人群之间,挑拨离间,阳奉阴违,好话说尽,坏事做绝。穷鬼让人变穷,日子煎熬;而恶鬼则破坏友谊,噬咬良知,比穷鬼更甚。他说他不是打人,他是打恶鬼威偶。专干坏事的家伙,不给他点颜色看看,他认不得天高地厚。这些解释都没有用,这个事件导致的结果是:马多被退回他原来所在的乡里,工资降了一级,依然在畜牧站养猪;贺南森呢,受到政纪处分,在单位大会上做三次检讨。

出现这一系列的意外,夹在中间的沙雨十分痛苦。面对两个强硬的男人,她说多少,他们都不会听。她只知道,猴子不拴自己的手,老熊不套自己的脚。她不知道,事情怎么会往这样一个方向走。她更不知道,摆在他们面前的路会通向哪里。心里郁闷,不知所以。春节快到了,原本贺南森是要领她去鸥城,拜望从未见面的婆婆,看那如精灵般飞翔的海鸥。贺南森多次讲过,海鸥来自西伯利亚,从贝加尔湖穿越俄罗斯和大半个中国,来到鸥城。更重要的是,贺南森说过,鸥城很少有穷鬼苏沙尼次,原因是那里有宽敞平坦的公路,有无数来往的汽车,有很多现代化的工厂,还有好多高等学府……

他们原来甚至商量着要邀请马多一起去的,现在恐难实现了。

她回了倒马坎村,她希望那些绿水青山和干净的空气,能将她内心的浊气洗涤。但事与愿违,她回到老家的第二天,她和妈妈说,夜里她老是看到穷鬼苏沙尼次。苏沙尼次口大身小,目露绿光,在寨子里窜来窜去,见到牲口咬死牲口,见到粮食吃光粮食。寨子里能吃的,都给它吃光了,可它的肚子,居然还是空瘪的。它吃光了牲口和粮食,还吃人。尖利的牙齿朝沙雨噬咬过来时,她醒了。

沙雨突然异常开心。见到猫她就抱起来掐两把,见到猪就追过去咬几口,见到土筑院墙,她就骑上去,说是坐上汽车了。有人来劝她回

家,她抓起石头就打。村里人一边躲她,一边叫:

"沙雨疯了!沙雨疯了!"

沙雨真是疯了。不管往哪里走,她都说那是一条大公路,路好宽,好平。她还说到处都有大汽车在跑。"嘟!嘟!嘟!好听极了!"她说。好几次,她将脚放到了悬崖的边沿,要不是村民拽得快,她早掉下去了。爹将她关进竹楼里,还捆绑了她的手脚。几天后,她突然失踪。寨子里的人在绝壁上攀缘了三天,也没有找到她的一片衣襟、一只鞋子。她像是一只海鸥,翅膀还没有张开就瞬间消失,融入这茫茫群山,再也不见踪影。

在山上刨土豆的人说,最后一次见她,是在倒马坎最险的悬崖边。她的头上,戴着用马缨花编织的花环。那花儿,鲜艳着呢!

马多和贺南森两个男人,一个在城里,一个在乡下,他们的表现居然如此相似——将各自的屋门紧紧关闭,缩在墙角,神情萎靡。他们的手里,分别攥着一竹筒酒。醉了醒,醒了醉,他们不知道自己是生活在地狱,还是天上。"要是我自私点,你就是我的,不至于会这样吧?"这话是马多说的,声音小得像蚂蚁爬动,只有他自己的心能听到。整个冬天以至春天来临,他们没有听到草芽在早春的馨风里叽喳不休,没有听到布谷鸟落在窗外唱的深情的恋歌。

半年后,贺南森通过公开招考,调到了省交通厅,做文秘工作。世事难料,人生的扑克牌就是这样翻来翻去,有的越翻越有起色,有的则越翻越臭。

四

老马识途,不用吆喝,它就能将贺南森领上路。路太险峻,有的地方连枯草都抓不住一根,贺南森就只能抓住马的尾巴,紧盯着马屁股走路。多年前曾经走过的路,在记忆里也是如此。如果没有这毛脸畜生,贺南森是绝对找不到路的。他想想,活了这么多年,咀嚼了人间无数的东西,牙齿都吃黄了,肠胃都吃坏了,肚子都臃肿了,自己还既不能负重,又不能识途,还不如这仅仅吃草就可干活的牲口,心下便觉得惭愧。

磕磕绊绊,贺南森来到了倒马坎村。

到了村上,他与村委会的另几个扶贫队员见了面,互相做了介绍,彼此对工作情况做了了解。来自不同地方的几个人,身份各异,年龄不一,但都怀揣着扶贫的梦想,都是为驱走这里的穷鬼苏沙尼次而来的。看上去还不错,一个个精神饱满,态度坚定,这让贺南森很是感动。他握着他们的手:

"从今天开始,我们就是穿在一根绳上的蚱蜢。"

"火要空心,人要实心。"贺南森还记得这句话,"这是准则,我们一步一个脚印,别给这身份丢脸。"

工作紧锣密鼓地开始了。他带领扶贫队员走村串户,一户户核实情况,与大伙交心谈心。让老年人做手工,让年轻人外出打工,让孩子都进学校读书,让能种经济作物的种经济作物,让有养殖能力的都养上牲口。这些说起来很简单,但要实施很难。他们是来帮助大伙脱贫的,但有些人对他们很小心,很警惕,和他们对立。原以为,大家都会站在一条线上,一致对付穷鬼苏沙尼次,想不到很多人的内心里,都藏着一个更难对付的苏沙尼次。内心藏有苏沙尼次的人,会不分青红皂白,反戈一击,相互伤害。他们不会认为,自己的幸福要通过劳动获得,而是认为,自己的幸福是被别人攥在手里。这很恐怖。越是贫困的地方,人心越是复杂。人们的目光都会聚焦在针眼那样细微的地方,他们看不见大象,看到的是蚂蚁;看不到阳光,只感觉到寒冷。没有资源,没有更加广阔的空间,他们的心灵只能栖息在黑暗之中。只有目光高远的人,他的格局才会大。贺南森深刻感觉到了当年自己的小。自己怎么就小了呢?小得那样微不足道,小得那样可怕。倒马坎村的关系,像一只巨大的网一样复杂。吉布是村委会主任的舅子的姑父的儿子的亲家,坡伙是姨父的外甥的儿子的女朋友的叔叔。有的很穷却不愿意干活,养头猪都瘦得要飞起来。有的有钱却深藏不露,天天跑村上要低保,希望建档立卡,给予补助。扶贫工作刚刚开始,他倒要来考虑怎么处理这个关系。他虽然口才不错,但不能老是夸夸其谈,给人以空口许诺。他作为扶贫队长,不能顾此失彼,不顾大局。他不能给更多的人以满足,他铁了心,等着有人来砸他的窗,往他门口扔垃圾,或者像当年的马多一样,端碗清水,用松枝蘸了,一边洒,一边念咒。

找了个空,他到村上的小百货店里买了些东西,有烟,有酒,有红糖,借了个竹背篼背上,到了沙雨的父母家里。两个老人都七十多岁,精神还不错。阿妈在院子里摊黄豆,满院子的金色。阿爹正在编织背篼,绿色的篾片像听话的青龙,在他的手里缠来绕去。几十年来,老人就靠这手艺,养活了一家人。他们没有因为穷鬼苏沙尼次的死缠,而放弃过任何一回的抗争。

一只黑狗汪汪大叫着冲过来。老爹喝道:

"瞎眼了?亲戚呢!"

那狗立即止步,摇了摇尾巴,悻悻地走出院门。

贺南森脸上发热:

"爹,妈……"

两位老人就见过他那么两三次,多少年了,时间应该将那些往事洗得一干二净,将贺南森这样的人清理干净了。但两位老人对他,好像再熟悉不过,仿佛他昨天才出家门,今天又回这屋子。他们没有为难他,倒是他自己满怀歉意:

"没能来看你们,真是对不起。"

坐在火塘边,喝下第一口罐罐茶后,他轻松下来。老人对他,礼数尽有,但也没有太多的热情,没有了亲情,人与人之间便平淡若水。他抬起头来,突然看到堂屋的正中的墙壁上,挂着一排小篾篓,他知道,那是乌蒙山区的风俗,这里的人认为,人有三个灵魂,一个留在死亡地,一个留在出生地,一个上了天堂。人去世后,便给他一个竹篓,让他的灵魂得以安宁,同时也给家人留有念想。他一一看去,最后一个篾篓上,写着沙雨的名字。

沙雨就在眼前。沙雨,这个单纯得像一弯浅月的女孩,这个说起穷鬼苏沙尼次就满面愁容的女孩,现在躲在小小的篾篓里不吭气。"你是怎么安放自己的?"贺南森问。沙雨不说。"你在生活的另一头,那里有没有穷鬼苏沙尼次?"沙雨还是不说。沙雨怎么能说呢?一个离开人间的人,怎么能和人说话呢?贺南森突然头昏,他靠着土墙,慢慢坐下。他知道,高血压又犯上了。

沙雨老爹给了他一碗茶,喝下,清爽了些。撑起来,小心地走出寨子,站在沙雨落崖的位置,他双眼蒙眬。那是一条断头路,路的那一头,像根细绳,突然间就落进深不见底的谷底。几只鸟从谷底飞出,蹿进了云霄。又有几只鸟从远处飞来,歇息在近处的竹林里。如果沙雨有灵,她也许会是那只刚刚飞来的鸟,扑打着翅膀,远远地、小心地看他。如果沙雨知道他贺南森来到这里,为的是驱走穷鬼苏沙尼次,她肯定会原谅他,甚至感谢他,飞到他的肩头,叽叽喳喳说上几句。再或就是给他一个梦,将此前的爱和往事还原。但是什么也没有,只有一阵风来,吹得竹林瑟瑟作响。贺南森情不自禁,泪水滚落。年岁将去的人,再有天大的悲伤,也应该咬牙吞咽,想不到在这里他忍不住了。忍不住就不忍吧,他索性放开一哭。他先是小声哭,后来是放声哭。多年来的辛酸、委屈和所受到的无尽折磨,全都涌了出来。

贺南森说:"沙雨,是穷鬼苏沙尼次害了你,是我害了你。对不起啊,我小了,小得容不进别人一个小小的成长。我太蠢了,给不了心爱的人一个温暖的巢穴……"

贺南森说:"如果你在天真是有灵,帮助我,我们一起,赶走它……"

倒马坎村位于高高的山梁之上,峡谷险峻,山路蜿蜒,修公路的事,说过至少三代人以上。这样的地方,原本是神仙所住,却世世代代居住了人。沙雨的老爹说,先人居住于此,是为避战乱,躲税赋。后来是为了争山林,争矿藏,争道路,争几头牛或者一群羊,就有了无穷无尽的冤家。为了保命,他们不得不退到这易守难攻之地。这里可是一夫当关、万夫莫开的地方。但那是过去,隐居在这样一个地方是对的。现在是和平年代,还居住在这山旮旯,只怕是会穷死饿死。

贺南森一家一家地拜访。有孩子的家,他给书包、笔,或者给上一两百块钱;有老人的家,他送上两瓶酒、一袋茶和糕点。这是这些年来他花得最值得的钱。当然,村里人对他也很好,遇上吃饭时就吃饭,遇上喝酒时就喝酒。他们没有把他当外人呢!他虽然准备了一套炊具,但那一段时间,他根本就没有生过一次火,煮过一顿饭,虽然几十年过来,他煮饭的本领已经很不错。不久,他便把村子里的情况摸得清清楚楚。年轻人大多外出打工,留守村里的,都是些老弱。村里产业十分单一,种植苞谷、洋芋,有的家养了少量的猪羊。此外,就只有竹产业了。但竹笋的外销、竹子的编织加工却不成规模。掰着指头算了算,收入少得可怜,根本达不到脱贫的指标。他在电话里向厅里的姜副厅长做了汇报。姜副厅长给他出了不少的点子,并说在项目上要给予一些支持,这给他吃下了定心丸。他又和省里几家特产经营公司对接,邀请他们下到马坎村来考察。要让村民吃不愁、穿不愁,住房、医疗和教育都有保障,差距还真够大的。

倒马坎村要脱贫,最重要的就是一样——通路,只要路通了,山上的东西能拉出去,山外的东西能运进来,就这么简单。但这么简单的事情,几十年来都无法完成,原因是多方面的。县里的意见是,要在城附近,修一个大大的安置点,让村民全都搬出去住。住房是城里人一样的标准,有客厅,有卧室,有厨房,还有看天的阳台。倒马坎村的人都搬走,脱贫的任务也就完成。这在贺南森看来是毋庸置疑的好事,可倒马坎村人并不买账。要让他们离开世世代代生活的地方,做梦!贺南森一家家跑,让他们在"异迁"的协议上签字,他们个个都把头摇得像拨浪鼓:

"家在山上不嫌山陡,家在林中不嫌林密。"有人说,"住惯了,天亮听不见麻雀叫就心慌。"

其中有部分贫困户,按照他们的理解,扶贫就是给钱给东西。看到扶贫队员空着手来,他们就一脸不高兴。以往,每到逢年过节,外面的领导进山,不是给钱,就是给米、给油、给衣服、给被子。现在的扶贫干部来,不仅不给,反而要让种地、养牲口,甚至要让出去打工,还把家里有多少财产、多少收入都给填在表格里。这不是露了底还是咋的?他们烦,不喜欢。只要一听到狗咬,便偷偷溜到檐后的山林里,怎么喊都不出来。

工作陷入了僵局。贺南森晓得问题的症结,也知道用啥办法,谁才能解决这个问题。这天,他给村上的同志打了招呼,便独自去了马腹村。马多所在的马腹村,朝着东,离太阳更近些,土地肥,苞谷、土豆长势更好。啥地方饿肚子,这里都不会。所以这里的扶贫,只要把产业搞上去,老百姓的收入就会大幅度增加,就可算脱贫。这几年,村里纷纷转向,开始在养殖上下功夫。家家户户养牛的养牛,养羊的养羊,他们不给这些牲口吃饲料,就吃自己种的苞谷、洋芋。这样养出来的牲口,肉质当然就很好,销路也不成问题。说实话,马多原来是挂倒马坎村,倒马坎村是他的老家,但他觉得在那里不好开展工作,便提前和扶贫办汇报,这样,他便和贺南森调了一个位置。他想把工作干得更好,想了不少的办法。他先是让村民把家里的母猪放到山上,与那些凶猛的野猪杂交。这样生下来的猪,比原养的猪品质更好。这个办法,的确让村民尝到了好处。原来的猪肉卖二十块一斤,这下可以卖到三十以上。马多还跑到外省,进来了一批猪。这种猪个头大,肉质好,增肥快,全面推行,百姓受益不少。这项工作的推进也没有问题。这些,贺南森曾断断续续有所耳闻。

贺南森走进马腹村时,到处都是牲口。有牛有马,有鸡有猪,还有一群一群的山羊。进了村委会,他问:"请问,马多在吗?"

一大群人正把头埋在桌子前填表。精准脱贫必须得走这一步,贺南森知道。有人站出来给他指路:"养猪场。"

道路一片泥泞,贺南森甚至踩进了泥沟里。这些对于他来说,已经是习以为常的事。马腹村的养殖,的确是与众不同。这一大片山地里,密密麻麻地建了猪圈。贺南森要了消毒衣服和鞋子穿上,进了猪圈。

猪屎尿的臭味铺天盖地而来,这熟悉得不能再熟悉的味道几乎让他窒息。多年过去,养猪场已科技化。有灯光,有暖气,有供水,就是猪每天要吃的食物和不断拉出的粪便,也会被及时供给和清除,但还是臭。那种臭,唤起了他对过去时光的回忆。他闭上眼,捏住鼻,用口慢慢呼吸。镇定下来,他才睁开眼,一步步往前走。每个小格子猪圈里,都有精神振奋的猪在追来逐去。每头猪的耳朵上都有编号。看得出来,这样的管理,还是十分规范的。

找了半天,贺南森没有找到马多。他不知道工作人员所说的,是不是属实。同事之间相互包庇的事,也不是不可能发生的。也许,他马多找朋友喝酒去了,也许他正悠闲地待在家里看电视。天知道。

贺南森的目光突然停住。不远处,庞大的猪群里,有一头猪,黑黑的,胖胖的,比其他的猪要高大一些,要引人瞩目一些。也许是种猪吧!贺南森想。但那猪却比其他猪高出许多,他的动作不像猪的样子,倒和人差不多。贺南森停住了。他倒要看看,那是个啥。

看清楚了,那是个人。再凑近些,看得更清楚,那就是马多。他依然是黑的头,黑的身体,油桶一样的腰。这个勤劳的人,这个和猪肤色差不多的人,在从事着他年轻时做的事,从事着贺南森也曾认真从事过的事。眼前这个像猪一样的人,就那么低头忙碌着。他给猪量体温,追到一个,就往猪的肛门里塞一根体温计。看着那些猪不情愿地窜来窜去,二十多年前的往事浮在眼前。当年贺南森在县畜牧站时,就是这样干的。更早以前,马多在这个地方,也是这样干的。现在,他回到这个山村,还这样干。时光流逝,命运轮回。贺南森有些吃不住,他抹了抹眼睛,往外走。

四周的山,或高或低,都手拉手,肩并肩,仿佛兄弟。贺南森离开马

腹村,跌跌撞撞走了好一阵子路,电话响起。他接听,是马多:

"兄弟,来了面也不见一个!我会吃你呀?!"

贺南森心里有点难过,搪塞说:"哥,找了半天,没你的影,还以为你上山拾菌去了。"

"回来喝酒!"

"村里有个贫困户生急病,要送医院。我租匹马去接……改时见吧!"

贺南森没说,但马多明白,他眼下遇上困难了。自贺南森进入倒马坎村的那一刻起,马多就在关注他。贺南森去了哪几家,说了些啥,甚至喜欢吃啥菜,晚上什么时候熄灯,他全清楚。贺南森遇到拦路虎了。贺南森下来这么久,没有喝过一次酒,而不知名的药品,倒是每天都在偷偷吞咽。他怎么了?他是有什么病吗?他那么沉得住气。眼下的贺南森,已经不是当年那个豆芽菜,不是那个一喝酒就只会哭的男孩,不是略有点心事就生怕全世界都不知道的男孩。现在,他的内心,不知道还有没有恶鬼威偶。如果没有,内心就会有明月升起。

扶贫最大的问题,物质是基础,但最重要的,还是内心的问题。内心充实了,阳光了,物质是不成问题的。马多给他打电话,出主意,逐一进行分析。同时他暗地里给三亲六戚打了电话,要他们诚恳一些,善良一些,别给贺南森小鞋穿。甚至,在贺南森偶有离开,到县里开会的时候,他偷偷潜伏回家,做大伙的工作:

"人家从恁远来,离开老婆的热被窝。为啥?为的是帮我们赶走穷鬼苏沙尼次。这样的人,是上天派来的,是恩人!

"多商量,听忠告,不为难恩人,才是乌蒙山人的品质!

"穷不可怕,懒才是羞先人!"

乌云需要闪电，黑夜需要曙光。说的说清楚，听的听明白，倒马坎人也不是刁民。他们的态度一转变，贺南森的工作顺利得多了。摸清村里的实际情况，贺南森赶到鸥城，找到姜副厅长做了汇报。姜副厅长非常支持，又是立项，又是派技术员，又是和财政协调资金，从乡政府到倒马坎村的路，很快就施工。一年后，道路畅通，倒马坎村民欢天喜地，个个都来争，要贺南森和扶贫队员们到家吃杀猪饭，跳火塘舞。贺南森通过协调，在县城附近的安置点要了些房，动员条件差的搬去住。那些零星居住在山巅上、无水无电无路的村民，仿佛进了天堂，高兴得很。也有不愿意离开故土的，但只要住房改善，收入达标，相关的生活条件得到保障，村上也不反对。

通路的那天，贺南森坐在沙雨落崖的地方，木桩似的。他在默默地给她喊魂，为她祈祷，和她说话。他相信，沙雨的在天之灵，一定是听到了。整个峡谷，密密麻麻的燕子在飞，从未有过地热闹。

五

没有任何预兆，有大事发生了。

这天，马多正手忙脚乱，指导村公所填向上申请购买种猪的表格，他打的主意是进一步扩大规范化养殖。寨子里的人，只要勤劳，每年养几头猪，就不会穷死饿死。如果规模再大一些，就能致富。从今往后，穷鬼苏沙尼次便无藏身之地，马多高兴哪。

突然，村里的吉克老头跌跌撞撞冲过来，一把抓住他：

"快！快……"

"怎么了？"马多有点蒙。

"快,快……"

到底怎么了？是老公公和儿媳打架了？是牛跌崖了？是女人要生了？还是……这些都是急事,都和扶贫队员有关。村里出啥事,他们都会第一时间报告扶贫工作队。信任嘛！

吉克老头嘟哝道：

"猪……"

"猪,猪怎么了？"

是猪发情了？跌崖了？还是被狼拖走了？猪是贫困户最大的财富,谁家要是丢失了一头猪,一年都喘不过气来。这不能不重视的。马多站起来。倒是跟在他身后跑来的人说清楚了：

"猪瘟了,一倒一个片！"

猪瘟！这可不是开玩笑的！猪瘟的恐怖,马多不是没有见到过。这种病比寒风还猛,比利刀还快。只需要一两天时间,寨子里猪就有百分之七十以上倒下。马多奔到寨子里,村民们全都惊慌失措,看着猪痛苦地挣扎,束手无策。马多匆匆赶来,人们像看到救星一样迅速围到他的身边。马多跑了几家,一一观察,猪的病情是越来越严重了。有猪烦躁地在圈里走来走去,走去走来。走着走着,猪就软了下去,倒下一头。再走着走着,又有猪软了下去,又一头倒下。

没有多想,他把电话打给了贺南森。

那已经是很深的夜了,贺南森正在做梦。妻子的肚子鼓了起来,气球一般。他可是满心欢喜,他用手摸它,用头抵它,用侧脸去感受它。妻子的肚子越来越大,他甚至听到里面的动静。是鸟儿在鸣叫？是溪水在流淌？是牧童在吹短笛？都像,又都不像。他不太希望妻子的大肚子里有这样的声音,他希望妻子的肚子安静下来,他希望这个新生命的诞生和成长,能有一个良好的环境。但情况并不是这样,妻子的肚子越来越大,声音越来越响,他甚至看到了妻子因痛苦而变得扭曲的脸。

他吓醒了。

是手机响。深夜的电话让人恐怖。他第一时间想到:母亲是不是病危?家里水电是否安全?伸出手去,他却不敢动那个隐藏着未知的东西。电话的铃声在不屈不挠地响起,犹豫再三,他不得不摁下接听键。

马多对猪的症状做了简单描述。话还没有说完,贺南森瞬间做出判断,这是非洲猪瘟!贺南森让马多告诉大家不要惊慌,立即打电话给乡上汇报。他给出的处置办法是,在村口立即设卡,不允许生猪和猪肉流通;快速向村民宣传非洲猪瘟的知识,让大家充分了解,不要恐慌;再就是对有病理反应的猪立即捕杀深埋。刚参加工作时对知识的猛啃和经验积累,这下派上了用场。他立即根据马多给来的情况,迅速撰写疫情报告,和乡政府核实后,送县里和省畜牧厅。他最拿手的公文写作,在关键的时候,也派上了用场。

半个月后,疫情得到了控制。马多松了一口气,暗地里感激贺南森的帮助。老实说,在县政府的会场里,远远看到贺南森时,好像是,又好像不是。他不敢确认,又跑到扶贫办办公室,找了花名册来看。一看,还的确是。二十多年前那些事情,突然电影一样播放了出来。他们在一起干活,在一起喝酒,一起笑,一起哭……以及后来发生的一切,在他的内心翻江倒海。有些事情他有感觉,但没有去求证。多年来,他努力不去想,努力不揭那盖子。他担心弟兄感情在事实面前,会是冰与火的关系。就那么闷着,闷在心的深处。那时他就想,也许是一辈子了。想不到的是,这样的场合里会有贺南森。见,还是不见?见,那些年的恩恩恩怨怨,真是不堪回首;不见?倒显得自己的小。他是来扶贫,是来帮助倒马坎村脱贫的。他离开家人,放弃悠闲的城市生活,从那么遥远的地方来,注定要吃很多苦,受很多累。他们又是在一个乡,虽不同村,但也算是相邻。今天不见,迟早还是要见面的。俗话不是说,没有锅大的金子,没有天大的纠纷吗?马多远远地绕着,从左边看,从右边看,再小心地透过人的空隙,正面看。他已不是当年那根豆芽菜了,他也没能逃脱岁月魔鬼的折磨。他比以前更苗壮些,更黑些,腰更弯些,肚更大些。但他分明就是当年那根豆芽菜无疑。散会了,贺南森背着沉重的行李走出大门,马多捂了捂心口,走过去和贺南森打了招呼。

现在看来,倒是自己心头还堆有杂物,把心胸占窄了。

六

在回倒马坎村的路上,贺南森走过乡卫生院时,突然想起,自己好久没有吃瑞舒伐他汀和美托洛尔缓释片了。真是麻烦,这么大的事,一忙就忘了。他请医生检查了一回,结果出来,令他大喜过望。持续了十多年的三高,怎么治也没有效果,眼下,几项指标居然有明显下降。这段时间以来,他天天吃苦荞,吃青菜,吃土豆,天天走村串户,运动量特大。看来,此前省里的养生专家说的不无道理。他给冯丽打了电话,冯丽一听,也很高兴。冯丽说,她最近累坏了,好多病人的腰直起了,她的腰却快要断了。前一分钟,她刚向院领导请了公休假。她正考虑,是再到北京不孕不育医院看病,还是来倒马坎村看他。

贺南森当即说:"来看我呀,北京嘛,等我有空了陪你去。"

当年,贺南森回到鸥城后,内心伤口的自愈能力太差,对婚姻失去兴趣。在那么大的城市里,交往过不少的妙龄少女,他都没有感觉。原本打算孤独终老,不想母亲的一场病,让他再次走进婚姻的殿堂。那次母亲出门,是到婚姻介绍所,给他看有没有合适的女孩,回来时恰遇大雨,一跤跌倒,扭伤了腰,到医院就诊时,已是深夜。正巧冯丽值夜班。冯丽刚出校门,经验不足,急得满头大汗,却不敢动手给老人扭伤的部位复位。后来是冯丽打电话请了科室主任来,将母亲的腰伤复位,又不断地道歉。那一瞬间,贺南森似乎看到了沙雨的影子。母亲很喜欢这个姑娘,冯丽也对贺南森的经历、学识钦佩有加。一来一往,两人就好上了。那个时候,贺南森已是三十多岁的人了。两人结婚后,却怎么也生不了孩子,为这事,费钱、费时,痛苦不堪。

　　冯丽也是见老公心急,第三天就到了倒马坎村。这个大城市长大的女人,第一次到这封闭的大山深处,很是惊奇,寡瘦的脸上露了笑,见到还有这么贫困的地方,又很是感慨。想想鸥城趾高气扬的那些有钱人,她现在才觉得,贫困原来也是一种病,一种让人直不起腰的病。之前她一直听说村里的人对贺南森不错,便带了几大包东西来,见到老人就递把梳子,见到孩子就给支钢笔。冯丽一到倒马坎村,就一家一家走访,询问大伙的疾病史,了解每个人的健康状况,对病情进行分类、总结、登记,晚上就坐在并不太亮的灯光下整理档案。贺南森这才明白,冯丽老谋深算,她是一举两得,既来探亲,还做了个调查报告。这都是纸上谈兵的事,她真正帮在实处的,是对十多个有腰病的人进行了治疗。有两个病情相当严重的,她分析病因,给出治疗的倾向性意见,推荐他们到她所在的鸥城医院去治疗。

　　沙雨的妈妈暗地里也说:"贺南森娶这媳妇儿,值。"
　　马多知道贺南森的妻子下来了。马多从村里的老表们发来的微信里看到,那个叫作冯丽的弟媳,穿得时髦,化了浓妆,看上去并不显老。冯丽随着贺南森一起住村上,给贺南森做饭、洗衣,还经常随贺南森一起走访贫困户,为人还不错,没有那些城市太太的习气。一生能有这样一个女人,已经足够了。马多想,要是沙雨活到现在,她肯定也学会了化妆,学会了跳舞,或许也学会了城里人的慵懒和对无常世事不切实际的高谈阔论。要是沙雨肚子能及时给贺南森怀上一个孩子,那现在已经是二十多岁了。他,或者她,应该参加工作了,应该谈恋爱了,应该有自己美好的生活了……但这些都不可能。风烟散尽,恍若前生。这些年来,马多尽量回避贺南森。到省里开过几次会,汇报过几次工作,他努力不想他,努力不看见他,努力不听别人说起他。可世间虽然广阔,却又那样逼仄。有一次,马腹村的一个肉牛养殖项目上报到省里。这个项目如果落地,至少有三百人有稳定的收入,可以脱贫。乡长安排马多具体负责这个项目:"一定要汇报清楚,争取下来。"马多应承下来,在多次与省项目办沟通时,工作推动很快,和省里的同志交流也非常融洽。省里的同志突然问马多:

"你们那地头,有没有治不孕不育的偏方?"

"有啊!但偏方不一定人人都对路的。"马多说。

"那帮助找一些啊!一个朋友,前不久到你们乌蒙山区扶贫了。二十多年了,一直还没有孩子。也不知咋的。"

"去乌蒙山扶贫?叫啥?"

"贺南森,是个人才啊!能说会写,人长得又高又帅。哈,他这一辈子,也是够呛……"

原来是他。

"他那老婆,也不知咋的,流了多少次产。国内最好的医院都去过了,就老怀不上。"

马多点点头。回到倒马坎村,他便抽空到乡街上闲逛,专蹲草药摊子。乌蒙大山里,除了穷困,还有数不清的植物。无以计数的、千奇百怪的草木,算得上是这里的宝藏。马多懂这些,他找了丹参、香附、赤芍、白芍、桃仁、络石藤、红花、当归、连翘、川芎、小茴香、炙甘草。另有几种摊子上没有的,他就背个背篼、扛上锄头,上山去采挖。几天下来,收获不小。某天,贺南森到乡上开会,太晚了就没有回倒马坎村。马多立即赶到倒马坎村,把草药给了沙雨的老爹。

"给他,还有他老婆。一袋降三高,另一袋降脂。"

老爹也是懂草药的,一看就明白了。当他把这些草药给贺南森,一一交代了用法时,贺南森高兴得不得了,连忙快递给了冯丽。他之前就晓得金沙江边的草药特别,也早就想要找些来治疗自己一身的病,想不到现在居然是瞌睡来了遇上枕头。

这些,贺南森不知道,冯丽更不知道。

冯丽下来后,村上的伙食就比以往好些,天天有肉吃。野天麻炖鸡、猪脚笋子、清汤羊肉……开始时很香,吃了几天,冯丽吃腻了,她有些怀疑,看着贺南森扁平的肚皮说:"你天天吃这个?吃这个会减肥?会降三高?"贺南森说:"你是客人,倒马坎村人欢迎你。平日里我们哪有这么奢侈?!"第二天,伙食变了,肉食少了,饭菜却更丰富。苦荞饭、燕麦粥、玉米饭、野笋汤、白水煮土豆、烤青玉米。只要有人上山,还能带回野生菌、地瓜、酸枣、野木耳等,这些菜,有的是根,有的是叶,有的是皮,有的是花瓣。颜色呢?更是奇妙。由红绿蓝派生出的颜色,有红色、橙色、桃红色、绿色、蓝色、紫色、黄色……这些色彩,或高贵、典雅、端庄,或浪漫、活泼、温馨,或沉着、忧郁、神秘……冯丽惊讶这大自然的神奇:"这些东西,不能吃的。"也有冯丽觉得可吃的,这些东西摆在面前,怎么做,也还是个问题。但对于做饭的大婶来说,居然是驾轻就熟。那烹调的方式有蒸、炒、炸、煎、煮、烩、熬、烤、焖、熘、烂、凉拌、腌渍,甚至什么也不用,生吃!冯丽傻了眼,吃撑了。

"吃这么多,怕要长胖。"冯丽很担心。

"倒马坎村都这么吃,可没有胖子。"做饭的大婶说,"真正要身体棒,就得多吃这些草根树叶。"

大婶对她很特别,每天的菜的配料里,还多了些菟丝子、女贞子、杜仲、枸杞子、淫羊藿、巴戟天、熟地黄。有的煮在肉汤里,有的用来煎蛋,有的蘸了蘸水就生吃,还有的用来泡酒。冯丽从没有喝过酒,看到酒碗就尖叫,但禁不住劝说,她就试着喝。不喝不知道,一喝就找到了感觉。几天后,她的脸色红润了,呼吸顺畅了,人也精神多了,爬山半天,也没有累的感觉。以前可不这样,在手术台前站上两个小时,就头昏,就心慌,生怕夹血管的钳子夹偏,生怕手术刀口移位。她高兴哪,甚至叫沙雨的妈妈领着她,到不太险要的地方,亲自去找这些宝贝,亲自下厨。

"吃这么些,怕腐败。"冯丽还算清醒。

贺南森说:"放心吃,你的伙食费我一笔交上。"

对于贺南森,冯丽算是满意:"你这身体,比之前棒多了。"

贺南森很自信:"当然啦!倒马坎村给了我活力……"

假期快完,要走的头天,她让贺南森给她买上一些草药,她要带走,她有点离不开这些东西了。还没有等他开口,沙雨妈妈已经准备好,打了两个包,天不亮就捆绑在贺南森的背篼上:

"那些腰疼得直不起的人,已经排了长长的队等我。我还真得回去。"冯丽说的是实话,没有虚情假意。

贺南森有空就去看沙雨,仿佛那是他放不下的一门功课。他眼里的沙雨,有时是一缕风,有时是一阵雨,有时什么都不是,就是一种感觉。贺南森也不一定非要看到什么,他只要感觉到有她在,就已经满足。现在他告诉沙雨,或者那些飞高飞低的燕子:他对倒马坎村已经尽力,路已修通,产业扶持也渐有起色。他告诉沙雨,如果还有来生,他得好好和她聊聊,不仅仅是贫困的事,不仅仅是一条路的事,更多的是爱情、友谊,甚至是二者之上的手足之情。

脱贫工作接近尾声,事情却更繁多。贺南森已经快三个月没有回家,想老婆了,就在手机里视频一下。说实在的,此前他的内心里填满的是内疚,走到哪,都老觉得有锥子一样的目光在盯着自己,老觉得背后有人在吐他唾液,诅咒他。他有些灰心,工作上也好,婚姻上也罢,觉得人生不过如此,每月领这些工资,无非是在养命,无非是在等死。下来扶贫这几年,他的脸晒黑了,手磨糙了,精神却比以前好了。这天洗澡,洗着洗着,他停了下来,搓揉肚皮的手不动了,天,自己的轮胎肚皮变小了。他乐坏了。他突然间想起,冯丽带回的那些药,不知道有效果不,便立即去打电话,电话响了半天,冯丽才接通,她在那头懒洋洋地告诉贺南森,她这段时间头昏脑涨,精神不太好,总想睡。刚才还呕吐呢!贺南森急了,一边想着要请假的事,一边和冯丽视频。见她虽然躺在床上,有些病态,却满脸红润,不像是大病,他于是放下心来。

"尽快去检查一下,我请到假就立即回来。"

"要检查,还用你说吗?"冯丽捂着嘴,好像偷偷笑了一下。

贺南森叮嘱:"倒马坎村带来的那些草药,是仙草呢!一定要按时服用啊!如果吃完了,提前告诉我。"

七

两年过去,贺南森还真给村里办成了些事。引进外商,拉走了两百多吨鲜竹笋。请来一些医生,为十多个老年人做了白内障手术。送走三十多个青壮年到深圳打工……这些都是修路之外的活计。这些事不大不小,但要做成还颇费周折。他贺南森能做到这一步,已经不是当年只会耍嘴皮子的人了。村民都很感激他,他也有了自信。

这天,贺南森抽空来到县城,准备去县委组织部。不想刚进县委大院,见里面挤满了人,闹得不得了。凑近一看,有不少还是倒马坎村的村民呢!看到他来,人们呼地围了过来:

"来了!来了!"

估计是上访什么的,贺南森忙冲过去:"乡亲们,有啥先和我说。我处理不好,再找上级……"

村民们望着他笑,从表情上看,根本就不像是来找碴儿的。他糊涂了,正要细问,组织部部长握住他的手:

"你来了正好。是他们舍不得你呢!"

还真是。看到其他村的扶贫队员陆续离开扶贫点,倒马坎村村民如热锅上的蚂蚁。和贺南森这两年的相处,让他们感到离不开他。贺南森在老人的面前是儿子,在孩子的面前是父辈,在病人面前是医生,在建房户面前是建筑师。心头堵时,他还是心理咨询师。他是万金油,离不开他是正常的。

贺南森脸一绷,大声说:"有你们这样的吗?也不征求我的意见!"

"为了让穷鬼苏沙尼次滚快点,我们想让您走慢点……"有村民解释说。

贺南森从包里掏出申请："部长，我郑重申请，当场向大家宣读一下。"

"别……"组织部部长不明白他要干啥，要制止。

贺南森一步跳到石坎上，大声读道："尊敬的各位领导，倒马坎村的乡亲们，我郑重向你们请示，让我继续留在倒马坎村……"

哗——院子里掌声响起，村民们拥过来。有冲动的人，将贺南森举了起来。

两年过去，按照扶贫队员安排的文件规定，贺南森的归期临近。他不太想现在离开倒马坎村。虽然村里的各项工作推进有序，但需要做的工作还不少。他很犹豫，思来想去，还是把自己的想法告诉了冯丽，委婉地说自己想再留一年，等村里都脱贫，再回家。冯丽支持他。冯丽说："老贺呀，你都这把年纪了，这怕算是你一生最大的成绩，你自己决定吧！"有冯丽的支持，贺南森写了申请，发了一份回单位，又打印了一份，送到县委组织部。不想，居然发生了刚才这一幕。

上面下了文件，要评选省级优秀扶贫队长。县扶贫办通知贺南森，要他报材料。一个年近五十的人，从鸥城那样的地方，下到乌蒙山区，一来就是三年，给村里做了那么多实实在在的事，组织能给的，也就这一点。贺南森没有拒绝，第二天早上，他红着眼、满脸疲惫，赶到扶贫办。奇怪！他报来的材料，却是马多的。原来，一得通知，他就悄悄找到马腹村的同志和相关村民，收集情况，立即动笔。他把马多的材料写得情感充沛，文字优美，重点突出，人物活灵活现。他自己再读的时候，眼眶都会湿呢！

"不行。"扶贫办主任说，"这得给你。这是硬指标。"

"我不配。虽然我干的时间不短,但马多在这里是一辈子。"贺南森说,"更何况,我来这里,不是扶贫,是接受扶贫。"

"接受扶贫?"扶贫办主任没弄明白。

贺南森笑道:"多年来,我内心冰寒彻骨,荒芜多年,现在已经草长莺飞。"

还没有走出扶贫办的大门,贺南森内心草长莺飞的事,还真就来了。冯丽和他视频,冯丽将又白又大的肚子露出来,让他看。

"你疯了……"贺南森吓了一跳,一边将手机塞进衣袋,一边回头看有没有人注意他。躲到僻静处,贺南森把手机掏出来,那边冯丽已将手机挂断。

他回过去,冯丽没有接。他再打,冯丽干脆挂断。他急了,生怕出啥事,发了微信:

"老婆,我错了!向你赔罪!刚才正给领导汇报工作。"

那边微信字幕:"那你再打吧!"接着是个调皮的表情。

电话接通,冯丽说:"南森,我……有了。"

"有啥?"贺南森没有听懂。

"我怀孕了。傻瓜!"冯丽在那头大叫。

瞬间天高地迥,阴霾的天空突然明月高悬。被叫成傻瓜的人突然跳了起来,他的动作,年轻了十岁:"老婆,是不是双胞胎?"

脱贫攻坚进入决战阶段。若干天的查缺补漏,接着就是第三方评估,很多环节都弄得够呛。姜副厅长也从鸥城赶来坐镇督导。听过汇报、实地查看、分析研判之后,姜副厅长还算满意,他高兴呢。晚饭后,姜副厅长叫上贺南森一起散步。走进一片竹林,看着四下里此起彼伏地冒出的竹笋,姜副厅长心情大好,这明显就是万物生长的气象嘛!他低声对贺南森说,厅里的班子很快又有调整,厅长对他贺南森印象还不错,他这几年扶贫工作的成效,是单位上其他人无法相比的,他希望贺南森好好把握这次机会。

"天上不会掉下馅饼……"姜副厅长说。

贺南森笑而不答,倒让姜副厅长尴尬。眼下的贺南森,对这些似已看淡。的确,他做了不少的扶贫工作,但自己内心的暗处,穷鬼苏沙尼次虽已离开,但阻碍兄弟感情的恶鬼威偶,仿佛还躲躲闪闪。

各种检查纷至沓来,风暴一样迅速和密集,贺南森和村上的同事们忙得不分昼夜。几天后,扶贫系统微信公众号开始陆续公布全国各地贫困出列、进入小康的消息。如果不出意外的话,今天倒马坎村即将从贫困村中出列,马腹村即将从贫困村中出列,还有很多乌蒙大山里的贫困村,都在脱贫出列的名单里。也就是说,整个乌蒙大山,不,整个中国更多的贫困人口,在考核结果公布后,即将甩掉穷鬼苏沙尼次,走出贫穷的魔窟。院坝里,早备好的鞭炮、礼花,草垛一样堆了起来。此前就晒干的木柴,码堆成一座座小山,散发出浓烈的香味,只要火柴吱的一声点燃,所有令人心动的事情都将发生。贺南森的眼前,甚至有大伙围着熊熊燃烧的火堆,手牵着手,一边跳、一边唱的情形出现。乡村干部也好,扶贫队员也好,那些刚从贫困线上跨过来的村民也好,一个个大碗喝酒,一个个大声说话,一个个大声唱歌。有人醉了,有人跌倒了再爬起来,有人互相搂抱,笑过之后,是失声痛哭,痛哭过后,又是开怀大笑。

贺南森眼眶发烫,捂不住,他便将脸迎向天空。泪光中,他看到了老熊坪山顶,阳光穿过云雾,将金色涂得斑斑驳驳。他突然想起三年前说好的,此时此刻,应该在那里开怀畅饮呢!要一醉方休呢!酒香像只小虫一样,往鼻孔深处钻去。他感觉到了那黑熊一样的家伙,一抱搂过来的、令他几近窒息的力量。他甚至感觉到了贴紧的胸膛里传来的扑通的心跳。现在,他会不会站在山顶,高举酒碗等他?对,真得好好喝一场。多年没有醉过了,他真想那醉了的感觉,真想那可以吼、可以哭、可以撒野的感觉。他背起一罐酒,冲出院子。路途中,他拐到一家农户,买了一只又大又红的公鸡,背着就跑。

路是越来越窄,越来越陡,弯道越来越大。这样的路,渐渐被荒草、灌木丛遮掩,以后肯定是很少有人再走的了。深一脚,浅一脚,高一步,低一步,他走得脚板发烫,心跳加速,气喘吁吁,汗流浃背。好不容易到了山腰,他停了下来。往左走,是悬崖。往右走,是竹林。往上走,是无边的灌木。不常走山路,真的难认群山;不常走河滩,真的难过深壑。他举起袖子,将头上的汗揩掉。彷徨间,他突然发现,前边有被砍倒的竹枝。竹叶鲜绿,茬口还有着湿漉漉的水珠。每走几步,就有几根被砍倒的竹枝。竹枝的方向,朝着高高的山顶。

多少年了,他一直这样。这个没有血缘的哥,这个让人心痛的哥……

没有一丝一粒杂质,天空是无边的幕布,蓝得像刚从染缸里捞出。眼前这轮明月,被山顶托着,又圆又大。他伸出双手,努力去拥抱它。此时的山岭间,黑的地方更黑,白的地方如银。这同样是一个朴素的哲学道理,还真不知贺南森在这个时候,是不是真的明白。

来自安第斯山脉的欲望

一

被子还没有焐热,枕边话还没有说够,檐前房后鞭炮的硝烟味还没有散尽,二娃扔下肚子像个气球的卓雅就要走了。二娃做啥都风风火火,像是脊梁后有一把刀逼着:"生娃有啥了不起的?当年我妈种地的时候,就把我生在地埂边呢!"卓雅当然不高兴,又是甩碗又是砸盆。事实上不仅如此,在地里干活的二娃妈生完二娃后,稍事休息,便怀里搂上他,还背回了一捆柴火。当时二娃爹正在院里筑土修房,听见响动,回头一看,二娃妈屁股后还跟着一只绿着眼睛、舌头上流着涎水的饿狼呢!多少年过去,二娃居然还引以为豪,卓雅哪有不生气的?但二娃是那种拿得起放得下的男人,说走就走又不是第一次,任卓雅怎么劝、怎么发脾气都不听。卓雅踢了一脚身边的猫,骂了一句裤脚坝子最恶毒的话:"忙投胎去了!"二娃不是忙去投胎,而是去挣钱,他的梦想是在裤脚坝子修一幢水泥房,红砖砌墙、白灰抹顶、高三层、里面有厕所的那种。他觉得只有那样,才对得起当初把一切都给了他的卓雅,他在裤脚坝子才算得上是一个真正的男人,才算得上是一家之主。已经走到檐后的他听到卓雅这不吉利的话后,脸露白霜,立即折回,将锋利的菜刀抓在手里。卓雅脸都吓绿了,她可从没有见到过二娃这种不近情理的样子,她心一横,眼睛一闭:"二娃,我活够了,在这个裤脚坝子,我真的又冷又疼,你给我们娘儿俩一个全尸吧!"二娃不是要杀人,而是要杀鸡。"妇人之见!"他边说边把家里那只大红公鸡追得满院子飞。人和鸡都气喘吁吁、恨不得把心都呕出来时,二娃占了上风,用手里那把刀轻而易举地将鸡头割了下来。

鸡怎么了?鸡招谁惹谁了?卓雅犯了糊涂。

二娃烧了开水,将鸡毛褪掉,突然想起前几日到裤脚坝子蹲点的王寻欢给他的半斤玛卡,便找了出来,清洗清洗,放在锅里一起煮。据王寻欢说,这玛卡,可是稀罕之物呢!二娃打了电话,叫王寻欢来喝酒。王寻欢是省文联的驻会作家,据说写了不少书,意识流的、新写实的,什么都有,其中最出名的是《人与羊的爱情》,说的是乌蒙大山深处,偏远闭塞,贫穷落后,女孩子们一长大,就往山外嫁,有的甚至被拐卖。男人们娶不到老婆,解决不了实际问题,便与动物举行婚礼,猪牛羊马,故事种种。这部滑稽的小说出版后,引起了轩然大波,业内人士嗤之以鼻,痛骂不止,甚至有老作家义愤填膺,夜不能寐,四处举报;圈外的人却一片叫好,以为稀奇,争相阅读,销量大增,成为近年来全省文学作品中最畅销的图书。适值省作家协会换届,王寻欢踌躇满志,以为八个副主席之一,非他莫属。然而计票结果出来,仅有他自己给自己投的一票,在文坛传为笑话。他心情烦躁,无所适从,便申请下贫困地区挂职体验生活。文联的领导也觉得这样颇好,与他谈话,言辞恳切,要让他和山区农民交朋友,好好认识一下现在的新农村,并给了他任务:一是要他带领群众大力发展产业,增加农民收入;二是要写出一本正能量的作品,与《人与羊的爱情》完全相反的那种。辗转数百里,王寻欢来到了裤脚坝子，还真的就爱上这里了。现在，王寻欢正在镇上招待所的房间里写一个稿子。那稿子不是情爱的小说，不是山乡传奇，而是关于发展山地经济、大力推广玛卡种植的方案。啧啧，你一看，就知道王寻欢老师思想境界所发生的变化。一听到二娃在电话里左一个老师、右一个老师地叫他，他便立即答应了。王寻欢下来已一年了，可对发展这里的经济门还没有摸到，更不要说推动了，推动裤脚坝子产业的事找不到突破口，好多工作都流于形式。年底单位考核，领导批评了他，他很急，所以刚过年、天不见暖，就急匆匆地赶了下来。电脑上那些材料，他写了又删，删了又写，纸上谈兵，难以生根，无从落实，长发捋掉了若干，稿子还写不完整。一接到二娃邀请喝酒的电话，他脸色阴转晴，急忙赶来。二娃叫的另外一个人是格布。格布就住他家隔壁，二娃举起捣草榔头一样的拳头，往土墙上咚咚一砸，格布就应了。格布正睡觉呢！格布从被子里伸出头来，打了个哈欠说："啥事？遭贼抢了，还是火烧房子了？"二娃说："叫你喝酒呢！发什么疯？！"酒是好东西，让喝酒，那没说的，格布一翻身就起来了。

　　玛卡和老公鸡肉煮一锅，味道还真的不一样，一块老树根还没有烧完，那香味就从铁吊锅里溢出来了。卓雅挺着高高的肚子，笨拙地将吊锅打开。柴火的烟雾熏得她两眼含泪。她将锅里的东西舀出来，摆在桌上。二娃从墙脚将半坛酒抱过来，在每个人面前倒了一碗，这样，桌面上就有了三碗酒。三碗酒的面前有三个人。王寻欢三十来岁，戴个眼镜，长发飘飘，他刚进门的时候，卓雅还以为他是个女的，听他说话的声音给吓了一跳。看她惊吓的样子，二娃说："你呀你，真是头发长见识短，这是艺术家！艺术家跟我们乡下人不一样。"卓雅才知道艺术家头发可以留长，衣服也可以混穿。另一个是格布，和二娃同年同月同日，却晚他半天生，格布便只好委屈当了弟弟，什么都只能跟在兄长的后面。三个人围坐在一起，有些好看，因为除了王寻欢的长发外，二娃是光头，而格布则是硬硬的寸发。吃饭之前先碰碗，三个人端起大碗，一大口酒便咕咚入喉。口里是酒，鼻孔里吸的却是那一大钵菜的香味。二娃迫不及待地拈了鸡头、鸡翅和鸡腿丢进碗里，放在自己的旁边。见王寻欢看着他，他呵呵地笑："这东西，太烫了。"格布知道，二娃说烫，当然是有原因的。二娃喜欢占便宜，不管是啥，都喜欢走前一步。现在是在他二娃家，那也不算占，舍得就拿出来吃，舍不得不吃也行。

玛卡是稀奇物，看到这两个裤脚坝子的男人吃得满口香甜，王寻欢一脸的得意。王寻欢又问："你们掌心热了没有？"格布说："是有些热。"喝了一口酒，王寻欢又问："你们身子热了没有？"二娃说："热了热了，连那东西都有感觉了。"玛卡是王寻欢从外地带来的，好东西哪，一般人可是吃不上的。整个村子，只有二娃和村主任那里，王寻欢各留下了半斤。王寻欢对卓雅说："卓雅，你也过来，坐下吃吃。我们裤脚坝子还讲封建迷信，女人不上桌，唉，这种陋习是一定要革除的。改天开个会，给全村人都说说。"卓雅摆摆手说："寻欢老师，我不吃这个的。"王寻欢瞄了一眼卓雅那粗壮的腰，点了点头说："哦！哦！"王寻欢回头又说，"这玛卡，可是当下最好的保健品，不仅我们这样的人喜欢，老板们也喜欢；不仅我们中国人喜欢，就是那些外国人也喜欢；不仅文艺工作者需要，我们基层的老百姓，更是需要。你看，网络上出来做广告的，都是外国人，男的个个帅，女的个个靓。所以呀，我们裤脚坝子种上这玛卡，是有绝对优势的，土壤、气候、海拔、劳动力，都占全了……我都找人做了分析。要是我们全村人都种上，包管两年就都脱贫。"卓雅说："好是好，怕花了代价，种出来却卖不出去。"王寻欢理了理飘逸的长发：

"销量嘛,就不用愁了……"二娃朝王寻欢敬了碗酒说:"寻欢老师,我们裤脚坝子有句话说,叫得的雀儿没得四两肉,您说得越多,我们就越不相信……不过,这一锅玛卡,让我改变了对玛卡的认识,改变了对作家的认识。"王寻欢说:"作家怎么了?"二娃说:"不是有句话叫作纸上……纸上谈兵嘛!"王寻欢:"作家是人类灵魂的工程师,没有作家,就没有文明的人类……如果一个作家既能写出好作品,又能深入贫困山区一线,带领农民发展产业、脱贫致富,这样的作家,应不应该当个作家的领导?""那当然了,只要对大伙有帮助……"二娃说这个的时候,手掌心已开始冒汗,这明显是吃了玛卡之后的反应。二娃说:"您这我相信了,我们家就种两亩吧!"王寻欢说:"一亩就行了,种子有限,是我爱人从国外带来的呢!我还要考虑到全村大面上的种植。再有,玛卡也需要精耕细作,你老婆这个样子,呵呵……""一亩就一亩。"二娃回头对卓雅说,"待会儿我看了鸡卦,如果顺利,我还是决定去打工,玛卡嘛,你种好就行啊!有了钱,别乱花,存起来,我有用。"到现在卓雅才明白,二娃杀鸡的目的不是要补身子,而是要看鸡卦。王寻欢点点头说:"对!对!格布,二娃都种上一亩了,你我都是好朋友,我给你也留上一亩的种子吧!"格布对这不大感兴趣,冷冷地说:"让我种玛卡啊,再说吧!""什么再说不再说,晚了种子都分配完了,你可就干望啦!"格布的不大配合,让王寻欢有些不快。

半坛酒快空了,玛卡却只吃完一半。三个人都很节制,三个人的内心都在打各自的小九九。王寻欢说:"我这次下到裤脚坝子蹲点,目的就是要让大家脱贫致富。钱包鼓胀起来,每家人都住上小洋房,每个光棍汉都娶到老婆,就是我最大的心愿。"格布抬起醉眼:"寻欢老师,您怕是喝醉了……"王寻欢拍拍胸口说:"说句裤脚坝子的土话,骗人就是牛日马下的!"一个省里的作家把话说到这个份儿上,是不多见的。可格布还是不相信,多少年以来,裤脚坝子是远近闻名的光棍村,总娶不到老婆的光棍汉,村社干部为此努力多多,但收效甚微。现在好了些,村里除了两个七十岁以上的老人,其他都外出打工去了。二娃说:"寻欢老师,您说的住上小洋房,我是最感兴趣的,可您已经说了大半年时间了,我们村里连一块砖也没有增加,一条路也没有修成,我倒是有些听不得。你们大城市的人,你们文化人,鸭子死了嘴壳硬。我不可能再听您的,我可要自己行动了。"王寻欢遭此抢白,喝到口里的酒咽也不是,吐也不是,脸红一下白一下。格布说:"二娃呀,你喝多了是不?脱贫致富靠的是自己,让上边给你钱,又不是养懒汉,也不是养爹育儿。"格布的话给王寻欢解了围,他将口里的酒顺利咽下,举起酒碗,有些感激地说:"兄弟,这话听得,我敬你。"吱儿一口。

格布说:"二娃,你还是别走……"格布说不走,二娃却偏要走。格布的话提醒了二娃,二娃放下酒碗,用颤抖的手将钵里的鸡头拿出来。彝人做事之前,大多都要卜卦,条件好的杀牛看牛骨卦,其次是杀羊看羊骨卦,再就是看鸡卦。此前二娃一直觉得幸福吉祥,平安顺利,他心里想的事,大多都能实现,便不大卜卦,今天卓雅忽出此言,卓雅是他心爱的人,怎么也不得轻视关键时候她的表现。

看鸡卦是看三卦——鸡头、鸡翅和鸡腿。鸡头卦一般看是否有口角,鸡翅卦一般看财运,鸡腿卦一般看吉凶。二娃小心地把鸡下喙抽出,鸡喙两头伸出的部分很完整,二娃脸色松弛下来,这是上好的卦象了。接着他看鸡翅卦。他自个儿把鸡翅上的肉吃掉,将两截骨头上的肉末剐擦干净,骨头里的骨油满满的,而且呈透明状,像是撂起来的杜鹃花。二娃再次轻松下来,端起酒碗,和格布碰了一下,一口干掉。看鸡腿要复杂一些,不过当二娃在鸡腿骨内侧的凹槽状处,看到槽里的红点是三点时,一下子兴高采烈。他回头对卓雅说:"莫喜(媳妇),我放心了!你骂我的那些话,准不了的,就让风吹雨打去吧!"

情势逆转,几个人的心情都一下子松弛下来。那天的酒,每人都喝了很多。末了,二娃搂着格布的肩膀说:"兄弟,我要为自己的梦想奋斗,裤脚坝子的男人,没有梦不行,有了梦实现不了,也很可悲……卓雅交给你,我放心的。"

王寻欢最担心的还是那两亩玛卡,他站起来,将长发往后捋了捋,弓着细长若虾米的身子,双手将酒碗端得高高的,头垂得低低的,他敬格布:"除了这娘儿,还有更重要的,是那玛卡,春天土地一醒,种子就会长出芽了,只要浇浇水,除除草,捉捉虫,施施肥,年底就会有收入了。二娃实在要走,你就担起这个担子,给我做做示范,带动裤脚坝子的百姓,大伙有钱用,有饭吃,脱了贫,我就放心了,我就脱科了,我就可以回省城了,我也就能写出传世之佳作……此生如此,也就足够了!"

王寻欢一仰头,一大碗酒全都干了。

二娃回了回神,对格布说:"你辛苦辛苦,年底玛卡有了收入,有一半是你的。"

格布连连摇摇头:"二娃,我不要你的玛卡……"

二娃才不管这些,对王寻欢说:"寻欢老师,您放心,您的玛卡在裤脚坝子大面积推广之日,就是我二娃回来之日,我修了新房,我们一起,在新房里杀猪宰牛,煮玛卡吃,喝大酒,闹他个三天三夜!"

二

二娃是个拿得起放得下的人,夜深沉,酒未醒,他就背一个褡裢,走出了家门。趁着夜色,他与卓雅告别。二娃说:"为了大洋房,我们都得付出。莫喜,你辛苦一下,看好这个家,我也再辛苦一下,外出挣些钱。过几年,房子修好了,我们就熬出头了。"

事实上,离开裤脚坝子的人,不仅是他二娃,还有一个,就是格布。

格布夜里因为心情不好,在他们说话之隙,自己又闷喝了一碗,第二天醒来时,天已大亮。等他赶到镇上的车站时,一天一趟进城的客车已经走了。格布想问问王寻欢,在镇上有没有合适的活,请他介绍一下。他来到王寻欢住的招待所楼下,却见高楼上寻欢老师的窗帘还拉得紧紧的。他掏出手机打他的电话,电话关机。也许,寻欢老师的酒还没有醒,也许寻欢老师回来后,又找某个青年谈写作一直到东方既白。这个作家老师的行为一向十分文艺,与乡里人大相径庭。

格布捶打了两下脑袋,靠坐在站台的石坎下,点了根烟,望着苍茫的大山发呆。

格布、二娃和卓雅打小就在一起生活,一起放羊和种地,一起读书和不读书。一起长大的时候,问题就出来了,两个各有优点的男孩和一个全都是优点的女孩,其间的亲疏取舍,便无端地复杂与缠绵。后来他们一起放下书包,到外地打工。到了情窦初开的年龄,到了谈婚论嫁的年龄,三人的纠葛还扯不清。事情是这样开头的,格布犹豫了很久,走到花店去买玫瑰花。当他忐忑而又兴奋不已地抱着那束花出现在卓雅住宿的地方时,却意外地看到二娃紧紧搂住卓雅的背影。那个时候,二娃正把刚从金店买来的金戒指往卓雅手指上套。格布知道卓雅喜欢自己比二娃还甚,二娃只是他格布之后的一个预备,事情发展得这样出乎意料,格布的确有些难受。那天,二娃上夜班去了,格布和卓雅有一句无一句地聊着。卓雅突然失色:"格布,你主动一些啊,你要是主动一些就好了!"这话给了格布莫大的鼓励,卓雅还没有嫁给二娃,他们俩的关系,无非就是卓雅无名指上戴了二娃几百块钱一个戒指而已。想了一夜,他决定先下手为强。他和二娃是朋友,啥事都互不隐瞒。二娃做什么都性急,都往前靠一点,占点便宜,争个面子,这是他的脾气,是他的性格,但这种小事并不影响他们之间的感情。卓雅是他们俩的最爱,他们俩也是卓雅的最爱。卓雅刚才说的话,仿佛有着满腹的幽怨,仿佛在恨铁不成钢,在对他有着什么暗示。这是爱的最后一搏了,他格布为了爱,就做一回罪人吧!第二天,他上街买了一套新潮的衣服,还有内衣。找了一家洗浴店,给自己上上下下洗了个干净,甚至让搓澡工帮助,把身上的污垢全都搓掉。路过成人用品店时,他钻了进去要了一盒价格不低的安全套,同时买了避孕药。格布提着装有东西的塑料袋回到出租房时,卓雅那门却怎么也推不开。仔细听,里面似乎传来些暧昧不清的呻吟。格布着了急,以为有了危险,猛撞那门。不料里面传来二娃的声音:"格布,是我,别苕(傻)!"

"我是不是真的苕了?"格布瘫坐在地上,捶打自己的头。过了好一会儿,门吱呀一声开了,二娃一边穿外衣,一边走出来。他看了一眼格布扔在地上的东西,弯腰捡了起来看了看:"格布,好兄弟,你给我买的?没有必要了,我准备明年就生娃……不过还得谢谢你,时时为我二娃着想,明天请你吃乌蒙店的天麻火锅!"

二娃梦想成真。也就是那一次,卓雅怀上了。卓雅怀上了二娃的娃,不方便劳动了,他们有了回乡的打算,二娃便让格布和他们一起回乡。

"我不回去。"格布说,"我对裤脚坝子没有好感。"

"裤脚坝子是你的故乡呀!你在那里生,在那里长。"二娃一脸疑惑,"没有一个人不喜欢自己的故乡的。"

格布说:"可我还没有衣锦还乡,我也没有老有所依。"

"看在卓雅怀孕的分上,跟我们回去吧。"二娃说。

"卓雅怀孕跟我有什么关系呀?"格布看着远处的高楼,冷冷的。

二娃双眼逼视格布:"和你没有关系?怎么会和你没有关系?我和卓雅都是你的好朋友,这种关系我们还会一直延续下去的。再有,卓雅怀上这孩子,是你见证了的。要是男的,就给你做干儿子,你家以后生了女儿,就做你女婿。要是女的,就给你做干女儿,你家以后生了儿子,就给你做儿媳妇。我们世世代代好下去,不好吗?"

格布现在女人都没有一个,连自己的婚姻都没有搞成,还奢谈什么下一代的婚姻?二娃对未来的这种描述,他根本就不感兴趣。格布找了个机会,单独和卓雅说了一会儿话。卓雅还是那种满腹幽怨的样子:"你早一步就好了。"格布说:"我是回裤脚坝子还是……我听你一句话。""你为什么要听我的话?你是一个男人,该爱就爱,该恨就恨,该走就走,该留就留。你好自为之吧!"这话等于没有说。第二天他们到了车站,格布却突然失踪,他自己的用品全部带走了,电话关机。

可是不到半年,格布突然孤身一人出现在裤脚坝子。卓雅当时正在院子里打苦荞,就是用一根连枷,把苦荞秆上的荞粒捶下,再收到箩筐里。卓雅的身材有些变形,油桶一样粗的腰给一块蓝花布巾严严包住。那个时候,卓雅感觉到了异常,先是喜鹊在檐后的白杨树间叫个不停,后来是一个高大的影子落在了她的簸箕里。她以为是风吹来的异物,颠了几下却没有让它离开。她嘘了一口气,抬起头,意外地看到这个风尘仆仆的汉子,她吓得跌坐在地上:"你、你是人还是鬼?"格布说:"是我呀,我是格布。"卓雅捋了捋遮掩的长发,擦了擦模糊的眼睛,终于看清了他。卓雅一下一下地捶打着他的胸口,哭得泪眼婆娑:"冤家,半年了,音讯全无,还以为你死在他乡了!"那一分钟,格布感觉到自己回来是对的。此前的几个月里,他在哪打工都不顺心,白天不清醒,晚上睡不着,干活老出差错,有一次差点被压在了大型装载机的下边。他自己都弄不清是怎么回事,找人算命,说得是是非非、云里雾里。要了符章贴在心口处,神魂依然颠倒,日夜还是交织。后来他做梦了,梦到裤脚坝子了,梦到卓雅了。醒来后,他的眼角有泪。哭过了,他的心情却出奇地好。

他知道,自己是想裤脚坝子了,是想卓雅和二娃了。他俩在他的人生中,已经无法割舍。

二娃见他回来,高兴得不得了,仿佛两人不是情敌,而是久未谋面的生死弟兄。二娃说他早就盼望格布回来了,二娃领他看他的屋基地,说他的屋基地面迎的是东方、背靠的是大山,说他的房子修成后肯定是裤脚坝子最好的楼房,说他儿子出生后肯定是裤脚坝子最帅的儿子,认真培养,以后必成大器。格布给他这么一说,觉得这和自己好像真有了关系,咧开嘴笑了起来。

格布和二娃认真地规划着生活中的一切,种地、修房,还有就是如何修沟接管,从山后将泉水引到院子里来。两个男人的同心共想,让卓雅着实高兴。

格布想不透的是,这个二娃,永远也不会满足,永远都那么急。他的头脑,像一台一直都在转动的永动机。他每一个决定,每一次行动,都会走在格布前边一步。

现在,二娃又走在他前面了。走就走吧,那就各走各的,希望这一辈子不要再见到这个老是让人倒霉的家伙。格布的烟烧到了嘴唇,他扔掉烟蒂,站起来,一辆货车朝他轰隆隆地开来。格布一边挥手一边叫道:"是进城的吗?是进城的吗?"那货车并没在他面前停下来,他追上去,抓住车厢的门闩,往上一使劲,人就进了车厢。他拍了拍手,得意于自己不错的身手。就在他喘了口气、暗自庆幸自己的本领时,包里的手机响了。格布掏出来一看,是卓雅的。他想了想,摁掉。他现在不再关注卓雅了,不再关注裤脚坝子了。可那手机又响了起来,不屈不挠。他希望这次的电话是王寻欢而不是卓雅打来的,可他一看,却还是卓雅。他再次摁掉。不一会儿,他手机嘟地响了一声,是信息。他打开一看,还是卓雅发来的,只有两个字:"救我……"格布头嗡地叫了一声。他连忙站起,举起双手敲打货车顶篷:"停车!停车!再不停车我要跳了!我跳下来摔死你就麻烦了!"

格布赶回裤脚坝子时,卓雅躺在路上爬不起来。她脸色蜡黄、头发凌乱、全身是汗,她肚皮隆起,宽大的裤子还沁出些血渍。"我……要……生了!我……怕……要……死了!"卓雅有气无力,仿佛三魂七魄都已出窍。格布立即跑回家,扛来一把有靠背的木椅子,将卓雅靠坐在椅子上,用绳子捆住,又将椅子绑在自己背上,小心而平稳快速地往镇上的医院里奔。

格布是使出全身力气来完成这件事的,当他赶到医院时,已经累得全身散架。但他还没有倒下休息的机会,医院里的医生太少,没有助手,那个既当医生又当护士,既看中医又看西医的医生,要他协助她。

"我叫你干什么你就干什么!"医生说,"你老婆早产了!"

卓雅是别人的老婆,卓雅哪是自己的老婆?格布想解释,嘴动了几下,却一句话也说不出来。

医生几大剪将卓雅污脏的裤子剪掉。卓雅看到那些冰冷的器械,吓得又哭又抓,本来就已疼入骨髓的她,这下更是不知所以,全身发抖,缩成一团。医生让格布用绳子将卓雅的手脚捆住,可一时哪里有绳子?医生便将一块枕巾塞进卓雅的嘴巴,板着脸说:"你爱怎么咬就怎么咬,爱怎么叫就怎么叫,但是,如果你要命,如果你要娃儿还活着,腿一定要控制住,不乱蹬,不乱动!"来自身体和内心深处的无限疼痛让卓雅无法自抑。她说:"我要死了,医生,你让我死……"

医生不会让卓雅死的,相反他要她活,要她好好地活着。医生把要逃离的格布拉回,要他死死钳住卓雅的双腿。

"你的任务是不能让你老婆动,她动了问题就大了!后果你知道的!"医生说。

卓雅的两条腿往两边分,污脏的画面毫无掩饰地呈现在了格布的面前。格布使出全身力气,紧紧控制住卓雅。他努力不看她,可医生却说:"转过头来!"格布说:"我不忍心看,太恐怖了!"医生说:"你们男人,快乐的时候忘乎所以,这个时候又不断地逃避,一点担当也没有!"格布想解释这和他半点关系都没有,可他刚开口,干涩的声音就被卓雅声嘶力竭的哭叫所淹没。

格布曾多次梦到过卓雅,多次梦到和卓雅的种种生活,吃饭、洗衣、干活、逛街,包括性爱,卓雅美丽的身体不止一次在他的梦中出现过,卓雅多情的双眸,卓雅甜蜜的声音……但他没有想到,当他有机会看到卓雅那隐秘的地方时,居然是在这样一种情况下,居然是这样令人恐惧。生命都是这样来的吗?生命的形成是这样的艰难吗?女人的坚韧和付出模糊了格布的双眼。

终于,哇的一声啼哭响起,孩子血淋淋地被医生从卓雅的身体里拿出。这折腾人的家伙出现的同时,污脏的羊水、血水溅了格布一头一脸。

虽然是生死折腾,总算母子平安。

医生擦擦手,给卓雅撕裂的地方缝针,一边说:"当爹的,生个带把的,满意了吧?"

格布嗫嚅着,说不出话来。他浑身颤抖,甚过卓雅。

三

"我给你把二娃叫回来吧,这家伙不小心就当爹了!"格布醋意深深地说。卓雅坚决反对:"不行的,格布,他在我和孩子生命最为关键的时候缺席,他不配当爹!""给他报告一下喜讯总是可以的吧!"格布转弯说。卓雅还是那么强硬:"那也轮不到你来说!"格布知道卓雅的性格,只好作罢。不过他还是趁卓雅不在的时候,掏出手机来,转到檐后网络效果略好的地方给二娃拨电话。二娃没有接,格布接连拨了好几个,最后一个电话回应的是"对不起,你拨打的电话正在通话中,请稍后再拨"。格布就知道是那头挂断了。不过到了晚上,二娃还是回电话了,电话一接通,二娃就在那头大吼大叫:"格布,你是没事找事做咯?"格布说:"你是不是找女人去了?我是想告诉你……"二娃打断他的话:"我正在扛木桩支撑洞口,一分心,差点给木头打死了!"格布也大吼起来:"我告诉你,你婆娘生娃了!她也差点死了!你知道吗?你配当爹吗?!"二娃在那头一愣:"我当爹了,哈哈!我当爹了!是锅边转还是满山跑?"不等格布回答,他又说,"哈哈!一定是个儿子,对不对?那样,我要修的房子,就要更结实,要更漂亮,要更舒适,功能要更全……"格布等他说完,冷冷地问:"你到底要不要回来?"二娃说:"不了,我现在怎么能回去?我要挣更多的钱,为我的房子,还有我的儿子……"

格布的手机一阵忙音。他呆了好一阵,回过头来。卓雅站在他的身后,满脸泪水。

此后的日子,格布尽着做父亲和丈夫的职责,每天给孩子换尿布、喂奶粉,给卓雅煮糖水鸡蛋、翻身,甚至帮助排便和清洗身体。卓雅一直哭,那种感动无法言说。甚至有一次,在格布抱她翻身的时候,她双手紧紧勾住他的脖子,小声而又幸福地说:"格布,我好幸福!"那一瞬间,格布的心头一热,想干什么的冲动流星一样快速划过。出院的那天,卓雅居然说:"格布,我不想出院。"格布有些疑惑:"不想出院?那你想干什么?你是不是伤口还没有好?是不是身体还很虚弱?是不是啥地方还有问题?""啥也不是,我只想让幸福延续下去。""你的幸福是啥子呀?"格布说话时,并未停下给孩子喂奶粉。卓雅努努嘴,深情地说:"就是这个样子。"晚上,二娃打电话过来,说他全天都在矿井里作业哪!知道孩子出院了,他的得意从手机那头弥漫过来:"我早知道,这家伙是个儿子!好!好!我一定要苦个人模狗样出来!我肯定要修大洋房,房子里要有书房,让他好好读书;还有一层是专门给儿子的,到时结婚做新房……"末了又补充一句说,"照张儿子的相片,从手机里发过来我看看!"他说了那么多,居然没有问卓雅当时生的情况,居然没有问谁在帮她的忙。她卓雅可是从阎王殿里逃出来的啊!

回到裤脚坝子,生产后的卓雅一改往日的晦气,脸上的雀斑渐渐消失了,脸庞变得又嫩又润。身体的臃肿没有了,变得苗条而灵活。卓雅快活了,阳光了,整个裤脚坝子就是春天。她将家里收拾得干干净净,将自己打扮得漂漂亮亮。镇上赶集的时候,她给自己买百雀羚,买护手霜，买收腹裤，给儿子买奶粉，也给格布买上一件汗衫，一双袜子，打回一土坛苦荞酒。格布的衣服给山上的枝柯剐破了，她会第一时间发现，让他脱下来，给他缝几针。

地里种下的玛卡长出了苗，青枝绿叶，一天一个样，让人心生喜爱。但玛卡是生命，就像孩子一样，出生了，就要呼吸，就要空气、阳光、雨露和若干的营养。要侍弄好它，卓雅肯定忙不过来。卓雅给远方的二娃打了电话，要二娃回来。可那头的二娃根本就不愿意，他说目前他在矿山，签了合同，干得好好的，钱挣得多多的，为什么要回来？他已经克服了不见天日的慌乱，可以下到煤井深处一天不出来也没事，也已经克服了没有老婆在身边的难耐。他要挣更多的钱，争取早日实现他的梦想。他还说，昨天夜里，他在井下上班，不小心就睡着了，他又梦到了他的大房子，他说虽然他天天挖煤，可家里不能再烧煤，煤脏，还产生二氧化碳，现在外面到处都用电器烧水、煮饭、洗澡、烤火……没有等他说完，卓雅挂掉了电话。

卓雅做不了的活，自然就落在了格布身上。不是卓雅对他有什么要求，是因为他老是看不惯土地的荒芜，看不惯卓雅劳碌后疲惫的样子。格布说："天上好久没有下雨了，我去浇浇水。"卓雅说："算了吧！天气预报说这个月中旬有中雨。"格布说："杂草都封林了，我去除除。"卓雅说："没必要，它长到哪算哪！"格布说："玛卡苗缺营养了，黄蔫蔫的，我去施些肥。"卓雅说："玛卡就别施化肥了，寻欢老师不是说过，要原生态的才好吗？"格布又说："玛卡长虫了，我去捉捉。"卓雅说："格布，怎么就教不会你呀？你要考虑一下你自己的事。"格布自己的事很多，比如找个女人生个娃，比如挣些钱回来也和二娃一样梦想着修上个房子……但面对的事情太多，反而不知道从哪里下手。在院子里的桃树下蹲了半天,抽了半包香烟,他还是挽起裤脚,扛着锄头下地,去给玛卡松土除草。

玛卡的根舒展开了,天上又落了两场雨,便长得茎秆直立,叶片发亮,一片生机蓬勃的样子。在玛卡地里,卓雅给儿子喂了奶,哄睡着了,放在阴凉的树荫下,让他休息。走出树荫,热了,卓雅就将外衣脱了,着短袖的T恤身材,看上去更干净利落。干活的时候,胸脯又大又晃,随着干活的动作,有节奏地起伏,很是惹眼。他们俩从不同的方向,各打理一垄地。卓雅几次和格布说话,格布都寡言沉默。卓雅叹了叹气,突然双手搂住胸口,嘴里咝咝地吸气。格布吓了一跳,说:"你咋个了?"卓雅说:"我疼……"格布问:"哪疼了?"卓雅来不及说话,又啊呀叫了一声,人便蹲了下去。格布感觉到了事情的严重性,一步跳过来:"哪里?是哪里疼?要不要我送你上医院!"他伸出去搂卓雅的手被牵到了一个地方,那个地方软软的,热热的,胀鼓鼓的。卓雅低下头:"不舒服……"格布雄性的东西被挑逗了起来。他有些语无伦次:"我……"

本来什么都顺理成章,可就在这个时候,卓雅的手机响了。卓雅不想理它,可那手机铃声有些不依不饶,响了一次又一次,十分刺耳。卓雅怕吵醒儿子,便走过去拿了起来。是二娃打来的。卓雅说:"正上班的时候,你不是下井了吗?"二娃说:"我任务提前完成,出来了。我是想问问儿子好不好,结果你电话也不接!你干啥你?"卓雅没有好气地说:"我在准备施肥呢,你这一亩地的玛卡都缺肥了,病蔫蔫的,再下去今年怕没有的收了。"二娃一听急了,说:"你别施用化肥啊,化肥催出来的玛卡卖价不高,外面的人都喜欢纯天然的,你浇些大粪可以,埋些猪粪也不错……""纯天然?纯你个头,老娘苦不起了,你快点回来!""莫喜,我要把钱多存一点,修大房子的事不能耽误……"不等那边再说,卓雅挂了手机。这样一闹,儿子在树荫下醒了,哇哇地哭。这时,格布颤抖的手从背后伸到了卓雅的胸脯上来,卓雅转过身来,不由自主地举起手,啪地一下扇在了格布的脸上:"早时候你投胎去了?现在你醒啦?你和二娃是好朋友,朋友妻,不可欺呢!"

格布惊呆了,好羞人的事啊!他呆了一下,转过身,往山下走去。

卓雅半夜里突然梦到自己搂着一团火,在裤脚坝子里奔上奔下,逢人便问要不要烤火,要不要用火酿烤苦荞酒,那些人仿佛是些没有思维的人,看不见她的喜怒哀乐,没有一个人理会她,甚至没有一个人会抬起眼睛来看上她一眼。她急醒了,她还真的怀里搂着一团火。儿子在她的怀里烧成了一团火,脸红,口唇起壳,那体温之高,让人害怕。她着了急,忙用冷水敷,到处找退烧药,可退烧药家里根本就没有。她怪自己太大意,忙打电话给远在几百里外的二娃,二娃的电话关机。她大起胆子打给寻欢老师,想让王寻欢帮助叫个医生下来,出多少钱都行。王寻欢电话倒是通的,可根本就没有人接,半夜三更,或许人家早睡了,或许人家醒了,正在写书,一看是她,根本就不想搭理。她这个时候想起了格布。其实她早就想到格布,整个裤脚坝子,他们两家守得最近,一墙之隔,有时她会在半夜里听见格布磨牙的声音,有时会看见他跳起来打老鼠的声音,有时会听见他醉了酒,高一句低一句地唱民歌的曲调。二娃在家的时候,动作大得怕人,卓雅不止一次地撕咬二娃,要他小声点,生怕隔壁的格布听见。二娃走后,她实在不想打扰他,不在万不得已的时候,她不想欠这个单身男人的人情。

现在不行了,娃儿烫得像是一把火,再不降下温来,娃儿就会有非聋即哑甚至生命垂危的可能,这在裤脚坝子不是没有过的事。娃儿是她身上掉下来的一块肉,娃儿是她心血的凝成和生命的全部,娃儿要是有啥意外,她卓雅这一生就没有啥意思了。两者相较,欠个人情就欠个人情吧,欠个人情可以还的。要是娃儿真有个啥,这一生怕就难以偿还的了。她毅然举起拳头,敲响她家和格布之间的墙壁。"咚咚咚!""咚咚咚!"那边没有动静,她干脆拾起春苦荞面用的石杵,用力往那墙上砸去:"轰轰轰!""轰轰轰!"

格布这些日子心里犯堵,卓雅和二娃结婚那段时间,他不仅心灰意冷,连死的心都有。他曾经在水边停过,在铁路的轨道上停过,在挂有绳子的木梁下停过。冰雪覆盖了整个春天,爱的草芽全都冻死。他两眼呆滞,脚步趔趄。煤矿招工,他打听到了,知道在矿山上只要干上三年,回裤脚坝子修一幢三层楼的房子,一点问题也没有。没想到他刚把这消息一说,二娃就抢了个先。二娃是他命里的克星,什么事总是抢在他的前边。小时候他俩上山放牛,格布发现一棵酸枣树,刚要攀爬上树,二娃便几刀将树砍倒,将酸枣摘了个精光。长大了,他刚向卓雅发出爱的信号,二娃却抢先在卓雅肚子里播下种子。格布的动作就是慢,他总是出现在幸福之后。二娃的速度就是快,他总是奔跑在曙光之前。当二娃连换洗衣服都不带一件,就离开裤脚坝子的时候,他格布还在家里犹豫要不要将那只眼珠子仿佛蓝宝石一样的狸花猫找人寄养。看着卓雅挺着个大肚子,站在路口边怎么也拽不回牛一样犟的二娃时,格布心内一阵寡疼。他再次慢了半拍,继续留在了裤脚坝子。他不吃不喝,躺在床上,任窗外的鸟儿如何叽喳,任檐下的清风如何绕旋,任隔壁的女人如何满目哀怨地看着他。直到卓雅生了娃,无比多的事情才让他一度忘记了疼痛,慢慢缓过气来。后来他想通了,起床了,该干啥就干啥,该吃喝就吃喝。卓雅要他帮助牵牛他就牵牛,让他帮助种地他就种地,让他帮助往山外背苦荞出售,他就背上沉重的篓筐,翻山越岭往外赶。只是他不再多情地看她一眼,他将自己的热情,用深灰埋住,不让它随便炙烧自己的心。

单身汉的被窝里,激情肯定不少,但想象的空间大于实际操作,内容总是苍白而单一。这个夜里,安静的休息让他的体能得到恢复,让他的妄想痴心得到扼制。他擦了脸,洗了脚,用被子将孤独的身体裹住,好不容易入睡,做了一个什么都没有的梦。迷迷糊糊中,传来磕击地板的响声,有节奏的、有情感的那种,那声音由远而近,由小到大。很快却由优美变成一种恐怖,由雨滴声变成了狂风暴雨,他吓得一下子跳了起来。

"格布!格布,你这死砍头!见死不救啊!"

那声音应该是卓雅的,平日里的卓雅温文尔雅,说话轻言慢语,怎么这个时候叫声这样恐怖,这样难听?他耸起耳朵,凝神细听,他听清楚了,听准确了,的确是卓雅的。

她怎么了?

来不及细想,格布三两下套上衣服,冲了出去。黑暗里,卓雅已抱着孩子出了门。他知道是怎么回事了,从卓雅手里将孩子接过,紧紧抱在怀里,就往卫生院奔。乡卫生院在乡镇上,离裤脚坝子有十多里路,他居然没有歇息一下,凭着自己的感觉,在黑暗里狂奔。卫生院的值班医生在睡梦中被叫醒,体温一量,医生吓了一跳。她对狼狈不堪的格布说:"你这当爹的还算称职,晚来一步,就麻烦了。"格布说:"我不是他爹。"医生说:"有什么值得辩解的?我又不是计生办的!我才不管你是不是,你也没有必要否定。我们好多山里人,就是越穷越生,越生越穷,怕征收社会抚养费,怕结扎,怕娃儿落不了户……怕这怕那,自己做的事自己都不敢承认了……"格布鼓起血红的眼睛,攥起榔头一样的拳头,卓雅连忙拉住他。好在夜色深重,医院里的灯光并不明亮,医生又低头给孩子推针,他这一鲁莽的动作没有被她看到。

检查、打针、输液、喂药,再加上物理降温,孩子体温慢慢降了下来,两人松了一口气。坐在医院候诊的木椅上,渐白的曙光里,卓雅头发凌乱,满脸苍白,像是从某个地方逃荒过来。格布则穿反了衣服,脚上鞋子也没有,两个脚趾还让尖利的石头硌出了血,模糊可怖。四目相对,卓雅说:"谢谢你。"卓雅往格布这边挤了挤,把手伸了过来。但格布却往旁边缩了缩。他想:我又不是你的恩人,有什么可谢谢的;我又不是你的丈夫,你把手给我干吗?

卓雅知道格布心存芥蒂,勉强笑了一下,转身离开。她到医院外面的小超市里买了一双鞋袜回来,格布早已没有了影子。

四

立秋之后,玛卡长得茎粗叶硕,漫山遍野全都绿油油的,一下子填补了荞麦收后山梁的空荡寂寞。王寻欢来看过两次,心生欢喜,为此还写了篇新闻,照了些照片,发在省里的网站和微信平台上,逢人就掏出手机打开,夸夸其谈。

无边的山地里,两个人正在收玛卡。与玛卡争口气、争活法的杂草全都被毫不留情地拔起,扔在地埂边上,而成熟的玛卡则是被连根拔起,除掉枝叶,块茎被小心翼翼地装进竹筐。卓雅说:"早知道玛卡长得恁好,二娃就没必要去打工了,再咋也得把他留下来。"格布说:"之前我一直担心寻欢老师说的是假话,我也不相信玛卡长势会这样好。"卓雅说:"啥都有个认识的过程。"格布说:"是,只是这个过程漫长,等认识了,大水都过了三垄田了,秋天都已将山上覆盖了。"卓雅知道格布在说啥,脸热了一下,说:"想不到,跟寻欢老师交往没几次,你倒像是个读书人,说话文绉绉的。"格布说:"读书人都是疯子,自寻烦恼罢了。那寻欢老师,没事儿的时候,就在地埂上走来走去,自言自语,不知道的,还以为他是在念咒呢!"

格布帮助卓雅从山上背回玛卡,打理干净送到县城去卖,已经半月有余了。刚开始时,玛卡价格还不错,大家都以为稀奇,争相买回家,配以猪排骨、鸡翅膀、牛大筋,煮、蒸、炸,翻着花样地吃。有耐心的用苞谷酒泡上十天半月,用小盅儿倒着喝。吃过喝过的人,都说玛卡效果不错,既提神醒脑又舒筋活血,既壮阳又健体。整个小镇掀起了玛卡热,家家户户院里晒的、梁上挂的、火边烤的、坛里泡的、锅里煮的,全都是玛卡。村庄里到处弥漫着的,都是玛卡的气息,人们谈论的,都以玛卡为主要内容。就是人们出了门,伸个懒腰,打出的嗝,也是怪怪的玛卡味道。那几天,王寻欢天天都在街上走动,看到人们争相买卖玛卡的场面,兴奋得像是打了鸡血。每天他都要在小镇上来回走上两趟,气宇轩昂、红光满面。每天他都要打一个电话给省文联的领导,报告镇上玛卡的销售情况,仿佛全世界的生意都停下来,都在经营以玛卡为核心的东西;仿佛整个世界的人们都肾虚体弱,大医院治不了,只有玛卡才是唯一的药品;也仿佛他王寻欢才是这个地方的主宰。一切的一切,都在围绕着他那个苹果手机转去转来。他是想用实际行动告诉领导:他王寻欢不仅能写出好看的小说,还能深入生活,与百姓同吃同喝;他王寻欢不仅能发展产业、带领一方百姓致富,还有极强的组织、协调和领导的能力。

大家都在吃玛卡,格布也应该吃。寻欢老师所教的那些烹饪方法,卓雅全都学会了。看格布整天为卖那两亩地的玛卡起早贪黑、劳累得像个黑猴，卓雅心里暗暗疼痛。卓雅煮玛卡的时候，格布知道了。格布说："别浪费钱啦！"玛卡是经济作物，说是钱完全说得过去，但说吃了浪费，其间便有些隐喻。卓雅把精华的汤汁滗给他，说："不浪费，看你辛苦的，增加些体能，没有什么不可以的。"原本就精壮如牛的格布吃了玛卡后，白天干活，夜里却无处释放，无所适从，他真正的苦恼接踵而来。

镇上热闹起来了，KTV、发廊、烧烤摊、酒店、超市应有尽有。白天人来人往，比肩接踵；夜里灯红酒绿，歌声起伏。白天在交易乌蒙山区的农特产品，晚上在交易山外运来的文化产品。镇上的人没有见过大世面，把这样的一种繁荣看成空前的，把这个地方说成是小昆明。事实并不是如此，不到三个月，玛卡的销量迅速下滑，原因是外面的销路并没有打开，好多外地人只知道丽江的玛卡而不知裤脚坝子的玛卡。此前销售的兴旺全都是本地消费的功劳。王寻欢领着镇农副产品办公室的一帮年轻人开了微信、微博，做了网页，在电视、报纸、相关的网站和公路边上打了很多的广告，但销售情况还是不见好。有老板来过一次，在王寻欢的陪同下，花了三天时间，品尝了用玛卡做成的各种食品，拉走了一车。可过几天回电话过来，说这里通往县城的路太烂，一路上车修了好几次，玛卡拉去，虽然卖完，可还是亏本。王寻欢的郁闷可想而知。

格布背来的玛卡先卖八十元一斤，后来六十元一斤，再后来二十元、十元都无人问津。卖不了，他就找寻欢老师。寻欢老师是省里的人，视野宽，交往多，同时他又是玛卡这一产业的倡导者、领路人和总设计师，不找他找谁？这满山遍野的玛卡，是在他的说服之下才种的，他有功劳,更有苦劳。从这个角度上说,寻欢老师还是一个不小的资源,还是一个不可放弃的依靠。有时他说上两句话,就会有人来将格布一背篓玛卡全拿走。但找的次数多了,寻欢老师就烦,先是说他正忙,他要忙大事,哪能总是把珍贵时间缠在这样的小事情上?后来他不接电话,再后来干脆将电话关机。也不是关机,而是将他格布的号码拖进了黑名单,电话一拨,老是嘟嘟嘟的忙音,就像那屋子,明明看到里面有人,任你按门铃,任你敲门打户,人家就是不开,你也没有任何办法。

卖不了就不卖,格布将装满玛卡的背篓随便往街边的暗处一搁,就在街上溜达。天已漆黑,夜色下的街景让他迷醉,让他想起在外打工时的往事。格布注意到,眼下的街角里同样有一间又窄又小的门面,里面同样昏暗得不行,门边同样挂着"成人用品"几个字。此前,他就曾在这样昏暗的夜色里,按着扑通扑通的心跳,买过那些自己后来并没有再用的东西。现在,他倒是想去再看一看那充气娃娃的样子。正想着,见一个中年男人从里面走了出来,手里拿着一个密封得很好的包。中年男人走到门边,四下里看了看,确信没有人在看他,便大步走出,消失在夜色中。格布想,别人可以买,他格布为什么就不可以买呢?正想着,一个小伙子冲到他的前边,快步走进了店。格布跟着进去,见小伙子不慌不忙地选了几样东西,和老板讨价还价,还在充气娃娃的胸部和大腿上摸了几下,试试手感,才满意地付钱走了。这老板还真是做生意的天才,他知道格布需要什么,一句句介绍的话,让格布仅听听就骨头发酥、心尖打战。格布横横心,咬咬牙,决定买上一个。他伸手摸衣服的内包。可衣服的内包空空的、瘪瘪的,他才想起来,今天一斤玛卡也没有卖出去,便向老板表示歉意,心里恨恨地走了出来。

格布掏出手机,打寻欢老师的电话。寻欢老师的电话里,依然是女声不厌其烦地说:"对不起,你拨打的电话不在服务区。"格布背着沉重的玛卡,一步一趔地来到寻欢老师住的楼下。寻欢老师来这里蹲点,就一直住在镇上的招待所。格布曾上去过一次。寻欢老师楼下的门有个电铃,按过之后,他在楼上可以看清按门铃人的大概容貌,确认了,门才会自动打开。格布抬头看了看楼上,寻欢老师的那一间房,灯模糊地亮着,这说明寻欢老师屋里是有人的。格布长按门铃,格布能隐隐约约听到寻欢老师屋内门铃的声音,可很长时间了,居然没有应答。格布掏出手机来再打,寻欢老师的电话回音还是那样。他只好作罢,恨恨地往地上吐了口痰,跺了跺脚,转身就要离开。就在这时,远处一束灯光,像把长刀,唰地将夜空劈开,一辆小车从远处急迫地开了过来。格布生怕这冒失鬼将车开到自己的身上,连忙往旁边躲。车开到寻欢老师楼下,缓缓停住,里面下来一个女人。借着模糊的灯光看去,这女人个子高挑,端庄不俗。她打开车尾箱,拖出一件行李,走到门边,掏出钥匙,开锁,径直走了上去。格布想跟着上去,那女人白了他一眼,迅速把门关上。这人一定是寻欢老师的夫人,这个时候才从三百多里外的省城赶过来。

想想自己,空有遗憾,格布摇了摇头,叹了口气,抠出烟来点了一根。百无聊赖的格布站起来,从这幢楼前走到楼后,掏出家伙准备撒尿。突然一个东西从楼上摔了下来,那东西就在他前边不远处,啪的一声着地,便一动不动。他吓了一跳,心都吓得差点爆出胸腔。抬头看了看,落下东西的窗口,正好就是寻欢老师的,而这个时候,寻欢老师的窗户迅速关上,窗帘拉上。格布被这个意外弄糊涂了,他上前不是,退后不是。停了一会儿,上边和下边都没有一点动静,他放下肩上的背篓,小心翼翼摸索过去,冰凉的水泥地,乱七八糟的垃圾,横横竖竖的水沟……借着从楼上窗户里落下的昏暗灯光,他看到的是一个人,长长的头发,薄薄的上衣和短裙,还有散发着丝丝光泽的皮肤……是人!一定是人!而且是个女人!这女人是夫妻吵架跳楼了?是擦窗户晾衣服失足跌下?是遇上危险被人谋杀了?这些想象谜云一样在他内心跌宕起伏。再看那女人,躺在地上一动不动,甚至连一声呻吟也没有。是死了吗?那个女人侧躺在墙角,静静的,像是睡熟了一样,一点动静也没有。格布向她渐渐靠近。他甚至看到了她造型别致的粉红胸衣,她婆娑长发掩映的脖颈,微微隆起的小腹,纤纤一握的腰,洁白滑腻的大腿。格布不相信她死了,格布见过的死人多了,死人不是这个样子。他静静地看了她两分钟,大起胆子,拉了拉她的手,那手软软的,滑滑的,好像有一点点体温,又好像什么也没有。他以为她会尖叫,也没有。

格布小心地往前挪,伸出手去试那人的皮肤,从额头,到胸部,再到大腿。那皮肤有点怪怪的,有些像人的,又不大像。他掏出手机,打开电筒一看,他知道是什么了。格布举头,左右看了看,四下里黑乎乎的,没有一个人影。他再看了看楼上的窗户,现在已遮得严严实实,黑乎乎的,没有一丝光亮。他脱下外衣,将它裹住,抱在怀里。

五

回到裤脚坝子,已是深夜。灯光熄灭,星宿无影,隔壁的卓雅也早已睡下。四下里万籁俱寂。秋虫没有叫,秋虫们都早冷僵了身体;夏蛙没有叫,夏蛙早已进入了冬眠。狸花猫从暗夜里蹿来,在他的裤管上蹭了一下,喵呜地叫了一声,瞬间又消逝在无边的黑幕之中。格布回到自己的屋子,小心将衣服打开。他还是第一次这么近距离地面对一个让自己心动许多时日、没有生命的东西。这个美丽的女人出现在他的面前,它头发飘逸柔顺,身体修长丰满,面色红润,双眸含春,该丰满的地方丰满突出,该深陷的地方藏山掖谷,这可是天赐他的尤物呀!于他格布来说,这也算是心想事成吧!

格布打小没有姐妹,打小就对女孩子有种天然的敬重。卓雅曾让他的生活里充满了阳光,让他忘记了一切,可他却总是因为这样那样的原因,无法走进卓雅。卓雅是他的最爱与最疼,是他永远走不进也走不出的谜。

现在,他格布有了新的生活,此前没有过的生活。格布幸福了,满足了……

格布近来总是早睡晚起,太阳刚一落山,格布就钻进被窝。早上十点过他才起床,刚出门却又哈欠连天。格布这些日子以来的确是累够了,格布对她卓雅的付出,让她常常心生感动。她总是尽力在弥补,在修复,在找一个恰当的机会,在找一个合适的方式。她曾托过好几个媒婆,为格布物色一个理想中的女人。她将自己理想中的格布的女人做了无数次的描述,同时将格布目前的情况也做了介绍,她更多说的是格布身材的魁梧、心地的纯善、意志的坚定——当然她能说的,就只能是这些了。但媒婆一听便摇头,说裤脚坝子或者整个乌蒙山区的女孩子们,已经不是当年的价值观了,房子车子票子一无所有呀,格布这样的条件,还是让他自己去找吧!最好去打工,听说东莞那边女工多,说不定某年某月某一天,某个女孩与他一见倾心便以身相许,也不是不可能的。媒婆们打的哈哈让卓雅愤怒不已。卓雅告诉格布一定要振作,精精神神的,开心向上的,只有这样的男人,才是值得依靠的人,才是女孩最终想长相厮守的人。因而她也就更加在意格布的言行举止,在乎格布的一切。

但是,现在格布的反常让她百思不得其解,也让她心生失望。格布现在的样子,不是生龙活虎,而是萎靡不振;不是精神饱满,而是形神猥琐。原来他一个人可以将一百多斤的大箩筐从几里外一口气背回家。不用配菜,蘸点辣椒酱一顿可以吃三大碗饭,就是再累,在火塘边缩进披毡里睡上半个小时就会精神倍增。可现在的格布,背半箩筐玛卡,一里不到的山路要歇上三回,一顿饭就是一小碗,平日里一气可以抽上三袋水烟,现在连一袋都抽不完。卓雅觉得他是苦累够了,两亩地里上千斤的玛卡,他一个人背几十里地到镇上去卖,现在已经处理完大半。卓雅觉得他营养差了,每天都是洋芋当饭,早上吃洋芋,中午吃洋芋,晚上还是吃洋芋。她心疼他,可怜他,给他炖了玛卡,煮腊肉,还温了酒。可是这只有过年才吃得上的美食,摆在他的面前,他也就是努力抽抽鼻子,吃上半碗。酒呢,随便抿上两口,便放下酒碗,也不再和她多说话,只要无事可做,便抽身回到隔壁自己的小屋。更重要的是,此前数年,格布一直对她热情如火,她做什么,格布就帮助她做什么。她说什么,格布就和她讨论分析。她发火生气,格布也是顺着她,依着她。她走到哪,格布的目光就看到哪,那种深情,那种专一,是她卓雅的世界里所没有的。可现在格布变了,连话也很少说了。如果是,格布就会点点头;如果不是,格布就摇头,或者不吭气。

格布态度的变化,让卓雅摸不着头脑。卓雅决定对事实的真相进行探究。首先她对格布的情况做了些了解,他有没有家人最近生病或者去世?没有。这几天是不是他家人或者至亲祭日?不是。那自己是不是有什么地方对不起他,说话重了,没有听他的意见了?不是。那,是不是这些天在镇上卖玛卡,发生了什么不愉快的事?比如被人骗了?收到假币了?发生争执甚至打架了?这天早上,卓雅说好久没有到镇上了,都闷得慌了,要给孩子买些奶粉,便换了只有赶集走亲才穿的花衬衣和三色筒裙,背着孩子去了镇上。临走时,格布抬起头,看了她一眼,请她带几对五号电池回来。

卓雅在鲜玛卡集中销售的场坝上,找那些和格布有交往的人聊天。她先是问玛卡的价格和销售情况,再有一搭无一搭地说起格布。大伙除了对这个年轻人吃苦耐劳、为人沉稳有较深的印象外,其他居然一无所知。卓雅来到寻欢老师家,推开虚掩的门,看到寻欢老师屋子里一大帮人正在喝酒。一边喝,寻欢老师一边在和大伙讨论玛卡的品质和销路,同时拿出自己写的作品给大伙签名留念。寻欢老师的旁边,一个中年女人在帮助他给客人添菜倒酒。见卓雅进来,寻欢老师连忙让座,连忙介绍:"这是我老婆娜娜,见我好久没有回省城了,特意下来看我,特意来辅助我做玛卡生意……她对我们裤脚坝子的贡献可大了,这玛卡种子,就是她去秘鲁那个遥远的国家带回来的。"他又对娜娜说,"这是我们裤脚坝子的第一美女卓雅。"娜娜拉住卓雅就不放,先是夸她的名字好听,又夸她生了娃还有如此好的身材,末了还夸背上的孩子可爱,长大了一定是个帅小伙。娜娜话好多,还问卓雅的先生在不在家,问寻欢老师深入基层到裤脚坝子实地考察了没有,去几天,都住哪,等等。卓雅就知道遇上一个不好惹的人了,小心应对,生怕说错。越是这样,娜娜越盯得紧,步步紧逼,像追穷寇。寻欢老师打断娜娜的话,说这几天格布没有送玛卡来卖是对的,这几天销售处于低谷,原因是镇上通往县城唯一的三级路塌方,车辆无法进出,现在县交通局正在施工,估计三天之后便可通路。寻欢老师还送了卓雅一本签名书:"这是我刚出版的,讲的是三个女人和一个男人在裤脚坝子发生的爱情故事,反响不错,你看看,说不定会在里面找到你的影子呢!不久将组织些评论家来裤脚坝子召开讨论会,争取获下届全国性文艺大奖。"卓雅接过书,连忙告辞。寻欢老师不便留她,知道她还有事,便送她下楼。卓雅正想细问他格布的事,一抬头,却见娜娜从窗口押出头来,目不转睛地看着他们,卓雅如芒在背,急忙转身离开,暗想一个风流倜傥的作家与一个强势女人如何生活。

跑了一天,却一点收获也没有,卓雅难免气馁。她回到家时,已夜色阑珊,鸡鸭入圈。屋里一片寂静,火塘冷清。她轻轻叹了一口气,将睡着的孩子轻轻放在铺上,转身出门抱些柴火,准备生火。就在这时,她听到了一种异样的声音从格布的屋子里传出来,那声音是模糊、浑浊和持续的。是猫捉老鼠吗?是蝙蝠夜行吗?是黄鼠狼来偷鸡吗?卓雅放下柴火,靠近木窗,这样,她就听得更加清晰了。里面是一个女人的声音,尖细的,温柔的,由低到高,由短到长,由模糊到嘹亮。这女人的声音很有节奏,很欢快,无遮无拦。是谁在唱歌吗?不像呀!是谁在跳舞吗?不是呀!是谁在打扫卫生整理床铺吗?不可能呀!卓雅再听,声音更加清晰,这声音让卓雅脸红耳赤。

天哪!格布屋里有女人!

那声音没能持续多久,随着格布一声如野牛喘息的声音后,一切都归于平静。

一只老鼠从脚边仓皇逃走,狸花猫箭一样射了过去。

呆立片刻,卓雅感觉到秋霜爬上脸颊,冷冷的,紧紧的。卓雅举起手,轻轻敲了一下门。"谁?"里面的格布问。卓雅说:"是我,卓雅。你要的电池,我买到了。"一阵窸窸窣窣的声音之后,门吱嘎一声半开,格布并不看她,将电池抓到手里,转身,哐啷一声把门关上。

格布屋里有女人了。这对于卓雅来说,的确是一件既让她高兴却又难以接受的事。卓雅在很久以前,就把格布看成自己的兄弟,自己的朋友,自己的情人,他与自己心心相印,他与自己生死相依。格布离开几天,她内心就会失落;格布生病,她内心就盼他快点好。在接受二娃之前的若干日子里,她曾有过把自己给格布的念头,但格布一次又一次地慢了一步,错失良机。他们之间走到这一步,和自己的决定也是分不开的。每每想到这些,卓雅会坐在火塘边,面对神圣的火,搂着自己的双膝,骂上天无眼,捉弄人,骂自己无能,自己的命运自己把握不住。

但是,既然自己不能给格布,那还有什么理由让格布孤身一人?格布有了爱,有了女人,是多么好的事,是应该值得欢庆的事。此前,她曾在结婚的第二天,将二娃送给自己的金戒指偷偷藏了起来,她是想等格布有了女人订婚的时候,把它送给格布的新娘。她甚至想,以后格布生了娃,她会精心帮助,要吃奶她就给奶,要洗屎片她就抢先,需要用钱,她就去打工,挣钱来供他们使用。可是,当格布的屋里突然传来女人的声音时,她卓雅却受不了,一下子变得那样自私,那样心胸狭窄。

人哪,多么复杂!

接下来的日子里,格布表现依然如故,干活没有劲,喝酒也是随便抿点。每顿的饭菜,他居然主动要求都煮上一点玛卡。"如果没有肉,白水煮也行。"格布说。卓雅明白格布的需求,格布日渐消瘦的身体让她着实担心。没有肉就买呀!她卓雅不会心疼那一点钱的。她在煮玛卡的时候,肉加得多多的,还加上一些天麻或者淫羊藿,要格布连汤喝下。这些山野里到处生长的东西,曾让一代又一代裤脚坝子人茁壮成长。

二娃一大早就打电话过来:"卓雅,我要下井了,昨天夜里做了个梦,不是太好。我最近天天加班,收入比预想的多,只是身体有些吃不消,头老是昏……"卓雅说:"我给你寄点玛卡过去,如果真不行就回来好了,家里正需要劳动力,格布最近有些不对劲,儿子也需要有人照顾,他从出生到现在还没有见过爹呢!"二娃说:"我再坚持一年,再过一年我就回来,告诉格布,让他好好干,我们家的房子修好了,我会帮助他的。儿子呢,发张照片给我看看……另外,我对我们家的房子又有新规划了,窗户要装成隐形纱窗,屋里要安地暖,房顶要有花园,院子里也要有健身的空地……"

卓雅无心再听,她将手机放在桌上,任他说去。她煮了两个糖水荷包蛋,敲敲门,给格布递去。

卓雅对格布说:"有啥事儿,不管大小,要吱一声。"

格布点点头,却不说话。

卓雅对格布说:"如果找到心上人了,领来我参谋参谋。要结婚了,吱一声,我给做准备。"格布点点头,还是一言不发。

六

每天夜里,格布都早早上床睡去。卓雅装作什么也不知道,什么也没听到,她依然忙她的,洗碗抹筷,料理家务,给孩子喂奶。待格布的灯关了,她也把灯关掉,装作自己也已入睡,甚至还长长短短地扯两个呼噜,待一切都安静下来,便轻轻打开门,蹑手蹑脚地靠近格布的木门,开始听壁根。

她还给木门的转轴上抹了豆油。

事实上,卓雅每次所听到的,几乎都是同一类声音,虽然偶有细节上的不同,但那些声音或是惊雷,或是风暴,或是潺潺溪流。昨夜有过,今晚再来。某个晚上,她甚至听到了格布低哑的哭声。格布哭,卓雅的内心也不好受。格布的哭声甚至超过了野狼失了伴、丢了腿那样的悲伤,超过了耕牛无法负重,却又不断承受主人鞭笞的痛楚。卓雅听得浑身颤抖,泪眼婆娑,一不小心,伸出的腿绊到门槛,弄出了轻微的响声,她连忙捏住鼻子,学了一声猫的叫声,仓皇离开。

时间过去了好几天,那个藏在格布屋里的女人却始终没有露面,除了声音,她居然没有留下任何痕迹。卓雅注意到,格布每天吃饭的时候,并没有带走一碗饭,没有带走一个洋芋,没有带走一个苦荞粑粑。格布屋里没有生过一次火,除了几包香烟、几节电池,没有买其他食品,这倒是有些奇怪了。

谜团层层叠叠,忧伤有始无终。这天早上,卓雅给格布的糖水荷包蛋比往日的多了两个。

卓雅隔着木门槛告诉格布:"格布,昨天夜里寻欢老师打电话来了。"

格布白了她一眼,并不说话,接过碗,蹲在门槛上,一口一口地吃起来。

卓雅又说:"格布,他让你去镇上转一转,商量一下玛卡的事。"

格布点点头,吃完了,将空碗递给了卓雅:"告诉他,我这就去。"

格布背着大半篓玛卡上路了,看着他的影子在山路上像一只蚂蚁渐渐小去时,卓雅泪水都出来了。她连忙打了个电话给寻欢老师,说格布要去找他商量玛卡销售的事:"家里的玛卡都摆院子里好多天了,担心坏掉,请你帮帮忙。"她又说,"这阵子格布心情不好,你别问他啥,除了帮助他卖玛卡,一样也别问。"

卓雅要做另一件事。她快速推开格布的木门,大步跨了进去,她要看看，格布的屋里，到底藏着一个什么样的女人。可是，床上没有，床上是单身男人的那种凌乱，长时间没有整理过。卓雅仔细寻找，居然没有女人的任何一件物品，一件衣服，一条内裤，一只丝袜，一盒化妆品，或者是一根头发。她抽了抽鼻子，一股男人的腥味弥漫开来，环顾四周，四壁空空荡荡。除了一个牛肋巴木档串隔的小窗，其他一个通道也没有。怪了，人到哪去了？难道飞了不成！少有光亮的屋子让卓雅毛骨悚然，脊背发凉。卓雅呆立片刻，回屋拿来一把手电筒，她顺着墙面找了一转，墙脚放着几件农具，墙上贴着两张发黄的年画，床头挂着几件衣服，一床羊毛披毡。她将电筒射到天花板，天花板上黑乎乎的，停着几只躲过了深秋的苍蝇，似乎就再也没有啥了。她想了想，把电筒射向床下，床单将床罩得严严实实，什么也看不到。她拿起一根木棍，小心紧张地挑起床单。

下面有一只不太大的木箱，几个散落的烟蒂，再有就是满地的灰尘了。卓雅伸手抬了抬木箱，木箱不太重，也不太大。卓雅伸手比试了一下长宽，要在里面藏一个人，应该是不太可能的事。卓雅试图打开它，但铁扣上挂着一把金黄的铜锁。她回头找了一把火钳，想将扣子扭掉，手伸过去，想了想，又收回作罢。

卓雅站起来，拍了拍晕乎乎的脑袋，她犯糊涂了，夜夜在屋里叫唤的到底是谁呢？没有人，难道是鬼怪不成？是狐仙不成？老辈人的口头传说中，这种来无踪去无影的东西在裤脚坝子倒从没有少过。

据说一百年前，有两位鳏居老人，与狼为伍，不听劝告，甚至将自己的茅草房一把火点燃，随着两头母狼，进了深山不再出现。

据说八十年前，有一位教书先生，与一只母狐狸日日缠绵，还给它写诗吟词，后被一群狐狸掏心而死，至今他的坟堆还成为老辈人教育年轻人循规蹈矩的示范点。

据说五十年前，有五个找不到媳妇的中年汉子，与五只羊举行集体婚礼，被生产队队长以伤风败俗为由，连人带羊丢进了深潭。为此，一群羊美女曾数年在生产队队长家檐后咩咩哀叫，直到生产队队长病死床榻……

而那以后的漫长时光里，总会有一些令人恐怖、无法解开的谜团，在裤脚坝子里传说，每个故事都是神秘的，每个故事都与爱情和死亡有关。

卓雅禁不住全身发抖。

晚上格布回来，拿出了一沓卖玛卡的钱给了卓雅，同时给孩子带回了一罐奶粉、一套衣服，还有两盒儿童退烧药。卓雅内心感叹格布的细心。卓雅无意间瞟了一眼，看到格布又买回了几对电池。吃过饭后，格布依旧不声不响回屋休息，卓雅依旧洗碗，照料孩子，然后装模作样地熄灯，然后悄无声息地来到格布的门口。

那一夜风平浪静，一点声音也没有。

是不是格布觉察到了什么？是不是谁怎么了格布？是不是那个女人离开了他？

次日见到了格布，他模样依旧，行为无异，卓雅放心下来。可是，第二天晚上，格布的房间又传来了那样的声音。那声音似乎比以往还要大声，还要浪。那女人似乎已无所顾忌，似乎要在卓雅面前充分展示，似乎在对她进行挑衅："看看，没有你，我们一样欢乐！"

卓雅受不了，她狂奔回屋，倒在床上，用被子紧紧蒙住自己，放声大哭。等她哭完后，那屋子里似乎还有动静。情绪激动的她突然冷静下来，她在想的是，格布屋里到底是谁？是什么让格布这样的大男人如此颓废？她来到格布的门前,举手要推,却又犹豫。她不敢面对眼前可能突然出现的一切,狐仙？狼怪？羊精？或者其他不可预见的妖魔鬼怪……

她们在折腾格布的身体,她们在汲取格布的精华,她们在践踏格布的精神世界……再这样下去,格布很快就会成为一堆药渣,一个废物,很快就会像传说中的那样行尸走肉,甚至尸骨全无!

无法再想象下去了!无法再忍受这种痛苦的折磨了!卓雅快速回屋,找出手机就给镇上派出所打电话,电话响了很久也没有人接,她只得把电话打到了寻欢老师那里。

作家王寻欢正坐在书桌面前,喝一口咖啡,在电脑上打几行字。他正在写一篇裤脚坝子脱贫致富的调研报告。他到这里蹲点已近两年,过几天就要收拾行李回省城了。这篇调研报告是他这两年工作的总结,是对基层工作经验的一个归纳。他希望自己能够将这篇文章写得出彩些,写得让文联,甚至分管干部的领导有所关注,那他下来这两年就没有白费。他的老婆娜娜坐在沙发上看电视,同时在微信上有一搭没一搭地和好友聊着天。就在这时,寻欢老师的电话响了。寻欢老师不想接,他正文思似泉涌,下笔如有神,不想让某些无聊的事情打断他的思路。他看了一眼来电号码便放下了。那电话再一次响起,寻欢老师还是没有接。不是电话铃声,而是寻欢老师的不接电话引起了娜娜的注意。娜娜走过来,把手机拿到手,不无醋意地说:"嘿,卓雅的电话。怎么?有我在,美女的电话就不敢接了?你不接我接!"寻欢老师连忙抢过电话:"怎么就不敢接了?接!"寻欢老师一接通电话,那头的卓雅就哭了:"寻欢老师,格布出事了!"寻欢老师一听就发毛:"格布出啥事了?格布怎么就出事了?你好好说!"卓雅在那头呜里哇啦说了一大通,寻欢老师挂掉电话就往外跑。娜娜追出去说:"等等,我跟你去!"寻欢老师跑到集镇另一头的派出所,派出所的灯还开着,值班的协警林得贵正在沙发上睡得扯呼。寻欢老师和他喝过几次酒,认得他,捏住他的鼻子把他弄醒。林得贵正要发火,见是寻欢老师,一脸的不情愿说:"干吗干吗?大作家领稿费了,请我吃夜宵啊?""快去裤脚坝子一趟,有急事!"寻欢老师说。林得贵说:"不去,这么黑的夜。"寻欢老师说:"你不去?出大事了你不去?!怕你吃不了兜着走!"林得贵笑说:"仅凭你寻欢老师说两句就去,是不符合规定的。"寻欢老师说:"我是让你下去做一件事情,给你弄了十斤鲜玛卡,刚从土里刨出来的那种,药性好得很,现在格布家里,他醉酒了,送不来了……你又不是不知道,我过几天就要回省城了!"林得贵说:"那行那行,我就喜欢你这种有情有义的哥子。"寻欢老师说:"带上你的警棍和手铐吧,以防万一……只是,我不能下去,我没有时间,我的调研报告还没有完成。你去了是啥情况及时告诉我。"林得贵说:"那我得给所长报告一声,约上个伴。"

　　林得贵是上月刚到岗的协警,人年轻,又是编外,工作上还是想搏一把,好让所领导把待遇提高一点,有机会转个正什么的。他来了几个月,其实也没有遇上过什么有价值的案子,业务上不懂,只有边学边做。现在决定了要下裤脚坝子去,他便一下子精神抖擞。不到一个小时,他和另外一个协警已经赶到了裤脚坝子。卓雅早在屋子五十米开外等着他们,见了面才知道,寻欢老师的十斤鲜玛卡并没有想象的那样好拿。在卓雅的引领下,他们轻而易举地破开了格布的木门,两只手电筒一齐打开,往格布的床上照去,只见格布全身赤裸,搂着一个同样赤裸的女人睡着。林得贵的电警棍指向格布:"手抱头,坐起来!"格布不明就里,要穿衣服。林得贵说:"我是警察,听清楚没有?手抱头,坐起来!"

格布就手抱着头,坐了起来。可旁边那女人并没有坐起来,依然袒胸露腹,一动不动。林得贵还没有结婚,也没有如此亲近地看到过女人的身体,他脸红心跳,努力吸了一口气,让自己镇定下来。他伸出手去拉那个女人,不想女人突然呻吟起来,叫人脸红心跳的声音居然一浪高过一浪,并且伴随着轻微的蠕动。林得贵、卓雅,还有那个协警吓得退后两步。

格布低着头说:"它不是人,它是充气的那种。"

林得贵从没有遇见这样的事,想放掉格布,可这又是个案子,自己辛辛苦苦跑这么远来,不可能就空手而归;想抓走格布,好像他又没有犯什么错,怎么处理好像都不妥。他打电话给所长报告了情况。所长在那头说:"你笨不笨?先把人带来,一问不就出来了吗?"

七

格布在派出所里蹲了一夜,昏暗的灯光下,他将头脸紧紧捂住,羞愧的他死的心都有了。天亮时,门打开,林得贵让他出去。他还没有将蒙脸的手拿掉,就听到卓雅在大声地哭泣。卓雅说:"格布……"格布将手拿开,看到了眼泪哗哗的卓雅。

卓雅央求格布帮助她:"格布,你要帮我,只有你才能帮我了。"格布说:"是娃生病了吗?"卓雅摇摇头。格布说:"野猪拱了玛卡地了吗?"卓雅摇摇头。格布又说:"是房子塌了吗?"卓雅这才哭出声来:"不是房塌了,是二娃矿洞塌了,矿工个个都跑出来了,只有他一个人没……"这不是件小事,格布的手收了回去,说:"那,人呢?人到底还在不?"卓雅摇摇头:"矿山让去领骨灰了……你,你能陪我去一趟吗?"

格布想,二娃这狗×的,啥都总比我先走一步,总是将自己想要的,霸咬了一口。卓雅的身子朝他胸前倒了过来。卓雅显得有气无力:"我没有主心骨了,格布。"

两个人影从镇招待所楼下走过,他们赶往车站的步履是那样匆忙。五楼的作家王寻欢从书桌边站起来,一夜的思考和写作,让他感觉十分疲倦。那篇文章总算收尾,不过,有些地方还得反复斟酌。比如,现在玛卡种植和食用十分普遍,引发了成人用品在裤脚坝子的大量销售,要不要发展一下,使之形成一整条的产业链?尽管这一点娜娜持否定态度,但王寻欢觉得产业的发展是大伙的事,是一个群体的事,不能把个人的好恶掺杂进去,特别是不能把从省城下来的这种没有基层工作经验的女人的意见掺杂进去。

阳光从打开的窗户里照进来,新鲜的空气也随之沁了进来。寻欢老师感觉到无比舒畅。他深深呼吸了一口,伸伸懒腰,回头再看这篇稿子,其中最不需要修改的一段,是这样写的:

"玛卡,原产于南美洲安第斯山脉四千米以上的一种十字花科植物。叶子椭圆,根茎形似小圆萝卜,营养成分丰富,有'南美人参'之誉。玛卡富含营养素,对人体有滋补强身的功用,适宜在高海拔、低纬度、昼夜温差大、微酸性砂壤、阳光充足的土地中生长;其分布于南美安第斯山脉,人工种植于秘鲁中部和南部,中国的金沙江两岸和新疆等地有较大面积的适种土地。2017年底,裤脚坝子在省文联下派深入生活的作家王寻欢的倡导下,开始引入种植,成效显著……"

带幺哥一起上路

一

毫无疑问,对于格达这样一个中年男人来说,梦里有的,肯定是女人了。可是,眼下进出于他梦境的,却是一匹马,一匹被他唤作幺哥的马。这匹马把他的梦境当作一片草原,有时摇头摆尾,四蹄腾空;有时闲庭信步,随意啃嚼满地的草皮。那些被秋雨捂出来的草芽,嫩,幺哥的长嘴一碰,就汁液滴出。香哪!幺哥把沾有绿色草屑的、湿漉漉的长嘴伸过来,亲格达的腮帮,格达就是一个绿脸。这样的情景,折磨得格达心如针戳。格达从梦里醒来,摸索到幺哥的身边,抚摸它饱满的额头,梳理它又厚又硬的鬃毛,拣除它身上长长短短的蒺藜,品味它身上咸腥的气息,然后往马槽里添谷草,添豆秸。谷草是从山外买来的,豆秸是自家地里种的。这对于幺哥来说,都好。但格达认为,没有找完豆粒的秸秆,更能上膘。

檐外有鸟雀出窝来了,在渐次落叶的柿树上,噼噼扑扑地扇打翅膀,啄食半红的柿子,叽叽喳喳地讲着只有它们自己才懂的鸟语。格达披衣趿鞋,往马槽里倒了半碗燕麦炒面。畜生口馋,贪嘴。格达抱来一捆干柴,扔到火塘里。拨开昨夜焐好的火灰,吹了两口,火焰头蹿了起来。格达烧熟几个洋芋,剥皮,撒些辣椒面,吃得香甜。

背上半袋燕麦炒面,格达上路了。格达背着手,一顿一挫地走在后边。幺哥甩着头,踢踏、踢踏,走在前面。出了寨子,蹄子踩在柔软的泥巴路上,两边是深秋熟透的草木,幺哥长脸一抬,打了个响鼻,咴咴叫了两声。格达暗地里笑了一下。他笑的时候,没有让幺哥晓得。幺哥虽然只是一匹马,但它知懂的事理,还不算少。

两个黑物,在山路上不紧不慢地移动。路上没遇上一个人,这样,幺哥就可以走路的正中间了。要是前两年,那可不行。逼仄的山路上,常常会有另外的马帮和人,他们要么是去山里挖洋芋,收瓜菜,要么就是送货出山,或到镇上赶集。眼下,村里人渐渐走了。有的外出打工,有的将房子修到水电路都方便的公路边,还有一部分人,下一步将搬到县城附近的幸福家园。格达属于最后一种,他在幸福家园,有了自己的房子,他将变成城里人了。

穿过山谷,他们来到了镇上。镇子不大,房屋也不高,街面都是用水泥打理出来的,平整、硬实,雨水淋后,显得更干净了。街两旁有新植的树,不掉叶那种,枝杈很少,挺直着腰,很精神的样子。走近街口,格达摘下护耳帽,拍打上面潮湿的灰尘,再搓脸,脸上的板硬给搓得柔软,红润便沁出些来。荞妹回东莞前,给过他一瓶男用护肤霜,他不大喜欢用。那东西抹在脸上,逗灰(沾灰)。

格达上前,幺哥在后。格达走,幺哥就走;格达停,幺哥就停下来。格达两只脚,幺哥四只脚,加起来六只脚。六只脚走在路上,有起有落,有落有起,颇具气势。格达停下了,不走了。路两边全是门面,没有草叶,幺哥就伸出长嘴,去拱格达背在后面的手。格达在它的长嘴上捏了一把:"贪吃的家伙。"

格达在水泥坎上蹉脚,蹉了左脚,再蹉右脚,红色的粘泥掉了下来。不远处的空地上,有几个男人,呼着热气,正在往一辆大车上撵胖猪。那些"二师兄"不大愿意坐冰冰的车,哼哼叽叽、扭扭捏捏地对抗。它们越是挣扎,便离车厢越近。乌蒙山里的猪牛羊鸡,还有白菜萝卜,外地人喜欢得很。每隔几天,就有货车,堆尖地往外拉。这个空当,么哥已经走进街心,在一个叫作多嘴的小吃店门口停了下来。么哥抖抖鬃毛,摇了摇尾巴,回头来看格达。

多嘴小吃店的店主潘二,一大早就坐在吧台里的火炉边看微信——儿子发的视频。儿子在上海虹桥国际机场做外墙清洗,蜘蛛一样在非常高的地方爬来爬去。比他高的地方,有飞机飞往四面八方,差不多就是一两分钟一架。那些飞机像无数小蜜蜂,嗡嗡嗡地叫着,很快就消失于迷蒙的天空。听到么哥的脚步声,潘二放下手机,走出来理它的鬃毛:"这么帅气,得生一群小马驹才行啊!"也不知么哥是不是听懂了,用脸蹭他,不停地甩尾巴,蹄子将水泥地叩得闷响。

格达大步进店。潘二说:"老表,想吃啥?"

"大碗羊肉米线,加肉,花椒重些。"

"是荞妹要回来了吗?"潘二洗洗手,往滚烫的锅里丢米线。

"花椒用金沙边的。"格达说。

潘二开始切羊肉,他选的是腿部。肉多的那个地方,刀一去,刃口陷入一半。

"搬家的期辰,择了吗?"

"没。"

格达口紧,问不出个啥。加了作料,盖了大片的羊肉,潘二给格达端来盆一样的大碗,然后站在门边看么哥。

潘二问:"上次和你商量的事,想好了没有?"

潘二的老家在三岔口另一方的村落里。他养有一匹小骡马,前些天发情,马槽都被啃坏了。潘二最看中的是幺哥,他曾把小骡马拉来,在店门口等幺哥。幺哥年龄也不小了,已经懂事,见到了小骡马,很亢奋,跃跃欲试,小骡马也很缠绵。可格达不肯,硬生生将它拽开。

伤了元气,幺哥就不是幺哥了。这个格达懂。

格达摇摇头。

格达捞完米线,再喝汤,咕嘟咕嘟,麻辣鲜香,都有。吃完,给钱,出门。出了小镇。一条路是土路,人背马驮踩出来的那种。要到幸福家园,跑快点,也得两三个小时;另一条是新修的笔直的高速公路,坐汽车只需要半小时,如果在上面走,最少可省一个小时。格达决定走高速,但刚到收费站,就给拦住了。

"要过路费?"格达往衣服里层的包里抠。

"牲口哪能上高速?老表,你真是幽默!"收费员说。

格达眉毛一横,将钱递了过去:"十块!"

收费员并不看他的钱,指着玻璃窗边贴着的通告:"老表,有规定,人和牲口不能直接在高速公路上走。出了事,你我都担待不起。"

据说,这条路的另一端,连着的是北京、上海,甚至更远的地方。往回的一段,穿过野草坪,穿过了格达最好的土地的一部分,深入乌蒙山的更深处。征地时,格达二话没说,在协议书上重重地按上了大拇指,当场就拔了一大片刚开花的洋芋苗。现在连上去走走都不行,格达觉得挺委屈。他回头看了看幺哥:

"怎么办?上不了高速,我们今天到新家,怕要天黑呢!"

"只能多走几步啦,老表!"收费员挥挥手,"麻烦让一下,后面有车来了。"

"不能让收费员为难,高速公路又不是他家的。"格达摸了摸幺哥的额头,挤挤眼,"我们走。"

幺哥踢了踢腿,摆了两下尾巴,表示同意。

往回走了一段路程,绕开收费站口的视野,格达领着幺哥,悄悄往山坡后面走。这条路此前他走过,不知谁弄过一个口,轻易就可以翻过栏杆,进入高速公路。心情好嘛,格达扯着嗓子唱:"出银子的地方,有一个银姑娘。骑一匹小白马,爬到了云朵上……"

幺哥看了看他,打了两声响鼻,表示好听。格达也觉得好听。可到了那,他却愣住了——高高的一堵水泥坎,将原来的豁口堵住了,要上去,得有飞檐走壁的功夫。自己没有问题,他看了看幺哥,这多长了两只脚的家伙,倒是不行。

格达抠抠脑袋,牵着幺哥,往回走,一直走回镇上。

多嘴小吃店里,潘二还盯着手机。那是抖音。一个八九岁的男孩,参加青少年武术协会的比赛。男孩一招一式,刚劲有力,闪展腾挪,算是内行。这是他的孙子,打工的儿子的儿子,长了这么大,潘二还从未见过真人。要不是科技这么发达,他现在还不知道孙子是啥模样。能在那大地方读书,能学得这般武艺,潘二还算满意。

"这么快就回来了?同意了?"潘二有些兴奋,借种的事,他老是惦记。

"不是。"

潘二脸上的笑硬住了。

格达径自朝街头的空地走去。这段时间,那些"二师兄"最终还是挤上了车,它们在车厢里哼哼叽叽,不安地拱动。帮忙的几个汉子渐次离开,驾驶员关上车厢门,爬进驾驶室,抹汗,点火,发动机轰隆隆地响。格达把住车门。也不知道格达说了些什么,驾驶员下车,打开车厢门,将那些"二师兄"往里揉了几把,腾出一个空来,把幺哥弄了进去。幺哥是云南山地马,个子不算太大,刚好。幺哥先是不肯,扭扭捏捏的。但站在里面一比,它显得最高最大,毛脸上居然有些得意。

"看你那熊样!"格达舒了口气,想笑了。

车开到了收费站。猪群在上车前就做过检疫,驾驶员挥了挥手里的单据,便拿到了通行卡。很快,他们过了绿色通道。格达从窗口伸出头来,朝先前那个收费员招了招手,笑了。

收费员无可奈何的脸一闪而过。

二

车子箭一般射出,喝汽油的家伙,显然比吃草的幺哥快多了。这些年来,驾驶员没少去野草坪买牲口,格达没少帮助他,有时帮助他讲讲价,有时给他烤几个洋芋、煨一壶罐罐茶什么的。格达喜欢帮人,他相信帮人的人,会有好报。他和驾驶员还没说几句话,就到了幸福家园附近。出了收费站,驾驶员把他和幺哥一直送到能看到幸福家园的地方。幺哥下车来,显然有些不高兴,它有种受了骗的感觉,不停地甩头,抖动身子,跺着早已发麻的四蹄。"让你坐车你还不高兴?真是毛脸畜生!"格达说这话时,脸热了一下。其实每次坐车,他也不舒服,晕车,恶心。比如今天,如果不是因为心情好,他保准吐得一塌糊涂。

要到幸福家园,还需穿过一条长长的街道。空旷而宽阔的街道上,行人很少。更多将要搬来的人,估计还在老家收拾。两个黑物,就显得十分突出。前边无声地开来一辆电瓶车,从车上扑通跳下两个穿制服的人来,是小区管理员。两人个子差不多,只是其中一个眼睛大,另一个眼睛小。两人一脸的冷。

大眼睛说:"老表,这是新城,不能让动物进来的。"

"回去!回去!"小眼睛说。

格达说:"不准动物进来?你不是动物呀?"

大眼睛的眼睛一鼓,发觉自己说错了,拍拍脑瓜说:"我说的是畜生。"

"畜生?畜生怎么了?有的人,比畜生还不如!"格达忍不住,气大了起来。

小眼睛指指前边的牌子说:"老表,你看哈,上面清清楚楚的,牲口不能进小区的。小区的环境,需要大家一起来维护。"

格达明白了,原来他们是嫌幺哥脏。"我保证……"格达还没有说完,就见幺哥两只后腿一分,就有拉粪的意思。格达迅速往幺哥屁股上重重地拍了两巴掌:"你以为这是野草坪呀?你以为你是管理员呀?以后出门,先洗澡,不然讨人嫌!"

幺哥被这一吓,要出来的粪便缩了回去。格达拉紧缰绳就走。大眼睛眯成一条缝,小眼睛鼓成大汤圆。他们意外的是,这个野草坪的老表,不算是难缠,一说就通。那说走就走的动作,蛮潇洒的。

格达边走边回头,他不是看幺哥,而是看开电瓶车的那两个人。待电瓶车在幺哥屁股后面慢慢远去时,他牵着幺哥,绕开了那条进城的主街,穿过背后尚待建设的荒地,小心翼翼地钻进幸福家园。以前格达来过几次,这里正值施工期,他没少往这些地方绕。"你蹄子轻些呀!对,再轻点。"格达告诫它。幸福家园是专为没有居住条件的偏远山区群众修建的生活区,一幢一幢的高楼,竹笋一样长起来了。正好,有阳光从云层里透了出来,整片新区明晃晃、金灿灿的。格达将眼睛揉了又揉,以为是仙境呢!上次他来摇号分房时,楼房刚修了大半。当时,负责人举着个大喇叭,高声介绍这里面种种的好。那时想看,看不了,只能看沙盘。眼下,外墙涂了漆,门窗安了,水电通了,场地平整好了,绿化树也栽了,公园的池塘里也有水在哗哗流淌了。走到靠东边的第一栋第一单元,格达抬起头,从一楼开始数。数到第十六层时,他的目光停住了。幺哥也抬起头,将目光停留在格达目光的高度。

那是格达分到的新房。要知道,那野草坪,不通水,不通电,不通公路,住的是茅草房,烤的是木柴火,出门一抬头,漫山遍野全是疯长的野草。格达的草房,是父亲在世时就修的了,现在土墙开裂,草顶腐朽,晴天挡不住阳光,冷天遮不住风雪。格达成人了,婚事成了头等大事。可每次去提亲,女方问的第一句话就是房子。格达几次想修,可要将那些水泥、钢筋等建材搬上山来,马背都得脱几层皮,运费是材料价格的两倍以上。摸摸空空的钱袋,格达只能摇头。格达做梦都想不到会有今天,突然有了这房,一下子就要成城里人了,格达高兴得直哆嗦。他双手捧住幺哥的长脸,看着它的大眼睛:

"是不是真的哦,幺哥?"

幺哥甩甩鬃毛,踢踢腿,表示肯定,酒盅大的眼睛里,晃动着格达有些夸张的头像。格达又用力拧了拧自己的腮帮,很疼,看来不是梦境。他跳起来,迎着天空喊:"我有房喽!我有新房子喽!"

其实,格达不只是有房子,他还有媳妇了。

格达初中毕业后,就没再读书,原因很多,但主要还是家里寒酸。野草坪寒酸的不止他一家,荞妹家里也够呛。荞妹拿到高中的录取通知书,却坐在后山的野草丛里哭,哭得鸟雀都歇不下来,哭得野兔都惊惶逃窜。山外有人来买洋芋,格达那时还没有马,就用竹背篼帮助背出山,每天可赚二十块的劳务费。看荞妹哭得伤心,他放下背篼来劝,要她一起去。"你背不了那么多,但我可以帮你。"格达说。荞妹捋开头发,抹抹眼泪,抬起头来看看他,又看看背篼,却不说一句话。几天后,荞妹像树梢上的鸟雀,一振翅,消失了。第二年年底,荞妹回家过年,格达拉着马到镇上去接她。荞妹穿得像电视里的演员一样光鲜,眉毛黑得像涂了锅灰,嘴唇红得像刚喝过鸡血,脸却白得像张未写字的纸。格达倒退了半步,出去这么久,荞妹见到了世面,连容貌都变了。荞妹坐在马背上,不停地说话。说大城市的车水马龙,说俊男靓女,说吃喝玩乐,说多彩的夜生活,特别说到对各种酒的品鉴、品牌衣服如何选择。那些格达都不爱听。不爱听的话,给山风一吹,就刮走了。格达原本要告诉荞妹,她走后,他是如何买到马的,他现在存了多少钱。可他插不进嘴,只是一边走,一边用木棍敲打路两边刺丛上的碎雪。荞妹让他卖掉马,买一辆摩托来跑运输。"我从县城到镇上,不到两小时,就付给摩托驾驶员五十块。你算算,那人一天随便就挣一两百块。你呢?你能挣多少?"格达往外送洋芋,连人带马,累得腰酸背疼,一整天才五十元。他没有说话,他哪好意思说?再就是,格达无法把幺哥和摩托联系起来想。那摩托是好,速度快,只吃油,不需要更多的管护。可它冷冰冰的,不会和人交流,使用不当,还会带来麻烦。镇上的钱二狗,前不久用摩托驮一头猪进城,跑得是快。不想半路上猪一挣扎,无法控制,就全都跌进沟里。摩托成了废铁。人呢,断了一条腿,还躺在医院里呢。眼下这幺哥,会呼吸,会踢腿,会用眼睛看人,摸上去,毛皮上还有温度,就是下雪天,只要和它在一起,迷了路,也冷不死。它懂格达,格达也懂它。

荞妹再说这些,格达笑得暧昧,不置可否。荞妹说话像倒豆,倒了半天,见格达没接到一粒,便垮下脸,指桑骂槐,说天气的冷凉,说冻荆花没有往年开得好,说泥土的麻木,太阳光再是如何晒,季节老是比山外晚二三十天。荞妹又断断续续地透露,她在东莞最大的皮鞋厂当工人,流水线作业。那些鞋供到全国各地,好卖得很,根本就做不亏。她的收入嘛,在野草坪背洋芋,肯定是无法比及的。

大年初三,荞妹要走,格达在寨子门口堵住她:"那马,我找到买家了。你带上我。"

荞妹看了看又黑又壮的格达,还有远处泥地里不安地拱食草根的幺哥,又低头看了看格达鞋上糊得厚厚的泥,摇摇头:"你不行。"

"重的脏的活我都不怕。"

荞妹摇摇头:"那里没有你说的这种。"

"那需要干啥的?"

"你的马跑了。"荞妹指着远处说。格达顺着她的手指看去,果然,那匹不安的小马驹,正腾起四蹄,在山地上撒野呢!格达吓了一跳,扔下正要送给荞妹的冻荆花,不要命地追去,追得大汗淋漓,追得腿肚子发胀,格达总算将糊满泥土的缰绳拽住。他回过头来,荞妹早已消失在莽莽的群山之中,白雪掩盖了一切。

"你害惨我了。你给我个媳妇吧!"格达说。格达很生气,用汗水蒸腾的脸,去撞毛脸的幺哥。

格达弄来了这马,便没再读书。用野草坪的话来说,有这样的牲口,比养个大儿子还管用。这小马驹长相好,腿脚粗,力气大,跑得飞快,自家的活干完,还能帮助别家。不仅能混到吃,偶尔还能赚点钱回来。春天,格达拉着幺哥,往山地里驮运种子、化肥和小苗急需的水。

秋天往回驮苞谷、洋芋、荞麦和瓜豆。事实上，真要让他把马卖掉，肯定难。此后的日子里，格达更没有了离开这小马驹的意思，他们感情日益深厚，他没有把它当牲口，也没有当儿子，是当兄弟。幺哥，是野草坪人对比自己小的男孩的昵称，亲热，够意思了吧！

此后就很少见到荞妹。荞妹甚至连过年也没见回家。前几年，她不断地给家里汇款。春种时汇，秋收时汇，过年汇，亲人的婚丧嫁娶、老人的生日也要汇。汇款单一到，邮递员就会汗流浃背地来到野草坪，放下背上那个墨绿色的背包，站在寨子门口大声叫喊，仿佛是要让全世界的人都听到。最近几年，汇款就慢慢少了下来。据荞妹的妈妈说，东莞那边也在打大老虎，在拍小苍蝇，好多企业倒闭了，经济下滑了，鞋厂收入不太好，荞妹就改行啦！荞妹后来去过服装厂、化妆品厂、电子厂，再后来是在手机制造厂。外面的生意不好做了，赚到点钱，得先让自己活下去。那边房价高得很，买不起，就是租一间那么大的房间，每月也得好几千块。

眼一眨，时光就过去了。野草坪的草木越来越丰茂，草窝里的野兔、狐狸、麋鹿、蛇、蝎越来越密集，天空中的鸟雀、鹰越来越多，而这山地上的人，却越来越少。突然有一天，扶贫队员跨进他的屋子，和他挤一张板凳，坐在火塘边，掰着手指头算他的收入账。算来算去，他格达怎么也就是个贫困户，要给他办农村信用社的银行卡，每月要给他最低生活保障。他格达怎么就是贫困户了？他不是好吃懒做的那种人，也不是没有收入的人，划定他为贫困户，格达羞愧，脸上有虮虱子在爬。自己年纪轻轻，气饱力足啊！"我有幺哥，单就它，至少也值几千块钱吧！能算是贫困户吗？"格达这态度，着实让扶贫队员意外。野草坪能有这样诚恳的人，他们始料不及。其他地方，为争当贫困户，和村干部、扶贫队员干架的,越级上访的,或者请客送礼、攀亲附戚的,不少呢。扶贫队员和村干部反复商量,再次评估,他们认为格达收入还是不达标,特别是住房太破旧了,再住下去,迟早要出问题。按照脱贫的标准,他必须搬出去,住新建的集中安置点。当然那安置点也不是给他一个人修的,也不是专给野草坪的人修的,而是给乌蒙山区里所有符合易地扶贫搬迁条件的老百姓修的。

一个人过,还得背井离乡,格达脑壳里的弯还没有转过来。

也就在这个时候,荞妹突然回家,找上门来了。

"格达,这些年苦到钱,就把我给忘了。"荞妹背靠门枋,不进不出,脸上还是当年的浓艳,只是一眼看去,多年的光阴已经不再。

格达有点糊涂,怎么是自己将她忘了呢?此前的时光里,格达是想起过荞妹,想她的盘子脸,想她的黑豆眼睛,还有,想她那像揣了个活兔的软鼓鼓的胸。但想也白想,除了梦里,他就再也没有见到过荞妹。后来,他努力忘记她。只要她的眉眼出现,坐在火塘边时,他就站起来去劈柴;骑着马时,他就跳下来狂奔。

眼下她还是那个样,一走动,胸口就很夸张地颤动,辣眼睛。

"进来坐吧。"他说。荞妹挡住了门外的阳光。

荞妹一步跨了进来。荞妹不像以前那样擦板凳上的灰尘了,屁股一蹾,挤着他,就坐了下来。已近黄昏,外边微凉,火塘边却很热。当然,格达的心就更燥热了。荞妹身上的气息,有些香,有些甜,有些涩,像是苹果、柚子、石榴、杏仁、山桃,又像是野桂、山茶、蜡梅、茉莉、栀子、苜蓿……什么都像,又什么都不是。格达的心头,野猫抓了一样,受不了。荞妹不停地和他说话,说外面科技发展得太快,让人措手不及,躲在任何一个角落,都可以找到;说做衣服、做鞋、做手机配件,都用机器人了,说扫地、炒菜、安保、餐饮服务,也用机器人了……格达听来听去,觉得科技不是好东西,好像是人的死对头,专抢人的饭碗,它再发达,人恐怕就得饿死。格达心生怜悯,觉得荞妹在外面这些年,还真不容易。

三天后,格达牵着马,荞妹骑着马,摇摇晃晃来到镇上。

经过多嘴小吃店,格达给荞妹买羊肉米线。案板空空,羊肉已经卖完。格达便给荞妹买草莓味的冰激凌。潘二收了钱,又低下头去看手机,让荞妹自己拿。

格达和荞妹是去镇上民政所领结婚证。这样,格达得到的屋子,就不是一个人的二十二平方米,而是两人的四十四平方米。如果能在上面规定的时限内生个娃,面积还可再增加二十二平方米。当然,那是后话。

领证的第二天,荞妹就让格达送她到车站,她要回东莞。

"这房哪,如果在那边买,得一百万以上!"荞妹还算满意。

一百万以上?怎么自己从一贫如洗,一瞬间就变成拥有一百万元房屋的富翁了?格达直了直腰,如果是这样,荞妹和自己结婚,不亏。

"年底用工合同到期,和公司了结完手续,我就立即回来。"荞妹说,"在楼下开个服装店、化妆品店,或者手机店也行,养活自己没问题。"

格达的眼睛一直在看眼前这高高的楼,看它的高度,看它的颜色,看那些火柴盒大小的窗格子。眼睛看酸了,揉揉,再从一层数上去,数到十六层,又继续看。幺哥有些不耐烦,踢腿,吹响鼻,甩长得过分的尾巴。格达从马背上取下马料袋,给它套上。豆秸的香味,暂时平息了幺哥内心的烦躁。

格达看够了。他牵着马往单元门里走。小眼睛气喘吁吁地赶来:

"老表,你干吗?你干吗?"

格达说:"我来看房。政府说,春节前得搬进来呢!"

小眼睛明白了,问了他住的楼层,说:"老表,这是人居住的地方,不能让牲口进来。"

"房子是我的,马是我的,你管得了我?"格达生气了,在野草坪,他就这德行。

"不行的,这是规矩。"

格达不再说话。他将么哥牵回原来的地方,将缰绳拴到房角的一块石头上,再一个人走回来。小眼睛还在单元门边,看格达要顺着楼梯往上走,便拦他:"你别走楼梯了。十六层,又高又远,半个钟头怕都走不到。"格达说:"那我怎么办?""有电梯呀!"电梯?格达以前坐过几次,但不是太相信它,老是担心坠落,或者打不开门。格达在家里煮饭,好几次突然不来电,饭夹生了。这电梯要是停了电,让他待在半空中,那不就麻烦了?"谢谢啦,老表,走动一下舒服些。"说着,他便自个往上走。小眼睛摇摇头,这山区来的老表,是个犟拐拐,真拿他没法。

格达一层一层往上走,不知道走了多久,也不知走了多少步楼梯,千篇一律的楼梯,让他非常不适,汗水挂满了头、脸,背心湿透了。在野草坪,他就是背上两百斤的洋芋,也没有这样累。他坐在楼梯上喘气时,大眼睛突然从电梯口出来,看到他:"听喘息,还以为是头牛。你怎么会在这里?""我就是想看看。"这些天来看房的贫困户不少,各种各样的人都有。大眼睛笑了:"算你厉害,走到了十二层。昨天有个老表,才走八层,就喊头晕。"他吓了一跳,走了这么久,居然才走十二层,还这鬼样子,自己是不是生病了?大眼睛笑:"好多老表都不习惯这高楼层。可是,你想想,这高楼,在高高的野草坪面前,连小蚂蚁都不如!"还真是,这样一想,他的头就不晕了。大眼睛领他进电梯,看他不会,便一一教他,怎么开门,怎么关门,怎么摁自己需要的楼层,一旦出了意外怎么办,末了,还让他自己演练了一遍。大眼睛说:"如果你弄不懂,或者中途有啥意外,就对着摄像头招手,摁铃,大声求救,就会有人来帮助你。"大眼睛再给他摁了个1。一点都不晃动,他就回到了一层。

出门,幺哥还在安闲地嚼食豆秸。格达回到电梯里,摁了16。

三

格达总算进到自己的房了。不错,客厅不是很宽,但要砌个火塘,靠墙放一条木条凳,屋角堆几捆木柴,准够。卧室呢,他伸开两臂量了量,摆张床,躺两个人,没问题。不,现在必须考虑的,是幺哥。只要幺哥能住,其他都是小问题。看看,旁边有一间大大的窗口,对着不远处的崇山峻岭。格达伸开两臂,横量竖量,大小正好。格达突然欢乐起来,他唱:"今年光照好,荞麦超过腰;木甑子蒸满了,肚皮吃个饱……"

回到电梯间,格达摁了开门键,电梯无声地打开。看来,自己并不笨,眼下已经学会了。他摁了个1,再摁关门键。很快,电梯到了一层,停住,门自动打开。他大步出门。幺哥吃饱,没事干了,摇头晃脑,正烦躁着,看他来,闷声闷气地哼了一声。"有你好的。"格达回头看了看单元门,那里的几个工人,刚刚搬了一堆东西进了里面。他在心里数数,从一数到十。加上他走过去的时间,工人们已经可以把东西搬进电梯,而且电梯往上升了。他迅速解开缰绳,拉着幺哥就走。到了单元门边,幺哥停步,犹豫不决。格达回头:"幺哥,看看你的新家!"幺哥看到格达鼓励的目光,便跟了过来。在电梯门前,格达伸出手,却又停住。他拉着幺哥,转身朝旁边的楼梯走去。

楼梯的台阶间距并不是很大,格达走起来很合适,但幺哥就很吃力,一级台阶不够,两级台阶却又多了点。楼梯的台面上贴了瓷砖,幺哥的铁蹄踩上去,就像踩在野草坪冬天的冰凌上,滑呢。而且蹄声很大,很难听。上到第三层时,幺哥居然踩滑,跪倒了,膝盖磕破,暗红的血从皮毛里沁了出来。格达倒吸了一口凉气。在他的帮助下,幺哥站了起来。格达将幺哥的前后蹄子依次抬起,掰了掰,叩了叩。幸好,皮毛虽有些破损,但没有伤到骨头。格达脱下棉布褂子,找到破口,顺势撕成四块,将幺哥的四只蹄子包了起来。

"走走,我看看。"格达说。

幺哥蹄子动了动,格达还算满意。他拍了拍马背:"走吧,幺哥。这下不会滑倒了。"

再往上走,也就两三层,突然听到有人说话。格达紧了紧缰绳,让幺哥停下。声音越来越近,他将幺哥推到楼梯通往电梯间的过道门的背后。"别出声。"格达嘘嘘嘴,低声叮嘱。噼里啪啦的脚步声越来越近,甚至有人将过道门推开一半,伸进了一只脚来。那门,正好将格达和幺哥掩在了里面。

"咦,刚才看得清清楚楚的,这人和马,是往上走的。追了这么高,影子也没有一个。"那是小眼睛的声音。

"楼层太多,看一眼就行,快往上找。就是会飞、会遁土,谅他也跑不掉!"一听格达就知道,大眼睛也来了。

小眼睛缩回了脚,一帮人回到电梯门口。

"看来,我们是暴露了。"格达屏住气,小声说。幺哥晃动了一下耳朵,大黑眼睛看着他,盼他出主意。很显然,这个时候,牲口的智力是不可能和人相比的。格达听到电梯关闭上行的声音,果断地拉着幺哥,走到电梯边,摁开另一道电梯门。他们迅速进去。这电梯间好像是专门为幺哥设计的,长宽正好合适。格达满意地笑了笑。电梯上行,还算平稳。

不料,意外发生了。幺哥两只后腿一张,马粪如无数的圆球,冒着热气,噼噼扑扑滚落出来。瞬间,整个电梯里弥漫着屎尿的腥臭。格达脸色大变:"幺哥!你忍一忍不行吗?"幺哥可顾不了这些,它屙得欢快,屙得舒畅,屙得忘乎所以。先前被货车颠来簸去,它就一直憋着。刚才吃了那么多草料,又折腾了半天,更受不了啦!现在,它才有机会得以释放,它再也无法控制自己了。幺哥屙得肆无忌惮,屙得神采飞扬。幺哥屙完了,长长吹了口气,甩了甩脑袋,有些不好意思地看着格达。痛快呢!格达举起手想打它,却又轻轻落下,笑着说:"发了!发了!不只是我们家,整个幸福家园,都发福了,发财了!"

有灵性的牲口拉屎屙尿,可不是乱来的,野草坪有这种说法。

到了十六层,电梯门打开。格达拉着幺哥走出来。他们很顺利就进了屋。格达不忘把门掩上。墙体刷了白色的涂料,白净得晃眼睛。顶灯已经安装,看上去造型还不赖。地面的瓷砖也贴了,平整而且干净。幺哥抬起蹄子,却不敢走,眼前的陌生,让它不敢下脚。

"别怕别怕,你脚上不是还有布包着的吗?"格达用力拉它。

"这是客厅,前不久我去参观过已经住人的安置区,"格达给幺哥介绍,"正面挂个电视,靠墙摆一组沙发。沙发呢,用城里人的那种,用布缝的,软和。"幺哥小心地喘着粗气,神情有点慌张。"门边得放个脚垫,放几双拖鞋。这是城里人的做派,进门时擦掉鞋底的泥巴,屋里就不脏了……你呢?你能穿拖鞋吗?"想到幺哥穿上拖鞋的样子,格达忍不住想笑。走到大卧室,格达说:"在这里我俩得分开住。这是我的房间……不,还有荞妹……"格达将幺哥拉到另一间,让它在里面打了个转,"这就是你的了,窄了点,不过,你能转身就行。我们都是从野草坪来的,哪里能有更多的讲究?马槽呢,就给你放在窗户边上,矮一点,你想野草坪了,抬起头来,就可以看那远远的山脉。嗯,山腰上有一团白云,从那里翻过去就是老家了。当然,我也想。有空了,我们就回去。晚上呢,还可以看到星光……"幺哥似乎听懂了他在说啥,抬起头,咴咴地大叫了几声。

"再有,我警告你!现在不比以前了啊!以后你要拉粪,尽量在回家之前拉,这屋子里弄得太脏,恐怕荞妹不会答应的。"格达勾起一根手指,轻轻叩它的额头,"要记住,我可没和你开玩笑!"

哐啷!门被重重地推开。"着了!"随着一声吆喝,大眼睛和小眼睛冲了进来。他们先是看到了幺哥,再是看到了格达。大眼睛将马缰绳夺走,小眼睛封住格达的领口,就往外拖。"怎么了?怎么了?"格达问。"怎么了?你干了好事!"要想将格达拖走,一般的力气还够呛。格达只往回退了两步,小眼睛就一个趔趄往这边倒。而幺哥呢?头昂起来,尾巴一甩,咴咴地大叫了一声,前腿微屈,后腿猛地弹起,差点踢到了人。

格达挣扎着蹿过去,将幺哥与他们隔开:"你们,别犯傻啊!"

从大眼睛和小眼睛背后,走出一个胖子。胖子说:"大伙别犯傻,先下去再说吧!"

格达牵着马,随着他们进了电梯。马屎马尿还在,污污浊浊淌了一地,看上去,的确是太不舒服了。不用多说,格达懂的。下到一层,出门,他找来铁铲、扫帚、拖把和抹布,弄了半天,将电梯打理干净。来到

物业管理办公室,几个人脸色好了些。当听到他是那房子的主人时,胖子哭笑不得:

"老表,这里是不能养马的。不仅马、牛、羊、猪、狗、鸡、鸽子、麻雀、八哥,都不能进来。"

"我自己的屋,我有我的权利!"

"是你自己的屋,但到了这里,你的生活方式就得改变。我们是城里人了,不要再把那些陋习带来。要讲究卫生,要文明,要有生活品质……再说了,我们也得给自己点面子。别让人吐我们口水:看那家伙,脏!"

"幸福家园的主人,不能和牲口在一起。"

格达回头,看了看幺哥。幺哥摇着尾巴,在原地踩着碎步,有些不安。

"此处不留爷,自有留爷处。"格达说,"幺哥,我们走。野草坪饿不死人!"他的不讲情面,让几个人不知所措。

踢踢踏踏走出幸福家园的大门,他们多少有些狼狈。手机响了,铃声是荞妹给他设置的:"妹妹要是来看我,不要从那小路来。小路上的毒蛇多,我怕咬了妹妹的脚……"声音很大,格达捂了捂衣服口袋,那声音并没有小下去。他有些不高兴,掏出来,接通。

荞妹说:"老公,你在哪里呀?"荞妹把他叫成老公,他还是有些不习惯,尽管他们已经办了结婚证,已经做过夫妻间的事。格达说在外面呢。荞妹说:"我不在,你是不是和哪个女人在一起了?"格达急了,说:"我在幸福家园门口呢!"荞妹说:"真的吗?用啥来证明?"用啥来证明?格达看了看四下,一个人也没有。他灵机一动,把手机凑到幺哥嘴边:"幺哥,叫一声。"幺哥抬起头,闷声闷气地吹了一下鼻子。这只能说明格达和幺哥在一起,并不能说明他在啥地方。不过荞妹还是相信了他:"那你去看看,客厅能不能放下组合式沙发,卧室能不能放下两米的大床……"格达说:"估计够呛。"荞妹说:"你问问领导们,可不可以给我们换一套更大的。"格达说:"政府规定的,按人头给的,想换就可以换?"荞妹说:"我们要添人了呢。"格达问:"是你爹妈要来住吗?"荞妹说:"不是。"格达又问:"是你弟弟要来读书吗?"荞妹说:"再猜。"格达心头不爽,不愿意再动脑筋了:"绕啥弯? 直说嘛!"

"这几天一直不舒服,早上我去医院了。"

"嗯,有病就不能拖。"

荞妹声音柔软了下去:"你要当爹了!"

"啊?"

我要当爹了? 格达抠了抠脑袋,想不出个所以然来。在他心目中,当爹是个很遥远的事情,是个非常不容易的事情,是和他格达几乎没有啥关系的事。荞妹的塘子,比他深得多,他永远也探不到底。

"医生说,我怀上了。"

"怀上了?"

"怀上了。"

"哈! 真的?"格达脱口而出,"是儿子吧?"

荞妹说:"咦,啥时代了,还重男轻女呀? 讨打!"

格达连忙认错:"不就是高兴一下吗? 其实野草坪的人都说,姑娘比儿子更孝顺。"

"这就对了。"荞妹说,"你和扶贫工作队说说,再给我们增加一个人的面积。不然孩子长大了,还挤在一起,那咋过!"

荞妹说得有道理。但要增加房子的面积,怕没这么容易。

"再和你商量一下啊,那个马,不,那个么哥,怎么办呢?它能做的事,换辆摩托,不,微型车,轻轻松松就代替了。上次回来,你都变成马了。你那身上啊,全是马尿的臊味呢,过后我洗了好几次……"

见格达不吭气,荞妹停顿了一下,说:"不过,你喜欢的,就是我喜欢的。"荞妹的声音低了下去,"我就喜欢你那力气,野马样的……"

荞妹说得前言不搭后语,但格达还是听明白了。几年前,格达一脚踩空,从高高的土埂上摔下,头破腿折,当即昏死过去。么哥奔到他身边,用蹄子轻轻刨他,用呼着热气的长嘴顶他。他醒来,么哥屈下腿,将他弄上背,驮到镇上的医院,救了他的命。那摩托,那微型车,那些冷冰冰的机器,遇上这事儿,行吗?用么哥来换钱,他格达打死也不会。这些话,他不会跟荞妹讲,讲了她也不爱听,听了她也不会懂。

但是,荞妹把什么都给了自己,还给自己怀了孩子。她的想法,不当回事儿,怕也不行。

四

往回走了一段路程,么哥前腿一屈,矮下身来。格达摆摆手,没骑它。路宽的地方,他就和么哥并肩走;路窄的地方,就让么哥走在前边。秋天快到尽头,远处的山山岭岭或红或黄,色彩丰富,像是乡场上早早就开卖的年货。前几天曾有一帮学生来这里画过画,格达看了半天,老觉得他们色彩没有弄准,一眼看去,要么就是像过期的布料,要么就是像荞妹手机里开了美颜拍的照片。路边坎上的山茅草,水分渐失,但估计是储了一年的营养,最香,么哥每走几步,就会停下来撩上两嘴。喜欢吃就好,喜欢吃的牲口,身体不会差到哪里去的。格达不管它,自顾自走。其实也走不了多远,落后的幺哥就会奔过来,用长嘴在他的后背上蹭一下。幺哥的嘴唇潮湿而温暖。这样的感觉,在格达的记忆里,除了幺哥,恐怕就只有荞妹才会给他。

幺哥会不会知道它的未来?格达又想,自己是人,连晚上是吃烧洋芋还是荞疙瘩饭都无法预测,何况这毛脸畜生?

格达跳上马背,感受着幺哥特有的气息。他来到镇上,天色渐晚。多嘴小吃店门口,格达一松缰绳,幺哥站住了。格达跳下马来。餐馆里没有一个客人。潘二还在看微信,小视频里,一匹小骒马,在山地上,低头啃一口枯黄的草叶,又抬头四下张望。秋风吹过,长长的马尾巴恣肆散开。

"房子看了吗?质量怎么样?"

"还行。"格达说得很小声,侧头去看了看幺哥。

"洋芋焖饭,配一碗酸菜洋芋丝汤?"这是格达的标配。格达晃了晃背包:"不用了,打斤酒来。"

"再苦再累,别亏了身子骨。"潘二看他脸有些憔悴,说,"听说荞妹要回来了?"

"你耳朵灵得很。"格达也不否认。潘二刚揭开酒瓮,格达抢着把酒提子塞进去,往平静的酒面上荡了荡。潘二睨了他一眼:"有酒花不是?"有酒花,是酒品质好的表现。格达咽了咽口水:"一斤。"潘二拿来一个空的矿泉水瓶,把酒灌进去,递给他,又用土碗,给他另盛了半碗:"这是送你喝的。"格达也不推辞,接过,端着出门来喝。幺哥看着他,甩尾巴,刨蹄子,吹响鼻。格达提了提马嚼口,让幺哥的嘴高些。他大大地喝了一口,把余下的酒倒进幺哥的长嘴里。幺哥的嘴太敞了,进去的少,流掉的多。末了,幺哥伸出舌头,舔了舔嘴唇,又舔了舔格达的手。

潘二说:"这畜生,也贪酒呢。"

"它是投错了胎。"格达说。下句他没有说出,他怕潘二不高兴。

潘二突然说:"要不,就卖给我?"

格达重重地吹了一口气,扔下酒碗就走。幺哥龇着牙,突突突地跟了上来。

前边是个岔路,往山上走,就是野草坪,往山下走,是另一个村庄。岔路口有块石头,又大又平,给往来歇脚的人磨得干干净净。格达坐下来,石头凉凉的,正好给燥热的屁股降温。格达反过手去捶了背,掏出矿泉水瓶,拧开盖,喝了一口,又喝一口。幺哥的长脸凑了过来,潮湿的嘴巴将他的脸弄得痒痒的。

格达嗔怨它:"幺哥,你真有酒瘾。"

格达翻了翻背包,找出一个搪瓷缸、半袋炒面。他将炒面倒进搪瓷缸,倒了些酒进去,伸进手指,不停地搅捏。炒面成坨,格达撅起手指,捏了一团,尝尝,再捏了一团,塞进幺哥的嘴里。幺哥大口一张,三两下就咽下去了,很快又将长嘴凑过来。格达喝一口酒,就往马嘴里塞一团炒面。自己还没有咽完,马嘴里又空了。

"你吃慢点行不?"格达往幺哥嘴里塞去一团,"好东西要慢慢品啊!听不进去?真是毛脸畜生!"幺哥懒得听他说话,只顾吃。幺哥一直都是贪吃的货。有一回,格达酒喝多了,将缰绳的另一头拴在自己的大腿上,就醉了过去。格达做了个梦,自己躺在云朵上,在飘动。睁开眼睛一看,哈,这畜生,居然将他一步步朝旁边的菜园子拖。

脑壳里热,杂乱的声音此起彼伏。格达一边喝,一边揉眼睛;一边揉眼睛,一边喝。他喝着喝着,眼睛就潮湿了。他看幺哥,幺哥却不再看他。幺哥看的不是回野草坪的路,是另一条路。格达举手,手软得像是煮熟的挂面;伸脚,脚也不像是自己的。

也不知过了多久,格达觉得脸上有谁在舔动,凉凉的,湿湿的。格达醒了过来,睁眼看去,他没有看到幺哥的脸,看到的是圆圆的月亮。月亮从天幕的高处,将手伸了下来。那手很长,很干净,很冰凉,静静抚在他的脸上、身上,还有寂静的、无边的四野上。格达摸了一把脸,揉揉眼,四下里看去,三岔口空空荡荡,伸向三个方向的路,每个尽头,近处都是白茫茫的,远处都是黑乎乎的。格达一跃而起,声嘶力竭:

"幺哥——"

五

幺哥突然失踪,肯定不行。"蠢货!"拍拍脑袋,格达骂了一句。他弓成虾米,贴着地面,找幺哥的蹄痕。地面十分潮湿,有些痕迹。可没跟踪几步,就模糊难辨了。他嗅着气味找,那气味已随风消散。跨过沟,没有。爬上山,也没有。迎着风,格达焦急地喊:"幺哥,回家喽!莫在阴山背后躲。阴山背后野狗多,咬伤脚杆没的药……"嗓子燥得像塞了粗糠,嘴唇喊起了硬壳,幺哥还是没有出现。

各种复杂的事搅在一起,格达无法理清。他走走停停,停停走走,失魂落魄地回到野草坪。迷糊的眼睛里,他突然看到,瀑布一般的月光里,两个影子在老屋的檐下晃来动去。他紧张了,心悬起老高。是盗贼吗?不大像,盗贼哪会光临他这穷窝子?是狼吗?也不可能,这几年尽管山上草长了,树多了,但也就多了几头野猪。狼的传说,更多是在老辈人的口头。是鬼怪吗?格达这一生听说过多次,但还没亲眼见过。

他倒是想好好见识一下呢!"呸呸呸!"格达连吐三口唾沫,念了几句野草坪驱鬼的咒语,捡起一块石头,噗地扔过去。那两个影子受到惊吓,回过头来,没有跑,相反,一前一后朝他扑来。格达毛发倒立,咬紧牙巴骨,一个马步蹲开,捏起捶草榔头一样的拳头,准备迎战。这是他格达的地盘,他可不想把命随便扔掉。

这两个黑乎乎的家伙,身影越来越大,脚步声响得踢踢踏踏。近了,领头的那黑影突然甩甩头,摆摆尾,朝他打起了响鼻。

天哪!是幺哥!格达用手背揉了揉眼睛。他看清了,是幺哥。幺哥身边,是一匹泛着银光的小骒马。

主的失踪

一

红谷县的街头巷尾在迅速传播着这件事。这不是一般的人咬狗的那种事,是大新闻!什么大新闻呀?霍家冲出事了!出什么事?是失踪了!失踪了一个人,就是大新闻?是不是有些夸张?红谷县的人失踪,也不是没有过,也不是一回两回。早年有孩子给野狼叼走,有过客从溜索上坠江,有失忆的老人不知还家……多了。霍家冲失踪,怎么就是大新闻了?真是怪事。

不知道霍家冲的人,当然会满不在乎。知道霍家冲的人,就只能有一种理解,那就是,真是个事了!霍家冲是县委常委、副县长。这样的人,很特殊。这个叫作霍家冲的人,在这个位置上,屁股还没有坐热,就出事,的确让人意外。这消息,像是个加了超量火药的炮弹,嗖的一声蹿上天空,又轰隆隆地落下,在这个不大的县城里炸开。听到这消息的人,一部分惊讶,一部分紧张,一部分好奇,还有一部分,是幸灾乐祸。一个地方上的官员失踪,出事了嘛!干坏事了嘛!打开手机,打开电视,打开网页,随时都有比这更大的新闻爆出。大伙对这样的事,耳朵听麻了,眼睛看花了,心头想烦了,再遇到这样的消息,也就是笑笑,点点头。但那是在其他地方发生的,是遥远而不可及的,是和自己无关的。有的则是记者为博虚名、为赚稿费、为获取流量,熬更守夜,抠脑壳,用咖啡、香烟熏出来的。

霍家冲的事,发生在红谷这样的小县城,当然就不一样了。

如果真有此事,绝不是好事。眼下最不是好事的事,肯定和腐败有关。钱、权、色,这样的字,个个都自带糖衣,又饱浸煞气,谁深入接触却不准确把握,谁就倒霉。如此推理,红谷县将要拿下的第一大老虎,会不会就是他霍家冲?

"打开这个黑暗的箱子,更多惊心动魄的故事,将会陆续上演。"天太热,有人扇着扇子,肯定地说。

霍家冲刚吃三十八岁的饭,是刚出山的日头。霍家冲老家在金沙江边的马腹村。站在村子里,抬头是入云的高山,低头是凶险的金沙江。远远看去,房屋就是一两片枯小的树叶,在云雾里藏来躲去。土地瘦,只出土豆、荞麦。常年吃的,除了这些,就只有干腌的萝卜缨子了。就是到了现在,也不通公路,人们从那里进进出出,得牵紧之前就固定好的藤蔓,如蚂蚁一样慢慢爬行。稍有不慎,就会落崖。打记事起,这鬼门关,收掉的人就不少。这路不是政府不修,而是从金沙江边修一条毛路到那个地方,初步估算,至少得上千万的钱才行。如果铺水泥,成本更高。曾经有一年,北方的一个媒体意外地摸到这个地方,看到村民生活艰难,吓了一大跳。从未有过的意外,使他们下了决心要关心民瘼,为老百姓呐喊,便咬着牙巴骨,在这里住了好几天,写出一篇很长很有分量的文章。文章发表,很快传开,全国上下一片哗然。县政府承受不了这前所未有的压力,便想尽千方百计,要让村民们全搬出来,但居然没有人愿意,有的老人甚至提早躺在棺材里,装死,哭:金窝银窝,不如我自己的猪窝狗窝……县政府没有办法,只好让交通局做了项目。钱要到了一部分,政府便开始修路。可是,那山崖上的石块,全是青石,錾子下去,就是一个小白点。好不容易抠了个坑,放了炸药,一背篓炸药,就炸开茅坑那么大一点。施工方费尽九牛二虎之力,终于在绝壁上抠出了两三里长那么一段。可岩石凿开,成堆掉下,堵断了溪流,砸倒了林木,半座山的生态就被破坏了。又有人把这事往上捅,中央环保督察组下来了,一看,得了!这个时候了,还有这样艰难的百姓!遂勒令整改。事情越弄越糟糕,县里乡里一团糟。霍家冲在这样一个节点上出道了。刚当上副乡长的他,背着一罐苦荞酒,提着马灯,一家一家走。烟抽了好几条,酒喝了好几罐,嘴皮子磨破了,终于做好了村民的工作,大伙终于同意搬出。他功劳不小,组织部下来认真考察了一回,这家伙能干事,有基层工作经验,不作假,不偷懒,吃得苦,吃得亏,受得气,就给他从副科级推到了正科级的岗位上。山外的人,都为那屙屎不生蛆的地方能出一个正科级干部而感到惊讶:

"上天有眼,居然能眷顾到这样的地方!"

"组织是公正的,真没有亏待认真干事的人。"

是的,晓得他的人都会说:"这个人不错,他在哪里工作,就是哪里的福分。"

后来霍家冲上了副处,岗位引人注目。大伙都羡慕他而不是嫉妒他,赞美他而不是否定他。就连市里管干部的副书记,在宣布他就任的干部大会上,也忍不住大声说:"霍家冲这个干部提拔得好,从考察、公示到任用,就没有一封举报信,就没有一个举报电话,所到之处,反响均好。要是我们的干部都这样,何愁干不好工作?"

大伙觉得他应该上,在脱贫攻坚的关键节点上,也只有他才能上。

大伙看好的是他的态度、他的能力和他的为人。但大伙还是不知道,在下了班以后,在八小时之外,他霍家冲到底干了些什么。逢年过节,会不会开着车,拉着用公款买的东西到处送?提着大包的钱到处送?做项目的时候,是不是也潜规则,给领导、领导的家属、领导的下属、领导的朋友,来上些好处,或者神不知鬼不觉地在预算里加一笔呢?会不会在八小时之外,溜到酒店、会所、歌厅去过花天酒地、骄奢淫逸的生活?

往坏处想,是很多闲人的癖好。不断地有人往坏处说,肯定是一些人有意而为之。他们藏在暗地里,一碰头就开始分析这事,一有空就打开手机,看第一时间蹦出的新闻里,是不是有霍家冲被纪委、监察委纪律审查和监察调查的消息,是不是有金沙江里突然出现无名尸体的消息……

深夜,县委办书记办公室,灯一直亮着。县委高国书记在屋里走来走去,县纪委靳东书记则坐在茶几边陷入深深的沉思。霍家冲突然没有音讯,令他们不安。本来,一时打不通一个下属的电话,也不值得大惊小怪的。可眼下是非常特殊的时候,要知道,省党风廉政专项巡察组刚进驻红谷县!快两天了还联系不上,怕不见得是好事。此前,高国书记让秘书把电话打到了霍家冲的家里,打到他的朋友那里,打遍了全县的所有乡镇,还有霍家冲原来工作过的背箐乡,居然没有他的一点点消息。而靳东书记也让纪委党风廉政室想办法找他。如果不往基层打电话,就是一年半载,大伙都不会知道霍家冲这样的领导消失。县里两个部门的电话一打,就明白地告诉下边的人:这个人不在了,这个人一定是有什么问题了!于是乡镇机关的同志开始互相询问,乡镇与乡镇之间互相打探,越问越麻烦,越麻烦越神秘,越神秘越追问,越追问越说不清。

现在还是没有霍家冲的任何消息。江边没有无名尸体,路上没有交通事故,暗巷背街,也没发现哪里掉有一只鞋,或者几滴血迹。再打电话,拨了几十次,都是"对不起,您拨打的用户已关机"。高国书记亲自拨通了霍家冲妻子肖玲的电话,想从语气里嗅出些蛛丝马迹。这个在扶贫办办公室工作的女人,一听到高国书记的声音,一下就哭了出来:

"书记,请您救救霍家冲……"

高国书记连忙安慰:"别哭,别哭,小肖。你仔细想一想,霍家冲到底会去哪里?他可是个有想法、特别有定力的人,他应该是去办什么事了……"

哪能不哭?一个女人,哪能承受这么大的事?肖玲抹着眼泪说:"现在大街小巷的人,都说霍家冲不在了,被你们'双规'了……"

高国书记倒一下变得被动,他只好说:"在事情的真相还没有出来之前,我们什么也不要轻易相信。有什么情况,你第一时间告诉我……"

纪委靳书记说:"启动公安侦查吧!先通过手机信号定位,看他在哪里。"

"好吧……"高国书记话虽这样说,但心里还是不情愿,因为他知道,霍家冲这样的干部,事情应该没有这样复杂,也不是现在所想到的这样简单:

"动静不能大。通知外宣、网络,注意舆情引导,控制负面声音。"

二

故事回放。前天早上,县委常委会议室。

啪！一声巨响，偌大的会议桌突然震动，桌上高矮不齐、大小不一的水杯，全都跳了起来。高国书记面前的插画白瓷杯子被震翻，褐红的茶水在桌布上迅速流淌开来。

是地震了吗？是崖垮了吗？会议室里的人全都目瞪口呆。霍家冲立即把目光投向会议室的顶灯。顶灯没有固定，是用一根胶线连住的。如果地震，它会在第一时间晃动。现在，那灯却一点也没有动。他在乡下工作多年，经历过大的地震有两次，小的地震无数，他有快速判断地震强度的经验。于是他在屁股刚抬起来的一瞬间，又坐了下去。

对面正中位置上的高国书记，满脸铁青，一动不动。人们左看右看，前看后看，再看看高国书记拍在桌上还没有收回的手，才明白震源的来处，便又迅速落座。他们为自己的失态而略显惭愧。

高国书记在这脱贫攻坚推进会上拍桌子，是有原因的。全国脱贫攻坚任务最重的是云南，云南最重的就是这金沙江两岸。任务重，时间紧，脱贫攻坚工作进入深水区，可很多干部不堪其苦，在下面打小算盘。十多个年过五十的干部，一再提出要离开岗位。有的提出来退居二线，有的提出转人大、政协，或者任个调研员什么的，有的干脆提出要直接退休。当组织部部长把这事作为一项议程，向常委会汇报时，高国书记便有了这明确的表达。有利益可捞的时候，好多人千方百计巴结相关领导，想提拔，想上重要岗位，想做项目。为达到目的，他们啥臭招儿都可以使出，啥绝办法都会用。现在局势不一样了，权力都给关进了笼子，在任何岗位上都没有利益可图，都没有好处可占，有的只是无限的难事。脱贫工作要推进，要突围，要完成任务，下基层多了，周末得不到休息了，加班补助没有了，一个个就往后退，就要躲，就要赖。要是在战争年代，这些人不是怕死鬼是啥？这些人上了战场，怎么能打胜仗？恐怕枪还没有响,人就跑光了。

拍了桌子,茶水翻了。看他们一个个吓得目瞪口呆,高国书记又有了些歉意,他那还没有收回的手,在空中挥了挥,往下按,示意大家坐下。他原本不想拍桌子的,此前的民主生活会上,有同志明确提出过这个问题,希望他遇事冷静。爱批评干部,常发脾气,这是作风粗暴、工作方法简单的表现。当前工作压力大,在座的也够呛。就今天而言,大家屁股都没有挪一下,就已经开到第三个会了,议题也在二十个以上。讨论的事情很多,每人都得认真听,认真记,都得发言表态。每议一件事,参会的常委都得发言,须明确表态,是,还是不是。甚至,涉及项目上的事,分管文秘的办公室副主任还拿着会议记录,请大家依次在上面签字,表示同意,就只差抹印泥按手印了。工作的依规依矩,让大家更是小心,甚至如履薄冰,生怕掉进冰凉的窟窿。大家都觉得难,但工作要推动,不这样干,还不行。每次霍家冲都签字,都同意。但他觉得,有的话并不是一定要在台面上讲才行,特别是高国书记要他汇报金沙江上希望大桥一直没有合龙的问题。这事里面的疙瘩太多,向外说明的时机还不成熟,霍家冲觉得还不适合在会上说,便没有往深处讲。会议结束前,高国书记又把霍家冲批评了一次。原因是霍家冲迟到了十分钟,而且会务秘书打去电话,他居然不接。

"一个连会议时间都无法遵守的干部,你算什么讲规矩?你用什么在你的下属面前树形象?

"加大问责力度,软、懒、散,甚至不作为的干部,是整治的重点,不能只吃不屙,也不能吃家饭屙野屎,还不能霸着茅厕不屙屎!让干部能干事,主动干事,干好事。只有干,只有身体力行,才会凝结人心,脱贫才有希望!"

高国书记讲得一脸沉重,霍家冲笑了笑,没有任何解释,高国书记也没有要听他解释的意思。霍家冲理解高国书记,一个主要领导,在这样高寒冷凉、自然条件差、欠账多,而人心却异常复杂的地方工作的艰难。他霍家冲,责无旁贷要干好自己的本职工作,责无旁贷要为这个工作负责。再苦,再难,再委屈,他也必须承担下去。高国书记是县委班子的班长,是他霍家冲的主心骨,是他政治生命中最重要的人,恩人。

去年,霍家冲还在苦寨乡任党委书记。五一期间,乡上放假。好不容易有三天休息时间,乡机关的人全都瞬间消失,回家。这种时候,主要领导是不能走的,只能主动留下来值班。往往,一些意外的事,正好会在这种时候发生。森林着火、牛马遇盗、山体滑坡……什么都发生过,什么都有可能发生。霍家冲在院子里走来走去,机关里安安静静,啥事也没有。他觉得闲极无聊,跟办公室说了一声,便自个儿开了个摩托车,弯弯绕绕到了金沙江边。他将车停在路边,在一块大石头上坐下。远远近近的金沙江,尽收眼底。金沙江两岸山高坡陡,河底水流湍急,奔腾汹涌。河这边的公路,到了崖边便断了。仔细看去,河那边也有隐隐的路,从山的褶皱里伸出来,到了崖边,便像被刀子砍了的绳,断了。要知道,金沙江的这边是云南,对面是四川。站在河岸上,两边的人可以看得清男女老少,但这边的人要过去,那边的人要过来,真是很难。要过河不是没有办法。几根钢索挂在两岸之间,上面挂一个铁筐子,人蹲在里面,负责的人开动柴油机,轰隆轰隆,就可以慢慢扯过去,轰隆轰隆,又慢慢扯过来。使用钢索之前,人们用的是从崖上拽来的木藤,用桐油光一下,防腐。人像猴子一样,双手双脚扣在上面慢慢爬。有时手酸,有时藤朽,人一旦落下去,像片树叶消失在河里。后来是用人拉。要到对面去的,对面的一帮人抓住棕绳拉。要从对面过来的,这边的人抓住棕绳往回挣。河里也有牛皮筏子、小木船,能载三五个人,但河流性情暴躁,常出人意料,能用这种方式过河的人并不多。恐怖吧?是恐怖。现在可不一样了,现在是架桥了。在这样的河上架桥,技术上有难度,资金上也有难度,但只要是涉及老百姓的事,从上到下,观点都是一致的:干!两省之间的意见,也是一致的:干!最近,两边有些沟通,真的要在这里架座桥。霍家冲当然高兴了,自己能够为两岸的桥梁建成,流些汗,出些力,算是三生有幸。

霍家冲坐在岸边,想着打桩的深度、桥梁的宽度、建设时的危险程度,手机突然响起。他看了看,陌生号码,他正在思考问题呢,不想接。不料一会儿,手机又响了,还是那个。应该是有啥要紧的事吧!他还是怕耽误的,要是哪里塌了方,哪里交通出了事,哪里房子着了火,他都有责任的。

霍家冲接通,那边是个男人的声音:

"喂,是霍书记吗?"那声音不太像是本地人。

"我是,请问有啥事情啊?"

"下大雨了,我家的房子塌了一半。我来乡上找你,你影子都没一个啊!"

"大雨?伤了人没有?我下村啦,回来给你处理。"人是第一位的,霍家冲的考虑并没有错。

"你下哪个村?"

这人管得也太宽了,乡党委书记下哪个村,也是你问的吗?这话霍家冲当然不会这样说出口。他想了想,还是回答:"我在金沙江边呢,背篼村。我晚上回来。如果事情严重,如果急,你去办公室,有人接待你,你说清楚,他们会帮助你的……"那边说了句什么,便挂了电话。霍家冲没太听清楚,便给乡办公室打了个电话,如有人来,让他们好好接待,不可懈怠,便顺着河岸小路走。这样的路,细得像羊肠,弯得像扭曲的蛇,起伏显隐如画家笔下的意境。这样的路,恶狼走过,野兔走过,人走过。霍家冲对这样的路非常熟悉。低头看去,就是怒吼的金沙江。往旁边横走七八百米,有一片村落。这是背篼村,县里最贫困的村。

霍家冲选了个高处坐下,在这里可以看到金沙江对岸的大片悬崖村落。河水在怒吼,像一把永不停歇的电锯,剧烈地往深处切。在这样的地方架桥,没有三五个亿的钱,想都不要想。要把这么多的钱往这样的穷乡僻壤里撒,值吗?上边愿意吗?这是霍家冲很小的时候就想过的问题,现在他还在想。二三十年过去,这种想法,如癞蛤蟆想吃天鹅肉,异想天开。

想着两岸沟通的难,想着每年从溜索上、牛皮筏子上、木船上落下去的乡亲,霍家冲心口疼,惭愧像条虫,在脸上爬去爬来。

"小伙子,背篼村怎么走?"

突然,有人在后面喊。霍家冲回过头,一个陌生的中年男人大步赶过来。这人四十多岁,一脸冷静,目光沉稳,仿佛有些重量。后面跟着一个年轻人,年轻人提着个包,显得谨小慎微。

一听声音,就是外地人;一看,就是有身份的人。这个霍家冲懂。前些年,在这山山岭岭,陌生人并不少见。他们经常来金沙江边。不是一个人,而是很多人。他们都为这条河而来。有人要在河上修电站,有人要在岸上设码头,还有的呢,是盯着这里的矿石。别看这两岸怪石嶙峋,连草都长不好一根,可里面有含量很高的铜、铁矿石,而那河里随波逐流的沙砾里,居然含有金!黄金哪,可是不得了的事。还有的人,则开启了河道上的航运,这金沙江之尾,长江之源头,可有不少的东西,要送往下游更多的地方……围绕着这些,各种各样的人,跑断了腿,明里暗里,使了各种各样的招数,不达目的不罢休。一时间金沙江上下,热闹非凡,黄金水道,令人羡慕。最近两年,经济形势发生变化,天翻地覆,好多公司都关了门、关了手机,躲债去了。现在钻出这样的人来,显得十分稀有。

不管以哪种方式,不管他干啥,只要合规合法,能把钱投在这里,霍家冲还是很感谢的。

霍家冲停下来,诚恳地笑,从包里掏出烟来,给那人递。那人接过,嗅了嗅,看了看牌子:

"本地产的?"

霍家冲笑:"这烟不贵,不错的,尝尝。"

他说完掏出打火机,给那人点燃。那人深深吸了一口。

"来劲。你呢?你怎么不吸?"

"我不抽。"霍家冲说,"带上一包,和老乡好说话。"

那人看了霍家冲一眼,狠抽了一口,却仿佛要咳:"我本来也不抽烟,为了和你好说话,就抽了。"

这人有些逗。他问:"请问您是……"

"我是乡里的工作人员,值班嘛,坐不住,到这里看看。"

"值班的人跑到这里?也不怕上面查岗?"

"老是坐着喝茶,那不叫值班,那叫应付领导检查……"霍家冲突然发觉这人问多了,他有些警惕,"你干啥的?来投资吗?还是收山货?"

"手上有点闲钱,想找点项目。有没有?推荐一下?"那人一脸的恳切。

霍家冲笑。霍家冲说:"有项目,只怕你做不了。"

"很大吗?"那人好像很感兴趣。

霍家冲指了指金沙江对岸莽莽苍苍的大山:"这边的人过不去,那边的人过不来。你说,你们家要是世世代代都生活在这里,是啥感受?"

"你要我做啥?"那人步步紧逼。

霍家冲说:"你不是要做项目吗?要是能在这里修一座大桥,让这边的乡亲过去买那边的野生菌,让那边的兄弟姐妹们过来吃水果,让亲戚能互相走动,让生意能做起来……你说,这个项目大不大?值不值得做?"

"是很大。"那人上下看了看,眉头紧锁。

"吓到了吧?"霍家冲笑。

那人说:"你估算一下,得多少钱?"

霍家冲不说钱。在这个项目上,一开始就说钱,显然是没有任何意义的。对着空阔的河谷,霍家冲给他讲这座大桥的高度、长度,需要的钢筋、水泥、石料、工时的数量,需要工程师的专业程序,还有跨江修建的各种风险。

霍家冲对这活太熟悉,侃侃而谈。末了,他又摇摇头:"太难了,我们报过至少五次以上的项目,都没有结果……靠个人,难。"

那人凑近霍家冲:"只要有搞头,难度越大越好。别人做不了的,我做,不是就更赚钱了吗?兄弟,这程序我懂的。"

那人说着,用右手的拇指与食指捻了捻,表示手里有钱。

这动作有些恶俗。霍家冲内心突然怄火,想发作。不过他还是克制了一下:"老兄,金沙江两岸的人,数千年来,都被这条河阻隔。人与人之间,民族与民族之间,都被隔断了。隔断的,不仅是商贾往来,更多的是人心。能互相往来，互相沟通，没有阻拦，没有障碍，是祖祖辈辈就梦想的事。你要是能做好，你要什么支持都行，我给你当牛做马都行……可是，我看你的初心不对。为了钱，被金沙江淹死的可不少！"

霍家冲越说越激动，他咽了咽气，但咽不住，便往地上狠狠吐了一泡口水，转身就走，他想去看看村里的情况。前几天刚下过暴雨，虽然这里没有上报灾情，但他还是很担心的。

提包的小伙子说："哎，你怎么能这样对待……"

还没有说完，那人连忙止住。

第二天，县委召开全县的干部大会，市委组织部部长在会上宣布新任县委书记。霍家冲是乡党委书记，坐在会场的第一排。这个叫作高国的新任县委书记和他对视了一下。高国书记没有任何表情，但霍家冲脊背发凉，血液仿佛停止了流淌，为昨天的失态而紧张。他不知道，自己下一步面临的将会是什么，命运之门里，迎接他的会是什么。如此犯上，会有好果子吃吗？但霍家冲又想，自己没有犯错，自己没有做对不起他高国书记的事，也没有做对不起老百姓的事，虽然值班下了乡，但那不算是离岗吧。如果连这点事都要斤斤计较，那也只好随他了。霍家冲暗地里肯定了一下自己，紧张的心情为之而略有松弛。

随便吧，身在江湖，由不得自己。他想。

组织部部长讲完后，高国书记就做了表态，更多的是强调政治意识和责任意识，同时也提出，要努力干，只有干，才有希望，只有干，才能成大业。此后，明里暗里，高国书记没少下乡，对金沙江实地做了多次的踏勘，多方听取基层的意见。他领着霍家冲，跑了好几次省里，甚至去了一次国务院的发改、交通、财政等部门。一年后，这个叫作连心大桥的项目终于落地。

其间,霍家冲被提拔为县委常委、分管扶贫和交通的副县长。这事的起因、经过,高国书记没有在任何场合透露过,霍家冲也没有跟任何人说起。宣布任职后不几天,霍家冲到高国书记办公室汇报工作。秘书备好茶水退出,办公室里就他们俩。霍家冲说了些感谢栽培的话。

高国书记说:"是呢,你准备怎么感谢?"

霍家冲从衣袋里掏出一个巴掌大的袋子,打开,是一颗色彩奇丽的南红玛瑙,雕的是一尊佛。

霍家冲说:"这是一颗少见的南红,石头是我在山上找到的。您知道的,这一带山沟里不少。工艺出自一位苏州匠人。请书记鉴赏。"

高国书记接过,看了看,点点头,又摇摇头:"好是好,可惜太小了。"

霍家冲说:"像这么大的,已经十分稀罕了。"

高国书记看着他,不语。

霍家冲急了,看来,这领导功夫不浅。他掏出手机,打开相片:"这里还有个石头,金沙江奇石,经过急流冲刷,反复磨砺,色彩出来了。您看,图案像是个仙人,脚下的是云彩,我取了个名,叫平步青云……"

高国书记面无表情:"还有吗?"

霍家冲急出了汗,看来这领导不好对付,真不知道他有多深。霍家冲忙说:"还有,还有……只是还没有找到更好的。如果书记喜欢,我陪您下去……"

啪!一声巨响,霍家冲一脸茫然,不知所措。原来是高国书记拍桌子了。他用手指着霍家冲:

"霍家冲,我算是看岔眼了!红谷县之所以这样贫困,原来是有你们这种人!"

霍家冲不知道事情怎么会往这个方向走。老实说,他手里这些东西,都是他在工作之余,自个儿在江边弄到的,从成本来说,也值不了几个钱,无非稀奇一点而已。一直以来,他霍家冲不是靠送礼走上仕途的,但这下说不清楚了。

仿佛天助,高国书记的座机突然响起。高国书记看看来电显示,便挥手让霍家冲回避。

霍家冲弄巧成拙,通夜难寐。思来想去,他觉得书记太高了,精于计算,处处迷宫。他不知道自己怎么就陷了进去,不知道自己怎么才能在书记的棋盘里平安运行。

第二天一大早,霍家冲就赶到高国书记办公室外等候。高国书记一进办公室,他就连忙跟了进去,双手递上一份厚厚的手写稿。高国书记并不看他。

霍家冲说:"书记,对不起,我错了。我来向你认错,做自我检讨。"

霍家冲一直说,高国书记一直听,听了半小时,霍家冲终于说完。高国书记说:"你这还算诚恳,你戴罪立功吧!否则你从哪里来,还得到哪里去,甚至去得更远!"

从哪里来,到哪里去,那他霍家冲就回去当党委书记。再回,就当到乡长、副乡长、教师。再回,就是一般的村民。要是罪恶到了极致,肯定就回到出生之前。霍家冲知道事情的严重性,他唯有勤勤恳恳,踏实工作。

但他想不到的是,每次高国书记都要盯着他,就连迟到了一会儿,也盯得这样紧。

他心里一动,一个念头产生了。

高国书记宣布散会时,霍家冲的笔记本早已被塞进了手提包。他谁也不看,大步出门。县纪委靳东书记走在他的旁边,看了他一眼。霍家冲感觉到了,却没有慢下步来。相反他走得更快,噔噔噔离开了常委会议室。霍家冲迟到有他的原因——金沙江边修桥的事情。承包方找他,给他打电话,发短信,找不到就在办公室楼下等,在他家的单元门边等。他一直在躲,一直在回避。一个领导干部,应该如何把握底线,如何与老板们打交道,他懂的。但那些人,如何攻破堡垒,达到目的,在策略上似乎更胜一筹。霍家冲在明处,那些人在暗处,的确防不胜防。就连霍家冲喜欢吃烧洋芋、吃苦荞饭、穿乡村女人纳的布鞋这样的小细节,他们都关注到了。为此,常常有人在他住的小区门岗上放这些东西。逢年过节,有人就以此为由头,往里塞茅台酒,塞手表,塞高档的衣服购物单。弄得他头都大了。后来他有经验了,只要是有寄送给他的包裹,都让秘书过来签收。如有意外,便送交纪委。后来就很少有人再干这事儿了。可今天中午,要上班了,他刚开门,就有一个妖娆的女人,穿得又薄又时尚,堵在门边,给他递来一个纸箱。他吓了一跳,刚反应过来,那女人却跑掉了,风一样迅速。他追不到,也不大好追。一个县处级领导,在小区露天的院坝里,跟着一个女人大喊大叫,恐怕有一百张嘴也说不清。他把门卫叫来,埋怨了几句。想想,他干脆直接让纪委的人来,清点好了,抬回去。一般情况,不能提升到这样一个层面。这是万不得已的事情,于他,这是保护自己的最下策的办法了。

"我没有动一个指头,你们验一下上面的指纹。"霍家冲对带队前来的纪委副书记说完,便自个儿开会去了。

他因此而迟到了十分钟。

三

现在,霍家冲边出会议室,边叫秘书科给自己调车,要到马腹村。

两分钟后,霍家冲走到大门口。秘书科回话,说平台上没有车。不是没有车,有三辆车在,但驾驶员一个生病住院了;一个家里孩子放学了,没带钥匙,刚走;还有一个驾驶员,没报备,但电话打了两次,都没接。

霍家冲说:"那就算了。"

车改之后,领导们没有专车了,县处级领导用车,都得在机关事务局的平台上调用。马腹村是县里最远的村落,路难走,超出了去其他村的难度,驾驶员去一次烦一次。原因是,按规定县内不能报销出差费,吃饭、住宾馆还得自己掏腰包。

秘书感觉到了霍家冲的不快,连忙说:"霍副县长,你在哪里?我开私车送你去。"

霍家冲说:"不去了。"

霍家冲不是不去,他是不想麻烦别人。他给妻子打了个电话,说有急事要下乡,今晚不回家了。接下来肯定是妻子的抱怨,但不等那边说话,他就摁掉电话。转过几条巷子,他来到县客运站。还好,最后一趟车刚刚发动,他一步跳上去,身手还算敏捷。他在最后一排坐下,心里默默地为自己点赞。自从当上乡里的副乡长那一天开始,他就很少坐客车了。他到县里这一段时间,就没有坐过这样的车了。车上多是打工回家的、到乡下走亲戚的,或者是做各种小生意的。各种味道混合在一起,闷,但霍家冲觉得亲切。得承认,他就是在这样的环境里长大的。他张大鼻孔狠吸一口,突然发呛,赶紧捏住要咳的喉咙。

掏出手机,摁了一下,关掉,霍家冲恶作剧似的笑了一下。车开动没多久,他睡着了。

摇摇晃晃,近两个小时后,客车到了马腹村。霍家冲揉揉眼睛,跳下车。夕阳从对面的山垭口上斜射下来。空气黄黄的,很糯,入肺就爽。山山岭岭色彩斑斓，好看。

霍家冲原来就在这里工作，对马腹村的情况，熟悉得像自己掌心里的纹路。村里有几个姓、几个村落，总计有多少人，哪家的老人刚刚仙逝，哪家又添了个娃，他一清二楚。上个月他来村里，和村主任刘仁贵有过一次长谈。刘仁贵是他小学时的同学，四十刚出头，十多岁就跟爹干活，取石、錾磨、砌房，甚至在石头上雕刻花鸟人物，做得有模有样。初中没有毕业他就辍学了，跑到广东的一家建筑公司打工。十多年后，他居然在那儿当了老总，赚了个盆满钵溢。是霍家冲把他叫回来的。刘仁贵一回来就被选上了村主任。这个有想法、有精力，见过大世面又有技术的中年人，带着全村人很是干了些事，村里人也多多少少能挣到些钱。最近两三年，村里的事情突然变多。对于一个干事的人来说，就是要事多，事不多，就没有机会，就难于发展。但问题是，这些事跟以往完全不一样了。教育的事、卫生的事、住房的事、民政的事、交通的事、产业的事……这些事，要上墙，要上网，要公开，要有痕迹，要守规矩。上面千条线，下边一根针。此前，刘仁贵荣归故里，有乡里的领导支持，自己又过硬，激情满怀，干得风生水起，成绩斐然。有人曾经预言，下届的乡政府换届，刘仁贵肯定是副乡长无疑。可是，现在不好干了，早上睡觉睡到自然醒的情况没有了，鸟儿一叫就要出门，太阳落山还回不了屋。很晚回到家里，茶没有喝一杯，饭还没吃一口，早有三三两两的乡亲坐在他家里，等着说事。麻烦的是，村里的钱不能乱用，喝酒抽烟不能报销，婚丧嫁娶不能越规，逢年过节走访一下领导、办事的弟兄，都不行了。花自己的钱，也不行。每年都有纪检的下来，有审计的下来，既明察，又暗访，不仅提要求，更重要的是，翻账本，查资产，称斤算两，过针过线。村上就是买把扫帚，称斤茶叶，都要层层报批，手续完善。刘仁贵原本是办了个建筑公司的,有大把的钱可赚。现在不行了,一是没时间,二是不好操作。曾有一次,乡里来人,对建档立卡的贫困户进行核查,有几户和自己靠得近的,被查出不够条件。乡里要求进行公示,然后剔除,还对他进行诫勉谈话,问责。不想晚上他拖着疲惫的身子,刚一推开家门,早就坐在屋里的一大帮亲戚呼啦啦站起来,团团围住他,指的指鼻子,扯的扯衣服,叫的叫,闹的闹。有人说他当了官就忘记了亲戚;有的说他有了钱就没有了恩情;有的说你刘仁贵小时候跌了崖,要不是我某某,你早就让饿狼捡走了;有的说悔当初给他做媒,将最漂亮的侄女嫁给了他。他没有说话的机会,他没有反驳的权利,他只有捏着鼻子承受。

刘仁贵的内心动摇了,不想当啥村干部了,他饿不死,冷不死,要是不上霍家冲的当,不回来,他的钞票数,怕是现在的十倍百倍。出入高档会所,穿名牌,坐豪车,没啥不可以的。现在他起早贪黑,没日没夜,没有周末,少有休息,一个月下来,工资才一千多点,不够他请一桌客,不够他喝一瓶酒,不够他喝一次茶。图啥呢?不图了。再图就不是组织的人,就不是为人民服务的人了。他跑到县政府,推开霍家冲办公室的门,把印章往桌上一扔,转身就走。霍家冲追到马腹村刘仁贵的家里,给他讲变化,讲未来,讲小时候的初心,讲如何破解眼下的困境。

说到半夜鸡叫,刘仁贵脸色稍解。他沉吟了一会儿说:"你说的我明白了些,工作中严格我不怕,也不怕要求高。我担心的是,你们上边风刮得太快,不好干。你的前任张副县长,不能说不敬业,不能说不努力。前年要我们集中精力种玛卡,种子据说还是从安第斯山脉运来的,花了不少钱。我们不种土豆了,一心一意种玛卡。去年说玛卡卖不掉了,让我们种杬果,我们就种杬果。今年却要我们挖掉杬果种甘蔗,说这里的红糖品质好,在全国数一数二。可现在,甘蔗收了,红糖榨出来了,又不值钱了……我怎么向村民交代,唵?你说!你们拍拍脑袋,今天一个主意,明天一个主意,我们下边怎么干?"

霍家冲想不到,刘仁贵肚里会有这么多怨气,一时不知道如何回答,便绕山绕水给他讲经济学。但刘仁贵不听那些:"你这是书本上的,是教授们坐在电脑前编的,没用。"

刘仁贵又问:"县长大人,还有其他要说的没有?"

"我说得还不清楚吗?"

"那就请你离开。"

"我要是不离开呢?"

"那就只能是我走了。"

霍家冲站起来:"老同学,等等。我给你讲个故事吧!"

两个老同学在小学时候就喜欢听故事,听村里的老人讲本地的掌故,听老师讲书本上的故事,要是再也没有故事听了,两人就一个讲给另一个听。书本上的讲完了,就编。一个比一个编得好,一个比一个会说,栩栩如生,悬念迭起。但后来,两人在一起的时间少了,忙生计,偶尔见面,也没心情讲故事。现在霍家冲要讲故事,显然意义非同一般。刘仁贵站住,他不是要听霍家冲再嚼什么筋,他冷着脸,不吭气,他想看看这霍家冲,能表演出什么二百五。

霍家冲说,从前,有一种叫作蝜蝂的小虫,善于负重。爬行中每遇到东西,它就抓住放在背上。一路走来,它背负的东西日益沉重,再劳累也不停止,最终被压倒在地,无法爬起。有人可怜它,替它拿掉背上的东西。可是,如果它还能爬行,又会像原先一样,抓取物体,继续行走,直至用尽全身力气,直至跌落到地上被压死。

这是柳宗元写的故事,刘仁贵点点头说:"你说得对,眼下这种人不少。"

看来刘仁贵听懂了。霍家冲放下心来,预备听他的道歉和对下一步工作的思考。刘仁贵笑,可那是笑里挂有霜花。刘仁贵说:"县长大人,我一个大老粗,经你点拨,我明白了。有的人呀,端上国家的饭碗,吃饱穿暖还不够,还想当官。当了乡官不够,想当县官。当了县官不够,想当市里的、省里的官,甚至再往上。能力才那么一点点,背负这么多东西,背不动,就让下属替他背。身累,心累,他不被压死才怪!"

霍家冲愣住了。

"我听懂了,看来,我这个决定是对的。"刘仁贵大步往外走。

想不到这家伙这样顽固不化,霍家冲说:"我最后问你一句,你到底干不干?"

"不干!我不是蛤蟆!我这种没有文化水平的人,有点小钱就够了,地位和名声,会将我压死。"刘仁贵说得咬牙切齿。

霍家冲笑了,他笑得很轻松:"你不干也行。按照规矩,领导干部离任之前,是要进行审计的。你准备好,明天一大早,纪检和审计的就来。他们那一关过了,给你一个清白,你就放放心心去做生意。井水不犯河水,一辈子都行。"

霍家冲说完,扭头就走。这下轮到刘仁贵发愣了。夜里两点多,睡梦中的霍家冲感觉到了异常,是什么那样迷乱,那样吵闹,像是金沙江涨水,又像是无数人来上访。白天累够了的他,连睡觉也十分够呛,慌乱中醒来,才发觉是手机在不停地响。是发生什么天大的事情了吧!

"你好,我是霍家冲,请讲!"

那头迟疑了一下:"霍县长……"

霍家冲一听,知道是谁了。他为自己这一招而有些得意,心里一乐,却眉头一紧,将声音压住,拖得懒懒的、冷冷的:

"你是谁呀?半夜三更给我打电话,是涨水了吗?是地震了吗?是火烧房子了吗?"

刘仁贵说:"我想了半夜,你说得是对的。我们的理想之火不能熄灭,哪怕困难再大……"

"呃,"霍家冲停顿了一下,说,"你想好啦!我得看看纪检、审计的工作是怎么安排的,能不能暂停一下。"

此后,刘仁贵没有再说撂担子的事,而是更加积极地投入工作。两人见面,心照不宣。有一次,霍家冲在刘仁贵家里吃饭,照例端了一大碗苞谷酒。

刘仁贵直着舌头说:"霍家冲,你也太狠了点。"

霍家冲笑,却不接话。他知道,刘仁贵在某个项目的招标上,程序不太严密,但已做了弥补,其他也没有啥。他就说了那一句话,刘仁贵便时刻铭记,以此警醒,也就够了。霍家冲抿嘴而笑,为自己的小小计谋而得意。上面一直在强调领导干部要有基层工作经验,这也算得上是小小的基层工作经验吧!霍家冲微笑,举起酒碗,咕咚就是一大口:"心头有事心头惊,心头无事冷冰冰。"

现在,霍家冲就站在马腹村村公所的院子里。这几年,村级组织加强了,小小的办公楼,小小的院子,都是新修的,被打理得干干净净。院墙上挂了些展板,红红绿绿,透着些生机。从窗外看进去,村公所会议室里挤满了人。刘仁贵坐在中间,大声地说着什么。他的动作有些大,显然是情绪激动了的原因。任何人的成长,其实都需要磨炼,需要时间来考验,刘仁贵能坚持下来,霍家冲是满意的。精准脱贫到了关键时候,村级组织是焦点,是磨心。

只要干事,只要把事情往前推,基础再差,也没有发展不了的。霍家冲想。

四

转了几个拐,下了几个坎,霍家冲来到了渡口边。小水泥房子前,一个老人坐在长条木凳上,端着个土茶碗,看着河对面的山脉发呆。

金沙江沉重而巨大的流淌声将霍家冲的脚步声、喘息声全给淹没了。金沙江就是这样,老是步履匆匆,老是喘,打霍家冲记事起,便是这样。响声太大,以至于他走到老人的身边,老人还一动不动。老人七十来岁,须发皆白,从背后看去,还算硬朗。霍家冲一边走过去,一边叫:

"龙叔!"

霍家冲叫第二声的时候,老人听到了,他转过身来,招招手,让霍家冲坐下,给他倒了一碗茶。茶是苦丁茶,多喝,降燥。

"看你累的,当了县长,要注意身体,多歇歇!"

"是副县长。"霍家冲纠正。

"不是迟早的事吗?"龙叔说,"当了县长,不要还和老百姓一样,起早贪黑,累成狗。家里老婆孩子顾不了,亲爹亲妈顾不了,自己的身体顾不了,哪成?!就是我,也好几个月没有见你了。"

霍家冲笑:"龙叔,我这不是来了吗?"

"是不是又为这桥?"龙叔问。在龙叔眼里,霍家冲是个十分节约时间的人,说准确点,是个目的性很强的人。他的出现,一定是和某件事情有关。

桥的事,是烦。霍家冲点点头。这条奔腾的金沙江,在霍家冲的记忆里,比创伤更深更痛。他从出生那天开始,就听到这条河巨大的吼声。他从睁开眼睛那一天起,就看到了无数的旋涡与急流。他从能听懂话时起,就感觉到这条河与两岸人的命运紧紧相连。金沙江两岸的沉与浮、爱与痛、善与恶,都与这河密不可分。就是自己的婚姻、自己的成长,也与这条河分不开。怪了,一条河的力量居然会这样强大,这样桀骜不驯,这样不顺遂人的心意。后来霍家冲知道了,强大的东西从不会眷顾弱小者。人在金沙江面前,是这样无助,这样渺小,这样无能。多少年以前,河两岸的往来,就是一根长长的藤条,人像蚂蚁一样,小心地在上面爬来爬去。胆大的不要命,想过去就过去,想过来就过来;胆小的,根本不敢冒这样大的风险。站在河边,牙就敲帮帮,腿就弹三弦。有爬到中途,手脚酸软而坠入金沙江的;也有绳索腐朽,突然中断而产生意外的。后来有了金属,藤条换成了钢索。再后来,钢索上加了个铁笼子,就更安全了。再后来,铁笼子底上装了滑轮,装了柴油电动机,一推电闸,铁笼子就慢慢移动,安全多了。龙叔有着个人的苦难史,他在十多岁的时候,负责溜索活计的父亲落江而亡,没了下落,他就含着眼泪,接替父亲。在多少年的溜索管理中,龙叔也遇到过很多风险,冬天在冷风里冻病,夏天在高温中晕厥。也曾有失手,几次差点掉进江里。但他居然没有死,活了下来。他知道是河神在保佑着他,他知道是父亲在护佑着他,他知道是这溜索离不开他。如果他走了,真的再也没有人能管护这溜索了。眼下这村庄里,年迈的已经老眼昏花,勾腰驼背。年轻的要么就是在校读书,要么就外出打工,谁也不会守着这荒凉的大山、固执的河流一辈子。

河流汹涌,也不是一朝一代的事。据传,当年石达开就从这里走过,几次要从这里过河,都因河流太急,而无法使用木船和牛皮筏子。他们也试图从溜索上渡过,但每次过的人太少,过去一个,就给那边的人捉住一个。石达开只好放弃,改从上游的大渡河边。龙叔的爷爷的爷爷那一辈,就亲自经历了那一段血雨腥风。后来,红军长征时,也有一部分从这里过河。那时正值枯水季节,红军既从溜索上过,也动用了木船、皮筏。龙叔每每说起,便有些自信和骄傲。

龙叔和这河流有了感情,有爱,有痛,还有不舍。龙叔白天能看到它蜿蜒的流淌,夜晚能听到它不止的吟唱。闲暇时,他还可以下到河湾里,捕一些鱼虾煮汤,或者到沙滩上,找几个好看的石头,背回放到院子里。河里有金,但淘金需要技能,需要长时间的坚守。龙叔做不了那个。同时他觉得,只要是个有心人,处处都会有黄金。这些都是河流的给予,也是上天的恩赐。这条河两岸往来的人,有的外出打工,有的做生意,有的走亲戚,有的读书。他们不断地往来,像河流一样流动。要是没有了这溜索,没有了他龙叔,他们中间就没有了连接。他们都是些坚强的人,坚韧的人,懂得感恩的人。他们有时会给龙叔一包烟、一捧核桃、一棵青菜,或者几块钱。这些都不是龙叔看重的东西,龙叔能养活自己。但要是拒绝了,倒说看不起人,会闹矛盾。这样就不是龙叔的初衷。再拒绝,费话,费力,也费心。

龙叔此前有过媳妇,有一儿一女。大的还不到十岁时,她将孩子放在家里,一个人过江去给孩子买甘蔗。龙叔不要她去,说让四川人送一捆过来就行了。但媳妇不只是想买甘蔗,她还想过去看看那边的亲戚。媳妇回来时,一捆甘蔗背在背上,到了溜索的中段,累了,手一松,就落入江心,树叶一样打了两个漩儿,就不见了。龙叔顺着江走了几天,也没有媳妇的一点影子。龙叔喊了三天的魂,烧了一堆冥纸,也没有媳妇的半声回应。后来,龙叔老了,孩子们也长大了。孩子们都不愿意待在这个地方,更不要说一辈子了。儿子在外地教书,假期才会回家一两次。女儿嫁出大山,虽说是农村,但是在大坝子,好几次要接他走,他不愿意。女儿没有办法,就只能在想起他的时候,给他打打电话,寄几件衣服,或者食品什么的来。

扶贫上有了项目,霍家冲在乡街子的旁边弄了一片地,修了三百套安置房,小区里种了树,有凉亭,有锻炼身体的场地。龙叔名正言顺给纳入了搬迁的范畴。可说破了嘴皮,龙叔就是不搬。

"安置房里有水,有电,有厨房,在卧房,有卫生间……"刘仁贵说。

"这里天做被,地为床,月亮星星做灯,有什么不好?"龙叔说。

"这里哪像是家?这只是临时工作的地方啊,夏天热得长痱子,冬天冷了患风湿……生活还是有些质量才好。"刘仁贵懂得这些。

"我住在这里,就能听到你龙婶说话,就能看到你龙婶忙前忙后的身影。"龙叔说,"这些年,我老是觉得她还在。"

"挂张相片不好吗?想要多大,我给你冲洗多大,再装个好看的框。"刘仁贵说。

"哪有相片?那年头,我亏欠你龙婶了。"

龙叔总有些理由。村里能做的,也只能这样了。对其他违章建筑,村里可以强拆,但对龙叔叔的两间破房子,他刘仁贵不好下手。要给龙叔在原址上修,也是不可能的,因为下一步过河大桥一修,脱贫工作结束,这样的破房子,绝对是不能再保留的了。大伙都知道,龙叔内心还有一个担忧,就是怕失业。当年集体经济时,生产队给他的是工分。土地承包后,他不种地,还管溜索,没有工分了,过河的人就给他交通费。每过河一次,给三块钱,他也还过得去。如果是晚上有急事要过,或者送大件过河,价格就不一样了。也有人会随手给他塞来一包香烟,龙叔客气几句,也就不推辞了。龙叔是这条河上的大王,在这条河上,他做的都是好事,是帮人引渡嘛。没人会说他的不是,没人会找他挑刺儿。

可是不离开也不行,个人再有感情,再有理由,也不是最大的理由。多少年来,村里人一直在做梦,说要是在这里建一座桥就好了。眼下,这事真能成了。金沙江虽为天堑,但和海面路段长达四十二公里的港珠澳大桥、海上路段长度二十五公里的青岛胶州湾大桥相比,根本就算不了什么。这猛虎都能跃过的峡谷,不应该成为人们的阻碍。霍家冲打记事起,就一直在琢磨这事儿。很小的时候,他和刘仁贵就有过这个梦想:将来有一天,在河上架一座大桥,让人们不要因为这条河的阻隔而伤心,而贫困,而丢命。后来机会来了,他当了乡里的领导,再后来,他当了县里的领导,他有能力协调这样的事,他有权力安排这样的工作。他和刘仁贵一说,这家伙也兴奋得像是打了鸡血,上数五代人,他们家也有人落水而死,也因大山的阻隔而代代穷困。他俩在高国书记的指导下,找发改委、找交通部门立项,找财政协调资金,考察国内有经验的建筑企业。这些工作件件落实,风生水起。可是,霍家冲没有想到的是,龙叔听到这个消息后,整天丧嘴垮脸,拍桌子踢板凳。要修桥、修路,将占用龙叔的一部分土地,可村里按照最优惠的政策给予补助,龙叔居然都不同意。他不高兴,他反对修桥呢!这就怪了,因为金沙江而亲人丧命,因为闭塞而子女离开的人,怎么就反对这事儿呢?刘仁贵去说,不通。霍家冲就亲自上阵了。霍家冲话说了一背篓,龙叔不吭气。

"叔,走一步天宽地阔。"霍家冲说。

霍家冲给龙叔递了一根烟:"龙叔,桥修好后,你这溜索我们不拆,留作文物,还挂上你的照片,写上你的故事,让人们参观。"

龙叔不吭气。

霍家冲说:"龙叔,我们给你申请低保,你每月的生活费,不会少。"

龙叔还是不吭气。有人来要过河,他打开铁笼子,招呼进去站好,系安全带,发动柴油机,推上闸阀,随着轰隆隆的声响,溜索缓缓向对岸移动。

龙叔的内心是复杂的。这样的复杂的结,是谁都难解开的。

现在,霍家冲来到龙叔的小屋面前,龙叔主动问他,是不是为了这过江大桥时,他就说是。

河上建桥的事,虽然艰难,但也不能说没有推进。眼下,金沙江这边,修了三分之一,金沙江那边,也修了三分之一。这两边都修了三分之一的桥,半年前停了下来,不再有动静,成了烂尾桥。承包方层层转包,层层剥皮,最后资金搁浅。纪委介入,认真一查,其间的黑洞不少。更麻烦的是,承包方负责人突然跳河自杀,尸骨都没有找到一块,留下这麻烦。高国书记带领专人做过研究,霍家冲陪着县长跑了好些部门,试图东山再起,将大桥修好,但事与愿违。其中原因,非常复杂,事故环环相扣,矛盾互相纠缠。

纪委一直在查资金,一直在追相关领导的一岗双责。但在霍家冲看来,大桥没有如期完工,不是资金上的问题,而是人心的问题。人心!他脑海里突然跳出这样一个问题。是的,刘仁贵不想当村主任,是人心的问题;龙叔不愿意修桥,是人心的问题;工程中出现腐败,是人心的问题;自己的工作推不走,是人心的问题;那些人想尽千方百计,要靠近他,要拉拢他,要给他送钱,是人心的问题;高国书记批评自己,自己又难以接受,难以领会,同样是人心的问题。

霍家冲给龙叔递了一根烟,自己也点燃一根。很久没有抽烟了,烟草复杂的味道让他难受。他咳了两声,硬硬地将烟雾咽了下去。现在他抽烟少,县里的机关,到处都是禁烟区,就连卫生间也不允许吸烟了,刚一掏出烟来,就会有人善意提醒。时间一长,他干脆就戒了,省得麻烦。但他下乡还带着烟,到处都是乡亲,都是老同事,不递上一根还真说不过去。

"叔,你让我过河吧!"

龙叔转过身,整理溜索,给柴油机加了油。斜阳的余晖泼金一样落了下来,洒在龙叔的身上。龙叔老了,这把老骨头,再干十年,都够呛。霍家冲零距离地看龙叔,他突然觉得眼热,心堵。

霍家冲一个人过河,他觉得自己太奢侈,内心多少有些过意不去。他掏了掏包,里面有两百块钱,他掏出来,想给龙叔,却又觉得不妥,便塞了回去。

溜索很高,鹰飞起来,其高度也就这个样子吧。霍家冲不是第一次坐溜索,但每次他都有这样的感觉。脚下是铺开的木板,从缝隙里依然可以看到遥远而浑浊的波涛。尽管现在正是夏天,但冷风飕飕,让人发抖。这种高处不胜寒的感觉,让霍家冲想到了官场。

五

过了河,天暗得更快。当霍家冲爬过沟沟坎坎,赶到镇上时,天上像突然盖来一个麻袋,完全灰了下来。路险的地方依然险,沟深的地方依然深。霍家冲摸摸索索,进了乡政府大院。

乡政府大院干干净净,也安安静静。除了院墙上有几盏灯亮着,办公楼里灯光并不多。周末了,估计工作人员大多回家了。霍家冲的鞋子与地面摩擦,响声都有回音。这大山里就是这样,安静得像倒退了几个世纪。他有意识地将脚步踩得很重。

"有人吗?"霍家冲大声叫道。

一楼办公室里有个小伙子,从窗子里伸出头来,看见暮色里的霍家冲,问:"你找谁呀?有什么事?"

"我上访!"霍家冲大声叫道。

小伙子吓了一跳,他立即奔出来,满脸惊讶:"深更半夜你上访?你是吃饱撑着了?你有啥子冤情?钱被典当行卷走了?还是老婆被人贩子拐走了?"

"深更半夜?深更半夜咋了?你们的工资是按月领的,又不是按八小时来领的。所以,二十四小时内,我想上访就上访!"

小伙子看了看他:"你说得有道理。你有啥子冤屈?"

霍家冲怒气冲冲地说:"我要当低保户!"

"老兄,低保户也是想当就当的?那是有标准,穷了,没有吃,没有穿,或者生了大病,才适合的!"小伙子笑了,"再有,你这样子,哪像穷人?别天天享受党的恩惠,倒骗吃骗喝,不记恩情。"

"我女朋友在金沙江那边,经常我过不去,她过不来。我上访!"霍家冲又说。

那小伙子起先还客气,一听他说过河的事,气冲上来了:"呵呵,你连这个都要上访!我告诉你,为了这座桥,我们全乡干部,三年没有提拔一个,三年没有上调一个!我们付出的代价多惨痛!你倒来找我们的碴儿!我们还正想上访呢!你是哪里的?你是干啥的?"

的确是,据说这边县委给乡里的任务是,不脱贫不脱钩。而这里要脱贫,必须路通桥通。现在从县里到乡里的路通了,从乡里到金沙江大桥的路通了,但桥一直没有通。这桥是两个省分别立项、共同出资修建的,一边出事,另一边也跟着遭殃。

"我没有老婆,给我发一个!"霍家冲振振有词。不过他说的时候,脸红了。这话是一个上访户经常在县政府大院里叫的,叫的时间一长,信访办才搞清楚,这人疯了。

正闹着,三楼的一个窗户打开了,一个女人在上面说:"小崔,啥事这样闹?"

这个小崔把情况三言两语说了。那女人说:"和他好好说,如果事情不急,让他明天再来。"

"我要见你们乡长!"霍家冲吼道,"我还饿着呢,都走不动了!"

小崔估计心烦了,举起手,又慢慢放下,做了一下引导:"如果饿了,我炒饭给你吃吧!"

"让你们乡长下来,陪我吃!"

"你这也太过分了!"小崔说,"对不起!你回去吧!"

霍家冲还想说啥,从楼上咚咚咚走下个人来。黑暗里,那女人个子高高的,十分结实,一看就是长年生活在乡下的那种。

那女人说:"我就是乡长,我陪你吃。"

那女乡长走在前边,霍家冲跟在后面,进了餐厅。小崔叫来厨师,叮叮咚咚开始做菜。霍家冲说:"煮几个毛皮洋芋,来碗腌辣椒就行。"

女乡长说:"不急,有啥一边吃一边说。"

那个叫作小崔的人,十分意外。这乡长,怎么这么客气呀?他附在女乡长耳朵边说:"要不要来壶泡酒?"

"公务接待,不用酒的。"女乡长对小崔说,"你去守电话吧,这里的事我来办。"

当小崔在门口消失了后,两人互相指了指,哈哈大笑了起来。

女乡长指着霍家冲说:"你这个人真逗,到我这里来上访,想当贫困户!还要让我给你发老婆!我只要把你的财产一公示,你怕要成为网红,怕要笑死一大堆人!"

"我说的是十年前,"霍家冲说,"蓝焰,那时候我没有家,没有老婆,没有车,没有房子……"

"十年前?"这个叫蓝焰的女乡长眼眶红了。

是呀,那段往事,换谁都难以启齿。蓝焰是金沙江西边的人,霍家冲是河东的人。两边相比,河西条件要差一些。刚上小学时,蓝焰的父母便把蓝焰送到河东读书。蓝焰住在亲戚家,每个星期,或者更长的时间,蓝焰才会回去一次。蓝焰和霍家冲就在一个班,两人学习都不错,都在暗里较劲,恨不得尽快超越对方,将对方甩得远远的。从小学到初中,从初中到高中,再到河东市里的大学,两人都在互相争先。这样的长时间在一个班,这样的长时间里,两人的学习不相上下,两人肯定就有故事。这不,两人从对立、猜疑、嫉妒,再到关注、好感、暗恋,最后居然就好上了。可当两个人坠入爱河后不久,他们就毕业了。两人各分东西,蓝焰回河西中学教书,霍家冲在河东的乡政府办公室。到了谈婚论嫁的时候,霍家冲要她到河东,工作上的事,他会找人帮助;蓝焰则要他到河西工作,因为她家只有两姐妹,父母希望霍家冲入赘。两人谁也没有说服谁,一个坐在河东的岸边,流泪,往河里扔石头,一个坐在河西的岸边痛哭,不肯回家。那几天,龙叔吓得腿都软了。他生怕年轻人不懂事,一步跳到河里就麻烦了。此前这样的事情不是没有过。他一会儿溜到河东,把霍家冲叫到河滩,一起拣河浪冲来的好看的石头,告诉他人生要美好就得在惊涛骇浪中历练,还要不怕被抛弃;一会儿又溜到河西,拉着蓝焰一起爬山,他们站在高高的山顶,龙叔手指苍茫的群山,告诉她脚下的山虽然高,但太平凡了,人生还有比这高的山峰,人生的风景比这更美,而爱也是。事实上,这样的道理他俩都懂,只不过龙叔在这个节点上,制止了他们往死的方向去想。他们不想死了,而是往活的方向努力。他们在各自的工作单位拼了命,都在不断地进步,得到了认可。霍家冲当了副乡长、乡长,被提拔为县里的副处级干部。而蓝焰也通过考公务员,从学校走到乡妇联,再下到金沙江边,当了副乡长、乡长,县政协副主席的岗位也早给她预留。他们互相很少联系,但对方的一举一动,都清清楚楚。他们各自成了家,有了自己的生活,有了自己的爱,也有自己的痛。

他们因为修这金沙江上的桥而在公共场合见过几次面,各自站在自己的立场上,针锋相对,矛盾之后再形成统一。工作告一段落,大家就各走各的,互不影响,少有牵挂。都是老江湖啦!每次见面,他们并没有太多的尴尬,两人配合得很默契,仿佛之前就背过台词似的。

"听说你也不太顺利,上了副处级,工作却步履维艰,没有了此前的风生水起。"几个简单的炒菜上来,蓝焰给他舀了一勺炒肉,不滗油,她知道他喜欢这种油漉漉的感觉。

霍家冲饿很了,将又香又辣的油汁往饭里搅拌了两下,就往嘴里塞。一碗饭咽下了,喝口汤,胃没有先前抓心了。他自我解嘲:"工作都顺风顺水,就没有意思了。我记得小时候,有天夜里,梦到有人扯着我的腿不放,疼醒了,好害怕。第二天告诉我爹,他不说话,拿来一根皮尺,往我身体上下一量,说我长高了。后来,每有疼痛的时候,我就这样理解,甚至常常希望疼。"

霍家冲的语言常常出彩,这是当年蓝焰看重他的原因之一。语言出彩，并不只是嘴唇薄，关键得脑子里有货。

"你呢？你疼不？"霍家冲问。

怎么不疼呢？一个女孩子，要在这样偏僻、荒凉、贫穷的地方，与村民们一起耕作，一起解决问题，真的不容易。好多从县里、从州里下派来的干部，待上一年半载，都走了。只有蓝焰，一来就快十年。蓝焰的丈夫在州里工作，孩子生下来就是丈夫照管，从幼儿园读到小学，其中的辛苦自不必说。蓝焰要从乡里到州里，越野车也得跑三个小时。遇上下雨下雪、泥石流、山体滑坡，就更麻烦。近两年，脱贫攻坚任务更具体，脱贫时间按倒计时来算，她就更离不开了，一两个月难得回家一次，回一次很快就要离开。虽算不上什么生离死别，但她这种与家人的生活方式，的确不是太正常。孩子和她陌生了，她在或不在，孩子都不在意了。丈夫也对她意见很大。最近，二胎政策放开，丈夫希望她能再生一个，问题又出来了。蓝焰一口拒绝。沟通失败，丈夫对她更加冷漠了。她一个月两个月不回去，丈夫也不会给她打个电话，不发一条微信。更麻烦的是，前几天，有闺密支支吾吾给她打了一个电话，要她注意这注意那。她听了半天，明白了，丈夫有了外遇。她的心里像是有人突然死死捏了一把，好一阵没有喘过气来。她脸色苍白，虚汗直流，目光呆滞。当时她正坐在一个农户家的火塘边，一边询问一边填扶贫的调查表。她的样子，把此前很反感她的那家人吓坏了。女人要扶她躺下休息，男人却烧起松柏、香烛，打起羊角卦，围在她身边，又是跳又是唱——善良的一家是要给她驱鬼呢！她摆摆手说："我是乡里的干部，不能信这些呢！"她内心清楚，真正的鬼在哪里，真正的鬼是啥。但那家人根本就不听她的，说今天不将鬼咒走，他们家就对不起乡长。甚至说如果他们法力不够，他们就要去凉山深处请祭司来。

"真正的鬼是穷鬼。"蓝焰说,"穷鬼不是单一的一个鬼,一种鬼,它们是一个群体,身边还有懒鬼、病鬼、饿鬼、嫉妒鬼、霸道鬼等,它们以穷鬼为核心,围在穷鬼身边,给它添油加醋,出谋划策,助纣为虐,什么方法坏就用什么方法,什么事情脏就干什么事情,什么手段绝它们就用什么手段。如果我们制伏不了它们,它们就会占领整片大山、整条河流、整个山寨、整个屋子,甚至我们的内心。那样,我们就吃不上饭、穿不上衣、住不上房、读不上书。那样,我们就只能等死——不,死都死不了,我们只能承受它们的羞辱,永生永世。"

一家人听到这话,一下子呆住了。他们为什么贫?是因为男人整天喝酒,不种地,不养羊,也不外出打工,醉了就打女人,或者一两天不会醒来。这样不穷才怪。蓝焰突然发觉自己从未有过这样的口才,从未有过这样的说服力,从未有过这样的思想,她几句话就抓住了事情的要害,自己瞬间变被动为主动。看来,悲伤的情绪居然会有让人想象不到的创造力。

回乡政府的路上,蓝焰的心又开始疼。当年和霍家冲分手后,蓝焰发誓不再找男人。那种誓言可以理解,青春期嘛,说啥都行,过激往往是年轻人的毛病。那个在交通局当工程师的男人,一直就盯着她不放:每天都在她上班之前,去她住处的楼下,等她出门来,陪她到单位,自己才去上班;每到下班时,提前就在单位门口等着,陪她回家,或者她赴宴的地方,然后独自回家。蓝焰从住处到单位,不算远,但要经过一条偏僻的小巷。好几次,要不是他在场,可能还真会出事。那巷子里有几家酒吧,见女人就胡乱出招儿的小混混,还不少呢!蓝焰的以身相许,是两年后的事了。她得到霍家冲结婚的消息后,信念终于动摇。而他们结婚,是因为蓝焰当了副乡长,分管交通。工程师帮了她很多忙,项目的争取、图纸的设计、经费的协调,工程师都起到了非常关键的作用。

有这样的男人,还会有什么不可靠的?于公于私,都是大好的事情。蓝焰在心里掂量了一下,眼下这个男人,恐怕比那个霍家冲实在多了,霍家冲太聪明、太固执,密不透风,太像一个官员了。即使和他结了婚,不见得就会有多幸福。林里的果子,最好吃的时候,并不是在季节的最开始。这样一想,她像是吃了个定心丸,放放心心把自己嫁了出去。结了婚后,他们很幸福,他们如期生了个大胖小子。蓝焰在乡下工作,带儿子就是丈夫的事情了。日久天长,儿子和丈夫更亲,好像见她不见她,都无所谓了。

"你为什么喜欢我呀?"蓝焰问。

"喜欢你的大屁股。"工程师直言不讳,说得很精准。看来,工程师目测不止一次两次。

工程师精于计算。蓝焰突然感觉到,丈夫每每跟在她的背后,好像都是在计算着她身体各个部分的面积、体积和重量,计算着他看得见和看不见的地方。蓝焰脸瞬间绯红,她按住丈夫就是一场好打,直到丈夫再三告饶。蓝焰出生在乡下,小时候没少放羊、砍柴、追野兔,腰腿结实一些倒是真的,胸部丰满一些也是真的。丈夫待她发泄得差不多了,才说:"我们老家有句话说,屁股大的女人,能生娃。"

蓝焰认真地说:"可是,我们只能生一个呀!"

"只能生一个就生一个,可以生两个就生两个。"工程师说得也没有错。

本以为就这样下去,国家突然来了政策,可以生二胎了。当工程师从州里坐车,风尘仆仆到乡政府,和她商量生二胎的事时,蓝焰一脸茫然。她天天给老百姓宣读这些政策,可她就从没有考虑过这些居然和自己有关。现在工程师一说,她一口就否定了。的确,她在乡下工作,在任务这么重的节骨眼上,如果花两年时间去生一个孩子,她的工作怎么能接上?怎么能干好?她说了很多道理,希望工程师能够理解。工程师一言不发。工程师是认真的,他是三代单传,一直梦想着在他这一代会多有些香火。现在机会来了,他肯定不会放弃。

"你再生一个,也是在落实国家政策,也是在为国家做贡献呀!"工程师说。

蓝焰并不想执行这一政策,也不想做这方面的贡献。想不到的是,工程师在她身上失望之后,却在别人身上点起了希望之火。蓝焰捂在被子里哭了一个晚上,泪水流干,她算是理解工程师了。

现在面对霍家冲,蓝焰觉得自己又疼了,疼得无药可治,疼得无法控制。家里情况如此,而乡里更是纷繁复杂。要脱贫,就得抓种植、抓教育、抓产业、抓交通、抓就业,还得抓班子、抓队伍、抓规矩、抓思想建设……一个女人,把绣花的功夫都使出来了,一针一线,一行一列,她最指望的,是再过两年,当辖区内的一家一户都脱贫时,她就可以回城了,就可以与儿子相守在一起。

这些话,蓝焰不能和眼前这个男人说。这个叫作霍家冲的男人,已经不再是自己的知己了。有些话,多一句都是累。即使掏了心,不见得能解决问题,相反授人以柄,让人笑话。但工作上的话要说,特别是金沙江边这半拉子工程,一定要往好里说,一定要往成里说。说它好,说它成了,它就会真的好了,会真的成了。这是她在一线工作多年的体会。

于是他们就开始说这修了一半的桥的事。他们一直说,说到半夜三更,说到草尖上的露水上来。但有些话只能点到即止,两个掌握着基层政权的人,有时像是亲密无间的好朋友,有时却又像是推太极的高手,你进我退,你来我往,绵里藏针,不肯善罢甘休。说到最后,霍家冲突然问:

"按照河西的风俗,如果收到来路不明的东西,估计是很多钱,或者珠宝,怎么办?"

蓝焰睁大眼睛:"县长大人,你开玩笑吧?"

"真的,一大箱,很沉。"

蓝焰说:"你找死!"

"是死要找我了。"霍家冲说,近一段时间来,以各种方式给他送东西的太多了。那不是啥好东西,那是炸药。

"你给出出主意吧!"

蓝焰让他快退,急流勇退,找一个人大、政协副职那样的岗位,再不行,调研员也行。

蓝焰说:"你也不年轻了,要从政,得再早一些。再有,尽管你很了不起,但我觉得你定力还不够,要再上重要的位置,恐怕难。"

霍家冲突然后悔,在蓝焰面前,自己露得太多了。口一滑,什么都说出来了。说了这些,却又一点用也没有。

小崔一直往屋内伸脑袋。他先是搞不懂,一个"上访户",乡长居然对他那么好。后来才发觉他们俩是熟人。再后来,他听到两人在说些婚姻上的事,才发觉他们之前是有故事的。他有些尴尬,觉得这个男人太狡猾,觉得自己不能再在他们中间打夹岔,暗地里跺了一下脚,正要回去睡觉,蓝焰让他去食堂,配合厨师再弄些吃的:

"烧烤吧!大竹签子穿肉,苞谷烤酒。酒用角落最里的那一坛。"

霍家冲睁大眼睛看着蓝焰。

蓝焰笑道:"我请客,不用乡里一分钱。这是规矩,放心。"

很快,小崔弄好了,将火炉搬到廊檐下。小崔只好陪着,三个人,一边烤肉,一边举杯,硬是坐到太阳东出。

六

霍家冲回到家,已经是第三天下午了。屋里静悄悄的,他里里外外看了一遍,一个人也没有,敢情妻子领着孩子,去岳母家了吧?洗了一把脸,煨了一杯开水喝下,往沙发上一靠,他觉得舒服了些。瞌睡像个黑布口袋,一下将他的头套住。

梦里也不舒服,原因是金沙江的水太响了,像一个又一个的闷雷在屋外炸响。老辈人说,干了坏事,会被天打五雷轰。村子里谁家的孩子不听话,做了不该做的事,常常会被大人拖到金沙江边,让他听响得怕人的声音:"炸雷的声音比这大,你要是干了坏事,天地不容!"这种教育方式毒辣得很,但很奏效,所以村子里多是善良之辈,违法犯罪的不多。

睡够了,醒了,霍家冲满意地打了个呵欠,摸过手机打开。一时变得好热闹,微信的声音、短信的声音、QQ 的声音,此起彼伏,仿佛波涛滚滚的金沙江。霍家冲感觉又上班了,门被推开的声音、电话的声音、用电脑键盘打字的声音……一直持续的,是电话的声音。他不想接,后悔开机。犹豫了一下,又怕有灾情和意外,再次打了个呵欠,他接通电话。

是妻子打来的:"你在哪?你现在在哪?"

"我在家里呀。你是不是带孩子去他外婆家了?"

"你让我急死了！你到底去了哪里？"

"我这不是回来了吗？"这女人，不就是两宿没有回家吗？就惊慌成这个样子。

"你别走！你就待在家里，我很快回来。"妻子说。

他刚挂掉，手机又响。靳东书记说："你终于接电话啦！"

"看来你没少打我电话。"霍家冲笑，"是有什么重要指示吗？"

"你让大伙急坏了！"靳东书记说，"高国书记作了指示，你再不出现，我们的搜救小组都要出发了！"

霍家冲吓了一跳，这祸惹大了："那我得快向高国书记报告，我没失踪，是回了老家一趟。"

"你过来一下，我们要当面打开你上交的箱子。"

"箱子？什么箱子？"霍家冲想了一会儿，才记起那天他上交的东西，"纪委出两个证人不就行了吗？"

"还是过来吧，我等着你。"

纪委书记和他虽然同一级别，但他有监督同级党委的权力，所以霍家冲对他还得礼让三分："好，你安排了，我很快就来。"

霍家冲换了件衣服，出门打车。半小时后，他赶到了县纪委。进了靳东书记办公室，靳东书记示意他坐下。屋子正中，就是那个大大的纸箱。靳东书记说："我们先用仪器检测过，里面没有炸药和毒品，可以打开了。"

工作人员过来，用裁纸刀对捆绑住的包装带和层层泡沫小心切割。是人民币，还是美元？是珠宝，还是文物？霍家冲不得而知，他的心吊得老高，心怯，说不准，这东西比炸药和毒品厉害，将他霍家冲推到不可预知的高度。

纸箱打开,一切都出乎意料,一大堆发黄的冥钱,中间包了几块破砖头。

按照金沙江边的风俗,这是给亡人的买路钱,新亡人到了另一个世界,要通过很多关卡,必须用钱打通关节,大神小鬼才会开门让路。而死去多年的人,他们成了鬼,他们的吃喝拉撒,也需要人间的照顾,冥钱是最直接最有力的帮助。

靳东书记一脸铁青,嘴唇都有些发抖:"居然这样……你也别放心上,这不是给你的冥纸,这是腐败分子给他们自己的冥纸!过不了几天,一个个都会落进我的瓮子。只是,从昨天到今天,你不给组织报告,突然失踪。这一段空当,你去哪里了?是害怕了躲起来?还是干什么见不得人的事?"

"呃……"霍家冲不知说什么好。关掉手机,渡过金沙江,是他的恶作剧。一个小小的恶作剧,产生了这样的麻烦,这是他所没有意料到的。而某些人为达到某种目的,在他身上实施的种种恶作剧,更是他所意料不到的。

靳东书记早年在部队,转业后一直在纪检部门工作。他办事斩钉截铁,说一不二,风风火火。他来红谷县当纪委书记,已经两年多了,对全县的纪检监察工作熟悉得很。每个科级以上的干部,他都了如指掌,他们的爱好、性格,他们的财产,他们的成长方式,他都熟悉得很。每次高国书记要提拔干部,都要将他和组织部部长同时叫来,听他们的意见。所以经他们提拔的干部,很少有带病的,很少有拉稀摆带干不成事的。对于霍家冲,靳东书记是熟悉的,是知道的。这样一个干部,放在哪都是优秀的,他都会把工作干好。但优秀并不等于没有毛病。毛病这东西,有时是股冷气,会让庄稼停止生长,会让人打抖打战;有时又是只蚊子,嗡嗡嗡飞来飞去,找准机会,叮得人难受,让人不安,却又难以将其捉住;有时像某处渗出的水,多数时候不碍事,而一旦发作,会令大坝崩溃。靳东书记最关注毛病,他治愈过不少有毛病的人,也看到不少有毛病的人,病入膏肓,无可救药地走进大牢。

霍家冲肌体健康,但毛病不少。靳东书记十分看重他,将心比心,希望他成长得更好些:"工作中会有很多问题,也有很多不适应工作的人。人身体里的这种东西,你怕它,它就不怕你,会来欺负你;你一身正气,不怕它,它会怕你。"

霍家冲点点头,笑了一下。该做啥就做啥吧,风来了,别只去躲雨;下雪了,别只顾防寒。

第二天,县政府网站发布了头条新闻,人们再次张大嘴巴。他们有限的脑袋,无法将这些复杂的事情整理清楚。霍家冲还在,还在参会,还在发言,还在安排工作,还在下乡调研。视频和照片上的霍家冲,和往常没有啥不同的。发言的内容是,连心桥将在下个月续建,并设置了倒计时,立下军令状,说明年春天,将建完通车。有人摇摇头,暗自嘀咕:唉,这个很能折腾,也时时被折腾的人,不晓得他又会干出什么让人意外的事来。同时也有人为自己的一惊一乍而暗自好笑,愿人好,才是真的好。啥事都往坏处想,箱子里恐怕不仅有炸弹,还有更多。